Einaudi. Stile Libero Big

Melania G. Mazzucco
Sei come sei

Einaudi

www.einaudi.it

ISBN 978-88-06-20946-9

Sei come sei

Nota dell'autore.

Sei come sei si svolge «nell'anno zero». La cronologia è da considerarsi immaginaria. Persone, luoghi e fatti sono nomi e parole.

Nota redazionale.

I versi a p. 94 sono tratti dalla poesia *Una notte*, in C. Kavafis, *Settantacinque poesie*, Einaudi, Torino 1992.

I versi a p. 134 sono tratti dalla canzone *Perduto amore (In cerca di te)* di G. C. Testoni – E. Sciorilli © Cetra, 1945.

La citazione a p. 177 è tratta da *Il giardino dei ciliegi*, in A. Čechov, *Teatro*, Einaudi, Torino 1991.

Il loro desiderio è stato esaudito. Che anche voi possiate esaudire il vostro.

FORMULA DI CONGEDO DELLE FIABE ARMENE

L'anno zero

Quando mi chiedono in che anno sono nata, rispondo. Perché ritengo scontato mentire – ci si aspetta che le donne non dicano la verità. E nemmeno i giovani, a meno che non ostentino il privilegio della loro età per trarne beneficio. Alla gioventú si perdona piú volentieri l'errore, la presunzione e il coraggio. E io detesto il determinismo della biologia. Chi mi interroga inoltre non sa che considero ogni anno della mia vita un miracolo, e me ne vanto. Però rispondo a modo mio.

Sono nata nell'anno del cavallo, dico. Secondo l'oroscopo cinese i nati sotto il segno del cavallo sono ribelli che non sopportano costrizioni, parlano molto e non hanno il senso del tempo. Amano viaggiare – criniera al vento. La criniera ce l'ho, e anche il carattere imprevedibile e l'impazienza dell'equino, il resto pure. Ma vorrei possedere la geniale stupidità del cavallo da corsa, di cui favoleggia mia nonna, la capacità irresistibile di puntare verso il traguardo.

Altre volte dico: sono nata nell'anno dell'unione monetaria. Perché mi sento cittadina di questo vecchio continente, anche se ho aperto gli occhi da un'altra parte del mondo. È l'anno in cui si è realizzato un sogno, che sarebbe sembrato un'utopia di matti fino a poco tempo prima. E poi mi sento nuova come l'Europa, e chiamata a costruire un mondo diverso da quello che mi ha preceduta.

Altre volte ancora dico: sono nata nel 1423. E ogni volta dico la verità. Perché alcuni anni fa, quando frequentavo

la terza elementare, ho fatto una scoperta che mi ha lasciata di sale. All'inizio dell'anno scolastico, arrivò in classe
un nuovo alunno. Scuro di pelle, timido e però altero, non
parlava l'italiano. La maestra gli ordinò di sedersi accanto
a me. Me la sono sempre cavata piuttosto bene con la lingua italiana e lei mi considerava ideale per fargli da guida.
Il ragazzino si chiamava Khalil. Era pakistano. Lui visse
come una degradazione l'avere per tutrice una femmina
e solo dopo qualche settimana mi rivolse la parola. E fece crollare il mio mondo. Mi disse che non vivevamo nel
2009, ma nel 1430.

Quando chiesi spiegazioni a mio padre, mi disse che il mio
compagno contava gli anni in un modo diverso. Lui, come
tutti i musulmani, dall'Egira di Maometto. Noi dalla nascita di Cristo. Poiché mio padre – Giose, intendo – era ateo,
questa rivelazione mi lasciò senza parole. Dunque può essere
vera anche una cosa in cui non credi.

Ma insomma in che anno viviamo? gli chiesi. Nel 2009
e nel 1430, rispose mio padre. E anche in tanti altri anni. I
popoli della terra credono in cose diverse, non usano lo stesso calendario. Gli ebrei contano gli anni dalla creazione del
mondo. Gli indiani contano in un modo, gli aborigeni in un
altro. Non è importante il numero – è solo un segno, una
convenzione.

Dunque io vivevo in una finzione! Ero come un personaggio letterario? Magari! Sono dei privilegiati, quelli che esistono solo nei libri. Il loro tempo ha inizio ma non ha fine,
è fermo ma scorre. Nascono, ma non muoiono, raggiungono
un'età, ma non la superano. Se hanno vent'anni quando il
libro finisce, possono vivere per sempre giovani, come i vam-
piri e gli dèi. A volte vivono nel presente – accanto a noi.
Abitano i nostri stessi giorni. Le loro date segnano anche la
nostra vita. Ciononostante il tempo scorre a velocità diverse

per noi, che siamo qui e ora, e loro – che esistono solo nel mondo di carta della letteratura.

Se il mio qui e ora non esisteva davvero, se era una costruzione, fantasiosa come quella immaginata dagli scrittori per i loro personaggi, chi aveva immaginato il mio tempo? Chi era l'autore del libro che stavo vivendo?

Allora mio padre – Christian, intendo, perché era lui che ci spiegava queste cose – mi ha raccontato che aveva un nome e una storia. Ascoltatela: è anche il vostro autore.

Veniva dalla Scizia. Da una terra chiamata poi Dobrugia, abitata in gran parte da goti. Insomma, oggi sarebbe rumeno. Si chiamava Dionysius. Per cognome volle solo un diminutivo: Exiguus. Il Piccolo. Per umiltà. Perché era un uomo, e voleva lasciare gli aggettivi altisonanti a Dio.

Studiò a Tomi, e ciò mi piace, perché Tomi è il luogo in cui, esiliato da Roma dall'ira funesta di Augusto, andò a morire Ovidio. È il mio preferito tra gli scrittori: mi piacerebbe essere uno dei personaggi delle sue Metamorfosi *– una ninfa scontrosa, una sacerdotessa di Artemide, una dea – e mi piace pensare che abbia lasciato qualcosa della sua immaginazione alla sua ultima patria.*

A dire di un testimone che lo conobbe, Dionysius Exiguus possedeva molte qualità: la semplicità, la cultura, la dottrina, l'umiltà, la sobrietà, l'eloquenza. Il mio obiettivo nella vita è possederne almeno qualcuna. Avrebbe voluto vivere da eremita come un mistico egiziano, ma era socievole, e passò la sua vita in mezzo agli altri. Avrebbe voluto restare a studiare nel suo monastero in Oriente, e lo chiamarono a Costantinopoli e poi a Roma, alla corte dell'imperatore e del papa. Avrebbe voluto digiunare come un asceta, ma frequentava i banchetti e le cerimonie. Era casto, ma apprezzava l'intelletto delle donne. Insomma era tollerante. Ma soprattutto era colto, coltissimo. E ciò mi piace. Sono di quelli che considerano la cultura l'unica ricchezza che si possa arrivare a possedere su questa terra. Era uno scrittore. E ciò mi piace ancora di piú, perché anche io sarò una scrittrice.

Però non scriveva romanzi né poesie. Del resto a quel tempo – dopo la caduta dell'Impero romano d'Occidente – non se ne scrivevano quasi piú. Inoltre era un monaco. Dedicò la sua prosa elegante a controversie teologiche, al diritto canonico, alle agiografie dei santi, all'oratoria. Un giorno, intorno alla fine del 496, dopo la morte di papa Gelasio, arrivò a Roma. E anche questo mi piace: Roma è la sezione dello spazio dove sono stata piú felice, e dove vorrei fermarmi. Non si sa se era giovane o già vecchio quando cambiò il tempo – per tutti.

In quel periodo, uno degli argomenti piú dibattuti era la data della Pasqua. Ogni comunità, in Oriente e in Occidente, la festeggiava in un giorno diverso. Stabilirne la data esatta era questione di vita o di morte. Era un'epoca in cui gli uomini si accusavano di eresia in nome di concetti metafisici come la natura del Verbo divino, la superiorità del Figlio, generato dal Padre e fatto da lui ma di sostanza diversa, o la trasmissione automatica del peccato originale, e si trucidavano per una parola o se credevano che l'uomo meritasse un destino senza essere preordinato a esso. Il primicerio dei notai della corte di papa Giovanni I incaricò Dionysius di risolvere la questione. Dionysius era un conciliatore. Voleva unire, mai dividere. Ebbe un'idea talmente semplice che dovette stupirsi che nessuno ci avesse pensato prima.

Per stabilire una volta per tutte quando cadeva la Pasqua, cioè la Resurrezione di nostro signore Gesú Cristo, bisognava stabilire la data della sua nascita.

C'era molta confusione in proposito. I Vangeli non davano riferimenti cronologici precisi e citavano pochi personag-

gi e fatti documentati – Erode, il censimento di Augusto...
E gli storici romani avevano annotato in ritardo la morte
di un agitatore, un sovversivo ebreo crocifisso alla provincia dell'Impero.

Dionysius però era coltissimo, come vi ho già detto, e dopo studi accaniti e meticolosi fissò la data della nascita di
Cristo. Per Dionysius Exiguus l'evento decisivo per la storia
dell'umanità cadde l'anno 753 dalla fondazione di Roma.

Poco dopo, questo piccolo immenso intellettuale morí. Era
l'anno 242 – ma non il nostro 242. Affinché non vi prendano
le vertigini, vi dico che in quel momento si contava il tempo
dall'inizio dell'impero di Diocleziano (che per noi sarebbe il
284). Ma Dionysius ritenne che fosse ingiusto contare il tempo dall'acclamazione di un tiranno, per giunta responsabile di
aver scatenato l'ultima tremenda persecuzione contro i cristiani. Perciò la sostituí con l'incarnazione del Redentore, che per
lui, come per tutti i credenti, coincideva con l'esordio della
speranza nel riscatto dell'umanità.

Come tutti gli artisti, gli scienziati, gli esploratori e la mag-
gior parte degli scrittori, Dionisio il Piccolo non seppe di aver
lasciato al mondo un'opera di valore incalcolabile. Qualche
secolo dopo, si cominciò davvero in tutto l'Occidente a contare il tempo dall'incarnazione di Cristo (e poi dalla sua nascita), accettando il calcolo che aveva fatto lui, un uomo
venuto da lontano, il cui corpo ormai era polvere nella terra di Roma, ma le cui opere continuavano a essere trascritte
e copiate nei monasteri d'Europa. E nel tempo inventato da
Dionysius noi abitiamo ancora.

Inventato, sí. Immaginario, sognato, letterario. Perché
Dionysius Exiguus aveva sbagliato i calcoli – non aveva a disposizione tutte le fonti necessarie. Biblisti, cronologi e studio-
si piú attrezzati di lui ritengono che il tempo sia piú vecchio
di sette o sei anni – dal momento che Gesú sarebbe nato il

7 avanti Cristo e non l'anno 1. Ne deriva che il 2013 non è il 2013, ma il 2020, il 2015 è il 2022, e cosí via.

Però che cosa importa? Ciò che è inventato spesso diventa vero. Sette anni sono caduti dalla storia – e non saranno mai vissuti. Come quei dieci giorni di ottobre del 1582, quando la riforma del calendario giuliano impose un'accelerazione al mondo, e gli uomini andarono a letto una sera e si svegliarono dieci giorni dopo.

Cosí a me piace immaginare che vivo non qui e ora, in una frazione esigua e misera del tempo, ma nell'anno piú letterario di tutti. L'anno zero – quello che non esiste e non è mai esistito.

Perché Dionisio l'Esiguo non conosceva lo zero, che il matematico Fibonacci avrebbe rivelato agli occidentali solo molti secoli dopo la sua morte. Per Dionysius all'anno 1 avanti Cristo seguiva l'anno 1 dopo Cristo. Ed è in quell'anno che nessuno ha mai vissuto che io voglio abitare – là dove vivono i personaggi dei romanzi che ho letto e che scriverò, quelli che esistono solo nelle pagine dei libri. Quelli che nascono ma non invecchiano, quelli che sono per sempre perché non furono mai.

Eva Gagliardi

Sola me ne vo

I binari della metropolitana, incrostati di morchia, corrono un metro sotto la banchina e si perdono nella penombra, dove affievoliscono le luci della stazione. Sulle travi metalliche, mossi dal vento che soffia a ondate dalla galleria, svolazzano ciuffi di polvere, un bicchiere di carta e il volantino di un compro oro – pagamento in contanti, valutazione quotidiana. Ma il treno non arriva. Urlando come fossero in classe, le professoresse continuano a raccomandare agli alunni della II B di non sparpagliarsi lungo il marciapiede. Alcuni fingono di ubbidire; altri esibiscono la piú sprezzante indifferenza, ascoltano la musica che sgorga dagli auricolari o messaggiano gli amici assenti e condividono la nuova pagina Facebook: da quando l'hanno messa in rete, l'ha visitata già tutta la scuola. Sotto un manifesto che reclamizza in arabo e in ruteno rapidi trasferimenti di denaro all'estero, Eva giocherella nervosamente col biglietto, lo piega, lo torce. Non prende mai la metropolitana. Sullo schermo pensile una scritta luminosa avvisa che al prossimo treno per Bisceglie mancano 5 MINUTI.

Alle nove e trenta del mattino la stazione Pasteur è quasi vuota. Chi ha un lavoro è già in ufficio, chi l'ha perso si deprime nel letto e chi può permettersi di non averlo sta ancora sognando. Resta l'umanità spiegazzata che brulica nei sotterranei della città. La luce cruda dei neon scolpi-

sce rughe e ombre sui visi. Eva indugia accanto a un uomo
sciancato, maleodorante, con la barba setolosa e le ciabatte di gomma. È possibile che sia un accattone, un ladro
che lavora coi turisti fra Centrale e Duomo o un malato
di mente che trascina di fermata in fermata la sua follia.
Ma, tra tutte le persone che in quel momento ciondolano
sulla banchina, è quella che Eva teme di meno. La professoressa di italiano conta per l'ennesima volta gli alunni.
Venticinque, bene, tutto è sotto controllo.

Ragazzi – ribadisce, la voce graffiata da vent'anni di in-
segnamento – restate indietro, lontani dalla linea gialla, e
vicini, vi voglio vedere tutti. Eva accartoccia il biglietto
e lo infila nella tasca del bomber. Metallizzato, color malva, appena comprato in un sabato di shopping selvaggio,
per scoprire in ritardo che sul manichino anoressico faceva un effetto migliore. Eva i disegni di Leonardo da Vinci
li conosce già. Glieli ha spiegati suo padre, e le ha anche
regalato un libro che li riproduce tutti. Fin da piccola le
raccontava chi era Leonardo, dov'era nato, chi era sua madre, e che vita entusiasmante aveva vissuto, nonostante
la nascita irregolare; la gloria e gli omaggi dei re, e la voglia di sperimentare il nuovo, la curiosità di conoscere il
mondo, e il coraggio di essere se stesso. E le spiegava che
quando studiava la circolazione del sangue o progettava il
paracadute, gli ordigni da guerra e il deltaplano, Leonardo
sognava di capire la natura, cambiare il presente e inventare il futuro. Nessuna guida potrebbe mai spiegarle Leonardo da Vinci meglio di suo padre. Christian Gagliardi,
professore di letteratura latina cristiana, esperto di storia
antica, biblista, filologo – un genio, praticamente, mica
una poveraccia di guida qualunque.

E poi il disegno preferito di suo padre non è conservato
a Milano. È l'Uomo vitruviano: nudo, forte, con gli occhi

spalancati e lo sguardo fermo, le braccia distese a croce, le gambe insieme divaricate e chiuse, inscritto nel cerchio e nel quadrato, le figure geometriche perfette, che rappresentano il cielo e la terra, lo spirito e la materia. L'ombelico dell'uomo con le gambe aperte ricade al centro del cerchio, i genitali di quello con le gambe chiuse al centro del quadrato. Significa che l'uomo è in equilibrio fra lo spazio e la natura, il corpo e l'intelletto. È il riflesso del cosmo, e la misura di tutte le cose. Ma quel disegno è a Venezia – dove il padre l'ha portata a vederlo quando lo hanno esposto, qualche anno fa – non nel Codice Atlantico. A Eva non frega niente di andare alla mostra della Biblioteca Ambrosiana. Ma tutta la II B è entusiasta di saltare un giorno di scuola. E lei non vuole essere diversa.

4 MINUTI. Non si è accorta che Vigevani, Grasso, Sacchetti e Loris Forte l'hanno raggiunta. Vigevani le si avvicina, l'annusa, dilata le narici. Ehi, esclama, fingendosi sorpreso, sento puzza di sborra. Grasso solleva i capelli di Eva e sfrega il naso adunco dietro il suo collo. No, no, è cazzo, è proprio cazzo. Sacchetti striscia le dita sulla faccia di Eva, che tenta inutilmente di schivarlo, fa il gesto di pulirle sul suo bomber, storce la bocca in una smorfia di disgusto e sentenzia, ad alta voce, è merda, raga, è puzza di merda!

Merda, cacca, escremento, feci, deiezione, pupú, sterco, guano, letame, gli fanno coro Vigevani e Grasso, sciorinando tutti i sinonimi del vocabolario. Del resto lo hanno appena consultato per arricchire la pagina di Facebook. Tutti e tre si turano il naso, come se da Eva provenisse un fetore intollerabile.

Smettetela, dice Eva, basta! Sbircia fra le loro teste cercando le professoresse, ma quelle adesso non possono vederla perché il mendicante è avanzato di un passo e la nasconde. Ha fatto male ad allontanarsi. Doveva restare nel gruppo. Non avrebbero il coraggio di darle fastidio se fossero a portata d'orecchio delle professoresse. La Landini ci sta attenta, a queste cose, è come se avesse il radar. Tre giorni fa l'ha convocata in sala professori con una scusa e le ha chiesto se c'è qualcosa che non va. È arrivata in classe da un altro istituto, ha l'impressione che non si stia ambientando. Sí, voleva risponderle, tutto non va. Ma invece non ha detto niente. Non parla mai coi grandi. Non si fida di loro.

Sempre tappandosi il naso con le dita, i tre ragazzini ripetono ferocemente Eva è una merda, Eva è una merda, Eva… La musica insulsa diffusa dagli altoparlanti della stazione copre la cantilena. Quanto possono essere imbecilli tre ragazzini di dodici anni? Ma lei non si pente di averlo detto. Ne va fiera. Come fosse un titolo di nobiltà. La sua medaglia d'oro. Eva cerca lo sguardo di Loris Forte, che però evita il suo. Le lenti degli occhiali lo proteggono. Allora si rivolge verso il mendicante, o ladro, o malato di mente, che se ne sta lí accanto a lei, piantato come un albero sulla banchina, e capisce che non muoverebbe un dito per aiutarla. Ha già da difendere se stesso. Eva sgomita Sacchetti e Vigevani, cerca di scansarli e di raggiungere le compagne. Non la lasciano passare. Lo schermo luminoso indica: 3 MINUTI.

Eva allunga una gomitata nel fianco di Grasso, si apre un varco nell'accerchiamento e guizza fuori. Loris la trattiene per lo zainetto, e siccome lei si divincola, quello gli resta in mano. Trionfante, Loris estrae il diario. Ridammelo! ordina Eva, spintonandolo. Loris lascia cadere lo zainetto e corre verso la parte opposta della stazione. Eva esita, si china a raccogliere lo zainetto, e gli occhiali di Loris, che nel parapiglia gli sono scivolati dal naso, e Loris è già all'altezza delle panchine, a sfogliare avidamente il diario di Eva Gagliardi. È molto miope, però le lenti adesso non gli servono, perché da vicino ci vede. Vuole scoprire se nel diario Eva lo nomina, perché è convinto che sia innamorata di lui. In verità, lo spera. A lui piace, la Gagliardi. Ma si vergogna di ammetterlo, perché gli altri penserebbero che anche in lui c'è qualcosa di strano. La considerano tutti strana. Eva Gagliardi parla come un libro stampato, legge e non ha amici. E anche se le sono già sbocciate le tette, e i capezzoli si drizzano come chiodi sotto i maglioni larghi in cui si infagotta, nessuno dei ragazzi si sogna di chiederle di stare insieme. Dietro la copertina, con lo scotch, Eva ha incollato una fotografia. Ma non raffigura lui. Loris la stacca febbrilmente, con le unghie. 2 MINUTI.

Gagliardi, Forte, venite qui! li richiama la Landini. Ma non le dànno retta. Eva lo ha raggiunto e lo affronta, non ha mica paura di quella giraffa cieca. Lo strattona. Loris agita la fotografia, tenendola sospesa sopra la testa. Fa il gesto di gettarla sui binari. Eva saltella, tentando di strappargliela dalle mani, ma Loris è piú alto di lei. È il piú alto della classe. Un gigante. Ridammela o ti ammazzo, sibila Eva. Che mi dài in cambio? ride il ragazzino. La fotografia oscilla alla luce dei neon. Si vedono tre figure bianche contro il cielo azzurro. È la sua preferita, con loro. Sono giovani, con le facce abbronzate, e sorridono – felici, ignari. Sei un minorato mentale, dice Eva. Loris sa cosa deve rispondere. E tu sei una merda perché sei uscita dal buco del culo. Ma lui si è sempre vergognato di pronunciare quella frase volgare, in casa non dice mai parolacce, sua madre non le sopporta. 1 MINUTO.

Una donna con la sporta bianca da cui fuoriescono foglie di sedano li osserva, e siccome il dialogo le sfugge, le

sembra che stiano giocando. Beata gioventú. All'età loro
lei non giocava, lavorava – e se si lagnava, giú mazzate.
In vista dell'arrivo del treno, le professoresse radunano il
gregge disperso della II B. I ragazzini adesso le attornia-
no, docili. Forte, Gagliardi, venite qui! sbraita la Landini. Ridammela! ripete Eva. Gli mostra gli occhiali, minac-
ciando di buttarli sui binari se non le restituisce la foto.
Loris non aveva intenzione di lasciar cadere la fotografia.
Voleva solo chiederle una cosa in cambio. Però non gli occhiali. Un bacio. Se quegli stupidi occhiali non gli fossero
scivolati dal naso, Eva Gagliardi sarebbe stata costretta
ad accettare. Ma dal tunnel sbocca una fiatata improvvisa, e gliela sfila dalle dita. La foto vola via – volteggia sui
binari, ma non ricade, e il vento che annuncia l'arrivo del
convoglio la spinge verso l'estremità della stazione, all'ingresso del tunnel per Loreto.

Riprendila! grida Eva. Invece di scusarsi, perché non
l'ha fatto apposta, davvero, Loris scandisce la frase. Gli
esce di bocca all'improvviso, quasi contro la sua volontà,
come un rigurgito di vomito. Eva getta a terra gli occhiali
e gli salta addosso, come una tigre, sgraffiandogli le palpebre, il naso, la faccia. La scritta luminosa lampeggia:
TRENO IN ARRIVO.

Nel vagone di testa un fanale luccica come un occhio.
Loris tenta di staccarsi le unghie di Eva dal viso, barcolla,
e lei lo spinge verso l'orlo del marciapiede, con una forza di
cui non si sarebbe mai immaginata capace. Loris sbraccia,
a vuoto, e cade scompostamente all'indietro. Il suo viso è
deformato dal dolore e dal terrore. Aiutami! urla, allungan-
do le mani verso la banchina. Eva però rincula. Poi è solo
puzzo di metallo bruciato e fragore – le ruote che si bloc-
cano, le scintille che sprizzano, e i vagoni che avanzano.

La donna con la sporta bianca istintivamente si tira indietro, e i vagoni le scorrono davanti. Uno, due, tre. Poi il treno si inchioda. Un vecchio che scende lemme lemme giú per la scala mobile guasta viene urtato, sbilanciato e quasi gettato a terra da una ragazzina coi capelli scarruffati e lo zainetto rosa che corre in direzione contraria, su per le scale mobili immobili come fossero di pietra, saltando i gradini a due a due. Il vecchio si aggrappa al corrimano, stizzito. Che ignoranza, è proibito uscire da lí. Da qui si scende, dall'altra parte si sale. Ma i ragazzi d'oggi non hanno educazione, nessuno gli insegna piú a rispettare le regole, tutto gli è permesso. Adesso nella stazione la musica insulsa degli altoparlanti non riesce a sopraffare le urla. Dalla metropolitana scendono i passeggeri, sconvolti. Alcuni sono caduti a terra a causa della frenata brusca, e si tastano le ossa. Quelli che aspettavano sul marciapiede si addensano intorno alla testa del convoglio. Solo l'uomo con le ciabatte di gomma è salito tranquillamente sul vagone, ora vuoto, e si è seduto. Crede che le porte stiano per chiudersi. Invece la stazione Pasteur è un manicomio.

I ragazzini della II B non hanno visto niente. Qualcuno si è spiaccicato sotto il metrò, comunica Sacchetti. La notizia si propaga alla velocità della luce. L'incidente li entusiasma. Non hanno ancora mai visto un morto. Dove, dove? Ma non poteva suicidarsi in un altro momento? sussurra la professoressa di arte e immagine alla collega. La Landini era contraria a portare gli alunni all'Ambrosiana con la linea rossa – difficile sorvegliare venticinque dodicenni in uno spazio aperto. Avrebbe voluto affittare un pullman. Ma la scuola ha subito troppi tagli, non si sono reperiti i fondi. E però alle attività culturali le professoresse non vogliono rinunciare. Non si arrendono, loro

due, scendono in trincea, piuttosto che privare i ragazzi di
ciò cui hanno diritto. La Landini non riesce piú a vedere
né Loris Forte né Eva Gagliardi. Rimuove il pensiero che
balugina nella sua mente. No, non è vero. Avanza verso la
testa del treno, col cuore in bocca. Sul finestrino del primo
vagone s'è stampato uno schizzo di sangue grande come
una rosa. Ma forse è vernice spray. È sotto, è sotto! ge-
sticola la donna con la sporta bianca, ma nella confusione
nessuno l'ascolta. La professoressa Landini nota un paio
di occhiali sulla banchina. Cadaverica in viso, sull'orlo di
un collasso, urla i nomi di Eva e Loris, disperata. Il conducente è sceso dal vagone. Anche lui si sente male. Gli
si scioglie lo sfintere. Che è successo? chiede il vigilante
accorso dalla stazione superiore. Staccate la corrente! urla
la donna con la sporta bianca. C'è caduto, sta là sotto!
    Ma chi, quando? tenta di calmarla il vigilante, mentre
chiama un'ambulanza. La donna con la sporta bianca, concitata, ansimando, non è in grado di spiegare l'accaduto.
Non li guardava sempre fissi. Si è distratta, quando è arrivato il treno. Erano due ragazzini, stavano giocando, sul
marciapiede, vicino alla linea gialla, si mettevano le mani
addosso, si spingevano, oddio madonna mia.

    Il treno per Roma parte puntuale. Eva è seduta in se-
conda classe, accanto al finestrino. Non è il suo posto. Ma
non le piaceva, quello che le ha assegnato il computer. Il
vagone 9 era troppo vuoto, e lei avrebbe dato nell'occhio.
Le ragazzine di undici anni non viaggiano da sole. Si è posizionata in uno degli scompartimenti di centro, mescolan-
dosi a una comitiva di turisti spagnoli. Sono bruni, con le
facce mediterranee, come lei. Forse il controllore penserà
che fa parte del gruppo. Li ha scelti proprio perché spagnoli. Nella sua famiglia la Spagna somiglia al Paradiso, i suoi

genitori ne parlavano con affetto e nostalgia, le dicevano: ricordati sempre che tu hai l'anima andalusa.

Gli ultimi ritardatari si affrettano a salire; col piede sullo scalino una donna aspira le ultime boccate della sigaretta. Chiudi le porte, chiudi le porte, prega Eva. Dovrebbe offrire uno scambio al destino. Tipo: se il treno parte prima che vengano a tirarmi giú, io non prenderò mai piú la metropolitana; oppure: se la passo liscia non ucciderò mai neanche una zanzara, smetterò di studiare, andrò a pulire il sedere ai malati terminali, rinuncerò ai miei sogni. Ma ha la mente vuota, e non riesce a promettere di sacrificare qualcosa abbastanza importante da compensare la morte di Loris Forte. La vita non può paragonarsi a nient'altro, non si baratta. Se solo potesse tornare indietro, se solo quei cinque minuti non li avesse vissuti.

I suoi occhi frugano il binario, ma non si vedono sbirri. Non la stanno ancora cercando. Ma lo faranno. Manca soltanto lei all'appello della II B. Gli innocenti non scappano. E poi ci sono le telecamere di sorveglianza, nella stazione. L'avranno inquadrata mentre. No, non deve pensare al viso terrorizzato di Loris Forte mentre cade all'indietro. Sarà durato un nanosecondo. Ma l'immagine si è tatuata sulla retina e solo pensarci le fa male. Il cuore indolenzito non riesce quasi a pompare sangue nel cervello. I polmoni stentano a dilatarsi, fatica a respirare. Ha la nausea. Un sibilo annuncia che finalmente le porte si sono chiuse. Con lentezza esasperante, il treno si stacca dalla banchina. Dio ti ringrazio.

È una mattina grigia di dicembre. Pioviggina, e la periferia di Milano ha lo stesso colore del cielo. Di là dal finestrino scorrono condomini, viali, palazzi, tram, semafori, cavalcavia, campi sportivi, poi capannoni industria-

li, ciminiere, scheletri di cascine diroccate, silos, spicchi
di campagna zebrata da onde di fango, filari di pioppi.
Senza quasi piú foglie. Nidi di rovi secchi ondeggiano fra
i rami piú alti. Ma solo stormi neri di cornacchie si leva-
no in volo dalle cime sguarnite degli alberi e cabrano sui
solchi bruni. I turisti spagnoli consultano le guide. Scenderanno a Firenze, dovrà trovarsi un altro posto. Eva è
fiera di essere riuscita a comprarsi il biglietto da sola alle
macchinette automatiche. Non l'ha mai fatto prima in vita
sua. Però nel borsellino le sono rimasti appena dieci euro.
Non immaginava che un viaggio in treno di cinquecento
chilometri potesse costare tanto. Non si regola coi soldi.
I bambini non comprano mai niente.

Estrae il cellulare dallo zainetto, sbircia le chiamate perse – già dieci… –, sta per digitare il numero, poi cambia
idea. Vede molti telefilm polizieschi e ha anche cominciato a scrivere un romanzo giallo. La cosa piú stupida che
possa fare un ricercato è usare il cellulare. Ti localizzano
all'istante. Cosí non telefona a casa – per avvisare che è
viva, sta bene, è pentita di quello che ha fatto, e chiede
scusa alla famiglia di Loris. Ma non devono preoccuparsi
per lei, non darà piú fastidio, non tornerà mai piú.

Né telefona a qualcun altro. Del resto non ha molti
numeri in rubrica. Per questo non è su Facebook. Aveva
paura di avere pochi amici e di essere derisa. Chi ha pochi
amici è uno sfigato. Cioè, veramente ora è su Facebook,
ma è una pagina contro – di quelle che si creano per de-
nigrare qualcuno e lapidarlo sotto una scarica di parole.
L'ha informata Morgana, ieri. Morgana siede nel banco alla
sua sinistra, è una compagna scialba, inoffensiva, onesta.
Morgana l'ha vista, la pagina contro Eva, forse l'hanno vista tutti. Insulti, offese, minacce, immagini di escrementi
umani photoshoppate con la sua testa, a formare un ibrido

repellente. Eva non ha voluto vederla. Ha detto che non gliene importa niente, ma non è vero. Dovrebbe bloccarla e rimuoverla, però non è capace, e se chiedesse aiuto a qualcuno – al cugino Valerio, per esempio – dovrebbe spiegargli tutto e morirebbe di vergogna. E poi ormai chissenefrega. Non ci tornerà piú, nella II B.

Il primo nome della rubrica è Aurelia, il secondo è Loris. Invece non deve avere piú niente a che fare con lui. Sul display compare la scritta: Vuoi cancellare? Eva conferma ed elimina Loris Forte dalla memoria del cellulare. Ma non dalla sua. Lo rivede mentre cade, con la faccia graffiata e il sangue sulle guance. Io non volevo spingerti sotto la metropolitana. O forse sí. Te lo meriti, stupido idiota. Non dovevi nominarlo. Ti avevo avvertito. Poi spegne il cellulare e lo lascia cadere nello zainetto. Deve resistere alla tentazione e ricordarsi di non accenderlo mai.

Il controllore passa quando non sono neanche arrivati a Piacenza. Non è il tuo posto, dice, notando che il numero della carrozza non corrisponde a quello sul biglietto. Sono nella 9, mio padre mi ha detto di spostarmi perché ha l'influenza e non vuole attaccarmela, mente Eva, rifilandogli un sorriso ingenuo, domani ho una gara. È brava a dire le bugie. Dice bugie praticamente da quando è nata. Per questo forse le viene naturale inventare storie. Riesce pure a credere che quella che inventa sia la verità. Il controllore le restituisce il biglietto, e prosegue. Would you mind? chiede Eva al capo comitiva, indicandogli la guida stropicciata dell'Italia che lui ha abbandonato sul tavolino. Lo spagnolo le fa cenno di prenderla. Io ci sono stata in Spagna, vorrebbe dirgli. A Siviglia, e pure a Madrid. Ma avevo cinque anni, mi ricordo solo della cattedrale, faceva caldo e mi annoiavo – però non avevo il coraggio di dirlo ai miei genitori.

Eva apre la cartina dell'Italia. Non sa dove si trova
Visso, perché non si è mai dovuta preoccupare di raggiungerla. I bambini non guidano. Ricorda solo che ci è andata da Roma, e il viaggio in macchina è durato meno di tre
ore. Su internet c'era scritto: «dal 2000 non dà piú concerti. Si è ritirato sui monti Sibillini, vicino Visso». Erano le ultime righe della biografia su Wikipedia di Yuma
– pseudonimo di Giuseppe Autunno – nato a Cecalocco,
provincia di Terni, nel 1962.

La cartina della guida riporta solo le principali località
turistiche d'Italia. Però nell'indice dei nomi Visso c'è.
Eva non conosce lo spagnolo. Conosce l'inglese e il francese, ha frequentato gli ultimi anni alla Scuola Europea
di Bruxelles. Ma adesso non le serve. Sillaba lo stesso le
sette righe relative a Visso. Piú o meno desume che è un
elegante borgo medievale, posto alla confluenza dei fiu-
mi Ussita e Nera, ma quelle parole tronche che finisco-
no in -ón e in -ez fanno riaffiorare dalla memoria la voce
squillante di Maria Cruz. Le viene un pizzicore agli occhi. A Natale e per il suo compleanno riceve sempre una
cartolina da Guayaquil. Maria Cruz è tornata a casa. Ricordati che ti voglio tanto bene, le scrive. E prego per
papà tutti i giorni. Eva le risponde con una letterina, al-
legando la sua fotografia piú recente. Ma non le scrive
che anche lei le vuole sempre bene, perché non sarebbe
vero. Non si può voler bene stando lontani. Il bene si
nutre delle cose di tutti i giorni, della presenza. Però in
realtà nemmeno questo è vero. Le manca, Maria Cruz. Il
suo profumo di sapone da bucato, la treccia corvina dei
capelli, le pattine di feltro quando spazzava il parquet, il
sorriso indulgente, il seno morbido quando la abbracciava
stretta. Ma non vuole piangere davanti agli spagnoli. Eva
non piange mai. È una ragazzina dura, almeno è quello

che sostiene nonna Margherita. È dovuta diventare cosí, tosta e coriacea, perché il suo mondo è friabile. Anche la nonna è una dura, comanda e spaventa, decide e
offende, non si lamenta e non si arrende: Eva vorrebbe
diventare come lei.

Restituisce la guida al capo comitiva. L'uomo sembra
accorgersi soltanto adesso di quanto è giovane la passeg-
gera che gli siede di fronte. È molto strano che viaggi senza accompagnatori e senza bagaglio, solo con uno zainetto
rosa. Eva previene la domanda. Si alza e si dirige verso la
toilette. Non deve tornare nella carrozza 6.

Sulla porta del bagno è appicciato un foglietto con
scritto WC INUTILIZZABILE. Eva lo stacca, lo appende su
quella del bagno di fronte e ci si chiude dentro. Intende
restare nascosta almeno finché non superano la stazione
di Reggio Emilia. Calcola che il capotreno impiegherà parecchio a rimontare tutto il convoglio, e forse a Bologna
ne salirà un altro, e non le chiederà di nuovo il biglietto.
E comunque gli dirà che glielo hanno già controllato. Si
sciacqua la faccia e si lava le mani. Il sapone sembra bava
di lumaca. Col passare dei minuti, la tenaglia della paura
che le serra lo stomaco si allenta. Non ha piú la nausea né
quell'oppressione sui polmoni. Riesce di nuovo a deglutire.
Le sta venendo fame. A quest'ora a scuola c'è la ricreazione, e di solito ne approfitta per mangiare una pizzet-
ta. Sul treno ci sarà la carrozza ristorante? Ma tanto deve
conservare i dieci euro, le serviranno per arrivare a Visso.

Ormai la polizia avrà rintracciato Sabrina, forse anche
Michele. Saranno fuori di testa. Sono due persone quadrate,
prive di senso dell'umorismo e di fantasia, mai avrebbero
immaginato che lei fosse capace di un gesto cosí efferato.
La considerano educata, studiosa e tranquilla, a differenza

del loro figlio Valerio – che a diciott'anni ha già combinato guai dappertutto, si è fatto bocciare al liceo e ha pure distrutto la microcar perché guidava ubriaco. Il giudizio dei professori è identico: Eva Gagliardi è una bambina precoce, dall'intelligenza non comune. Il suo profitto è buono e passibile di ulteriori miglioramenti quando si riadatterà ai metodi della scuola italiana. Equilibrata e matura, sa ciò che vuole e si impegna per ottenerlo. Lei se ne compiaceva: non per i giudizi in sé, ma perché pensava che i suoi genitori ne sarebbero stati contenti. Ogni suo insuccesso, o debolezza, avrebbe decretato il loro fallimento. Per gli altri genitori forse non è cosí. Ma i suoi erano sempre sotto esame. Non doveva spingere giú dal marciapiede Loris Forte. Doveva fregarsene, come ha sempre fatto. Quasi vantarsene: solo gli sfigati non hanno nemici. Ha commesso un errore irreparabile. Ora penseranno tutti che era già scritto nella natura delle cose.

Eva ricorda bene che i minori di quattordici anni non sono imputabili di nessun reato. Glielo ha detto Valerio. Aveva l'abitudine di rubare al supermercato. Cose di scarso valore, toblerone, patatine, marmellate, lamette, che poi regalava subito ai mendicanti appostati all'uscita. Rubava per dimostrare di avere coraggio, e per incutere soggezione al fratello minore Luca e a lei. Aveva continuato a farlo anche dopo aver compiuto i quattordici anni, ma ci stava piú attento. Invece, se ti beccano quando sei non imputabile, se la prendono coi genitori. Nel suo caso, col tutore. A Eva dispiace che Michele ci vada di mezzo. Si rovinerà la reputazione, e non c'entra niente con questa storia. Però nello stesso tempo ha le sue responsabilità. È anche colpa sua se Loris Forte è morto stritolato sotto la metropolitana. Se fossi rimasta a vivere a Roma con Giose, non lo avrei mai incontrato.

Abbassa il coperchio sulla tazza, si siede, chiude gli occhi e cerca di evocare il viso di Giose. Però le appare come nella fotografia che Loris ha strappato dal diario, e non com'era l'ultima volta che lo ha visto. È rimasto giovane, abbronzato, felice. Cosí succede ai morti. Anche la sua foto su Wikipedia è stravecchia. Appartiene alla preistoria, cioè a un'epoca in cui lei non solo non era ancora nata, ma neanche vagamente prevista. Vederla, le ha provocato le vertigini. Non riesce a immaginare il mondo senza di lei. C'è Giose, cioè Yuma, a ventun anni, con la maglietta nera, una giacca di lamé, i capelli corti pettinati in avanti, la frangetta scura che incornicia un viso d'angelo arrogante, dove scintillano i grandi occhi sottolineati dal kajal. Bello e maledetto come un attore del cinema.

Eva ha paura di rivederlo. A volte quando a luglio incontri un amico dell'estate scorsa, lo riconosci appena e non sai cosa dirgli. Ma Giose non era un amico qualunque. Lui era. Chissenefrega cos'era, era Giose. Non gli dirà di aver buttato Loris Forte sotto la metropolitana. Penserebbe di averglielo insegnato lui. Giose aveva il pepe nel sangue ed era insofferente a qualsiasi genere di prepotenza. Non permetteva a nessuno di giudicarlo. Una volta ha sformato a calci la macchina di un tizio che lo aveva insultato. Sotto gli occhi di suo padre e di lei, che non andava ancora nemmeno a scuola. Quella rabbia violenta l'aveva sconvolta. Ma le aveva anche trasmesso una sicurezza nuova. Finché c'era Giose, nessuno avrebbe osato fare del male a suo padre, e a lei.

Sta andando da Giose, ma Giose non vuole piú vederla. È sparito. Come se fosse andato a vivere sulla luna. Eva lo odia, per questo. Lo odia talmente che ha progettato perfino di ucciderlo. Piantandogli un paletto nel cuore, come a Dracula. Ma non lo ha fatto, e non ci ha nemmeno provato perché sa di meritare il suo silenzio. Quello che è successo è colpa sua. Lo ha tradito. E non una volta sola. Ma era piccola, e confusa. Giose avrebbe dovuto perdonarla.

Dopo Modena viaggia accanto a una suora con la pelle color caffellatte. Eva non saprebbe dire se ha cinquant'anni o diciotto. Tutti quelli che sono piú grandi di lei, le sembrano vecchi. Piedi nudi stretti in sandali di cuoio spuntano sotto la tonaca azzurra. Dal velo bianco che le fascia la testa fino alle sopracciglia spuntano due occhi di carbone. È ansiosa, quasi spaventata, perché è straniera, abituata a muoversi con le consorelle, e ha paura di mancare la stazione. Ogni volta che il treno si ferma chiede a Eva se questa è Chiusi. Eva sa dov'è Chiusi, perché è la stazione piú vicina alla casa di nonna Margherita, e sa che ci vuole ancora qualche ora per raggiungerla, quindi ogni volta che il treno rallenta la rassicura. Però ignorava che il treno avrebbe fermato a Chiusi. Se la nonna sapesse che sta passando cosí vicina, verrebbe a prenderla e la costringerebbe a scendere. La nonna non si fermerebbe davanti a qualche lacrimuccia, sarebbe capace di trascinarla giú dal vagone tirandola per un orecchio. Ma la nonna guida la macchina, e non lo prende mai il treno, perché dovrebbe essere alla stazione? Non può andare sempre tutto storto. La sfortuna si compensa, il bene e il male si tengono in equilibrio, nel mondo – altrimenti nessuno potrebbe sopravvivere.

Lo smarrimento della suora le impedisce di pensare al suo. Cosí a poco a poco si rilassa, e dopo un po' le sembra quasi di essere in vacanza. La suora si chiama Celeste – cioè questo è il suo nome da religiosa, perché in realtà è indiana. Eva le dice di chiamarsi Aurelia. Come l'eroina aliena del suo ultimo romanzo. E come Aurelia Santacroce, l'ex moglie di suo padre. Una donna col viso spigoloso e gli occhi verdi distanti uno dall'altro come se volessero fuggire in direzioni opposte, le ossa sporgenti, un seno minuscolo da tredicenne, magra e lunga come Olivia di Braccio di Ferro e però, a giudizio di tutti i maschi che Eva conosce, sexy in modo irresistibile. Eva la trova semplicemente bella. Era a lei che stava per telefonare. Ma Aurelia, anche se prende sempre le sue parti, dovrebbe informare subito Sabrina e Michele, e cosí si è trattenuta.

Scendi anche tu a Chiusi? le chiede suor Celeste, che decisamente odia viaggiare da sola. Parlano in inglese, perché la suora non capisce una parola di italiano. Eva le dice che sta andando a Roma, a trovare suo padre. Lei prima ci abitava, a Roma, in una casa a Monti, vicino Santa Prassede. È una chiesa famosa, sia per motivi artistici – i monumenti bizantini, i mosaici, il pavimento – sia per la martire cui è dedicata, Prassede, la sorella di santa Pudenziana... Eva è convinta che la suora conosca la vergine patrizia suppliziata sotto Antonino Pio, ma quella non dà segno di averla mai sentita nominare. I martiri sono passati di moda.

I tuoi genitori sono separati? chiede accigliata suor Celeste. Sí, mente Eva, da tre anni. Che peccato, sospira la donna, i bambini devono avere un padre e una madre. Tu ce l'avevi? chiede Eva, dispettosa. È abituata a sentirsi dire questa frase. Conosce la risposta giusta da dare fin da quando andava all'asilo. Cosa? Un padre e una madre. Purtroppo no, confessa suor Celeste, con un sorriso mesto, mia madre è morta quando ero piccola. Vedi che non ti sono cresciute due teste e quattro gambe, non ti si è atrofizzato il cervello, si vive lo stesso, dice Eva. Suor Celeste rimane sorpresa dall'aggressività della ragazzina, poi però pensa che sia per colpa dell'inglese. Quando si parla una lingua straniera si perde il codice, si diventa scortesi.

Il treno lascia Bologna, sale su colline escoriate da can-
tieri e cave, e si infila nelle gallerie degli Appennini. La luce si smorza, una sonnolenza prepotente trascina in basso
le palpebre di Eva, lei lotta, si riscuote, si pizzica le braccia, si raddrizza, poi si abbandona di nuovo, chiude gli
occhi, cede, e si addormenta. La assale a tradimento uno
di quei sogni fulminei assemblati con gli scarti del giorno,
i ricordi ammuffiti e le libere associazioni dell'incoscien-
za. È nel lettone della casa dietro Santa Prassede, sotto il
piumino. Giose le fa il solletico sotto la pianta dei piedi,
dietro il ginocchio, e nell'incavo del gomito, dove sa che la
sua pelle è piú sensibile; lei ride, strilla, scalcia, si dimena
e gli rotola sopra: lui non indossa maglietta né canottiera, è in mutande, piú liscio e depilato di un nuotatore; sul
cuore, blu scuro come un livido, spicca il tatuaggio col suo
nome, EVA, e quella vista la rincuora, perché Giose non si
è fatto nessun altro tatuaggio, e questo significa che non
l'ha dimenticata, lei è sempre la sua regina. Lo schiaccia
fra le gambe, lo cavalca e gli chiede dove mi porta il mio
destriero, dove mi porta il mio destriero, e una voce stridula, che proviene da qualche parte, dice: ti ha partorito dal buco del culo, ed è come se le avessero sputato in
faccia. Si ferma di colpo, Giose sotto di lei non ha sentito niente, gli ridono gli occhi, gli ride la bocca, e quando
ride gli vengono le fossette nelle guance. Ti ha partorito
dal buco del culo, ti ha partorito dal buco del culo, ti ha
partorito dal buco del.

Lei allunga il braccio per scacciare la voce, e lo allunga
davvero, la testa che ciondolava sul petto rimbalza e si
sveglia di soprassalto, col cuore che mitraglia e il respiro affannoso. È sul treno che corre in un tunnel, Giose
è svanito. Nel sedile di fronte, approfittando del suo pi-
solino, suor Celeste sta sgranocchiando furtivamente un

sandwich con la frittata. L'odore succulento le fa rombare lo stomaco.

Eva sbatte le palpebre, si dà un contegno e pianta gli occhi addosso alla suora. Ha fame. A disagio, suor Celeste distoglie lo sguardo, finge di interessarsi al paesaggio – ma è sfortunata, là dietro il vetro sfila solo il muro della massicciata, tanto veloce da causarle il mal di mare. Addenta un altro morso. Eva insiste e assume un'espressione dolente. Conosce lo sguardo umiliato e famelico che i mendicanti indossano come una maschera per commuovere i cuori di pietra dei ricchi passanti. Non hai un panino? le chiede suor Celeste, dopo aver finito il suo. No, dovevo prendere il Frecciarossa e arrivare a Roma in tempo per il pranzo con mio padre, ma era appena partito e ho preso questo, mente Eva. Ha già perso il conto di quante bugie abbia inventato oggi. Perché non vai a comprarti qualcosa? si stupisce la suora. È passato un uomo col carrello delle bibite, vendeva anche panini. Mia mamma mi aveva dato i soldi, ma li ho spesi, mormora Eva, fingendo contrizione. Suor Celeste sospira. Eva deve osare. Adesso o mai piú. Se mi potesse prestare un po' di soldi, mio padre glieli spedirebbe con un vaglia oggi stesso.

Suor Celeste esita. La storia di Eva non regge, inoltre è una ragazzina troppo ben vestita per essere davvero affamata. Ma suor Celeste non ha l'abitudine di giudicare. Si sottomette agli eventi come ai suoi superiori. Fruga nella borsa. Ha un portafoglio logoro e leggero: Eva riesce a distinguere solo poche banconote rosate, da dieci euro. Deve appartenere a una congregazione povera. O avere fatto voto di povertà. Se no non andrebbe in giro coi sandali e senza calze a dicembre.

Eva intercetta l'uomo col carrello al centro del treno. Compra una lattina di Coca-Cola, un tubetto mini di Pringles e due panini col prosciutto cotto, pomodoro e mozzarella. Contengono noci, arachidi o residui di gusci di noce? gli chiede. Penso proprio di no, risponde quello, alzando le spalle. Pensa o è sicuro? insiste Eva. L'addetto alla ristorazione si dice che questa ragazzina con la criniera da leone e il bomberino color malva da fighetta è petulante come sua figlia, e le darebbe volentieri uno scapaccione. Perché lo vuoi sapere? chiede, battendo lo scontrino. Se mangio noci mi si gonfiano la lingua e le labbra, la testa mi diventa grossa come quella di una foca, e muoio, sta per dirgli Eva. Però si morde le labbra e tace. Sta lasciando anche troppe tracce. Il tipo si ricorderebbe di una ragazzina allergica alle noci. È un'allergia abbastanza comune, ma in Italia riguarda pur sempre una percentuale molto limitata della popolazione. Mentre riguadagna la carrozza, urtando e sbattendo contro gli spigoli dei sedili a causa degli ondeggiamenti del treno, nonostante il carattere minuscolo decifra uno a uno gli ingredienti sulla confezione dei panini. A parte i soliti conservanti, i grassi animali, gli addensanti, gli emulsionanti, i correttori di acidità e un'allarmante possibile presenza di tracce di crostacei e pesce, niente di letale.

Suor Celeste non legge, non telefona, non usa il computer, non prega, non guarda nemmeno fuori dal finestrino, dove adesso si disegnano le verdi colline toscane – ordinate come in un quadro, tutte casali, uliveti e cipressi puntuti. Immobile, assorta in se stessa, con le mani abbandonate in grembo lascia che il tempo passi. Vive, all'erta come una coccinella su una foglia. Chissà cosa pensa, se pensa, come riesce ad astrarsi dal mondo e a dimenticare la tristezza.

Non sembra una persona felice. Eva fiuta l'infelicità altrui come se avesse la bacchetta del rabdomante. Le persone tristi le fanno una paura tremenda. La attraggono, ma le evita, perché non vuole diventare una persona triste e teme che l'infelicità sia contagiosa. Io quando avevo sette anni volevo farmi suora, dice a un tratto, per andare in Africa a crescere gli orfani del Congo.

E adesso non lo vuoi fare piú? si riscuote suor Celeste. No! esclama Eva, inorridita. Perché hai cambiato idea? chiede suor Celeste. Perché quando sono rimasta orfana non avrei voluto essere cresciuta da una suora, sta per dire. Ma non vuole offendere la piccola straniera coi piedi scalzi. E non le va nemmeno di mentire. Suor Celeste è stata gentile con lei. Le persone non sono obbligate ad aiutare il loro prossimo. Infatti non lo aiutano quasi mai.

Voglio fare la scrittrice, spiega. Ho scritto già dieci romanzi. Accidenti! si meraviglia suor Celeste. Che genere di romanzi? Non la deride – né per il fatto in sé né perché lei è solo una bambina. Nessuno ha mai preso Eva sul serio, e l'attenzione di suor Celeste la riempie di orgoglio. Cosí, finché il treno non rallenta all'altezza di Chiusi, senza interrompersi mai, nemmeno per prendere fiato, Eva le racconta le trame intricatissime dei suoi romanzi: e anche se suor Celeste non ha mai letto un romanzo in vita sua, né in futuro lo farà, la ascolta, per gentilezza o per carità – perché è una suora. E quando il treno si ferma alla stazione di Chiusi, Eva la accompagna alla porta, e la aiuta a scaricare sul marciapiede l'enorme valigia e i mille pacchetti, e le dispiace non vederla mai piú.

La stazione Termini è un formicaio. Migliaia di persone di ogni razza, in giacca e cravatta o con la qubbah da salafita, in felpa col cappuccio e jeans sbracalati, in di-

visa da ferroviere o col velo in testa, si aggirano freneti-
che lungo i binari, sulle piattaforme, davanti ai chioschi
dei giornali, alle pizzerie, ai bar e nell'enorme atrio della
biglietteria, dove roteando su una pedana si pavoneggia
l'ultimo modello di una macchina ibrida. Tutti si urtano,
trascinano carrelli e valigie a rotelle, borsoni e sacchi di
plastica, cercano i taxi, o il treno per l'aeroporto, si infilano nelle scale mobili della metropolitana, da cui emer-
gono altri viaggiatori, in un flusso continuo che ricorda la
corrente di un fiume. Eva non sa dove andare, sono anni
che non capita qui.

Cammina indecisa, passa e ripassa davanti alle bigliet-
terie, legge i nomi delle destinazioni sul pannello luminoso dei treni in partenza – ma non trova Visso da nessuna
parte. È una piccola città, milleduecentosette abitanti, di
cui ottocentotrentaquattro nel borgo, secondo la guida
spagnola. Legge anche l'orario generale affisso sul pilone
alla testa di un binario. Un rettangolo di carta giallastra
sotto vetro dove sono elencati anche i treni minori, e le
fermate piú secondarie. Ma niente. Solo allora realizza che
a Visso evidentemente non c'è la stazione ferroviaria. La
delusione le morde il cuore.

C'è uno sportello con l'ufficio informazioni turistiche,
un baracchino misero per una metropoli come Roma, ma
è preso d'assalto da un'orda di turisti, e dopo aver atteso
dieci minuti senza essere riuscita ad avanzare di un passo verso il gabbiotto, Eva sguscia via dalla fila. Si sente
persa, abbandonata, in pericolo. Inoltre col passare dei
minuti si aggrava l'impressione che tutti gli uomini la fis-
sino con intenzioni sordide. Non ci è abituata. Gli uomini
non si accorgono mai di lei. Non ha ancora l'età per suscitare pensieri sozzi, e comunque non è attraente come
le ragazzine della pubblicità. Ha un naso da Cleopatra, i

capelli a rovo e l'apparecchio ai denti. Non sa camminare
disinvolta, i vestiti addosso a lei sembrano sempre troppo
stretti o troppo larghi, troppo colorati o troppo banali,
non sa nemmeno coprire i brufoli col correttore. Il loro
disinteresse l'ha sempre umiliata, e solo adesso compren-
de che l'invisibilità è un privilegio. Entra in uno stato di
allerta, allunga il passo e ingobbisce le spalle, non vuole dare a nessuno il tempo di rivolgerle la parola. Deve
chiedere a qualcuno, è evidente. Ma intorno a sé non
vede nemmeno una faccia rassicurante. Quelli che sembrano normali vanno di fretta e se si accosta la scansano,
pensando che voglia accattonare o fregargli il portafoglio.
Due carabinieri giovani e paciocconi ciondolano accanto
alla camionetta parcheggiata sotto la pensilina d'ingresso,
dietro le vetrate. Ma non può certo ricorrere a loro, con
quello che ha combinato.

Se solo avesse il numero di telefono di Giose. Lo chia-
merebbe, e lui verrebbe a prenderla. Verrebbe, anche se
non l'ha perdonata. Non potrebbe lasciarla alla stazione
Termini, da sola e con pochi euro in tasca. Ma non ce l'ha.
L'ha cercato, su internet, qualche giorno fa. Alle Pagine
Bianche non risulta nessun abbonato col suo nome.

Mentre vaga smarrita davanti alla libreria un vecchio
con occhi sporgenti da batrace e la giacca lisa la omag-
gia con un gesto lurido. Si lecca le labbra tirando fuori
la lingua e poi la accartoccia, così da simulare un pene in
erezione. La risucchia in bocca e la estrae, stantuffando,
sempre più veloce. Eva non ha mai visto il pene di un uomo, ma ha visto quello di uno scimpanzé, al bioparco. Lo
scimpanzé è una scimmia antropomorfa, il che vuole dire
che somiglia all'uomo. Era dietro il vetro del recinto coi
suoi genitori, e al pensiero che avessero fra le gambe uno
schifo simile le si sono aggrovigliate le budella. Avvampa,

come se avesse chiesto lei al vecchio di mostrarglielo. Per sfuggirgli si precipita giú per le scale mobili.

Sottoterra si apre una specie di piazza con la fontana, dove comitive di ragazzi si riuniscono sui muretti, proprio come in superficie. Ce ne saranno almeno cinquanta. Hanno la carnagione olivastra e tratti orientali, forse filippini, anche se parlano romanesco. Non sono molto piú vecchi di lei. Eva si fa coraggio e si avvicina. Sapete come faccio ad andare a Visso? chiede. I ragazzi si fanno ripetere il nome. Si consultano. No, nessuno ha mai sentito questa città. Cittadina, anzi, paese, precisa Eva. Ma dove si trova, esattamente? Non lo so, dice Eva, vicino ai monti Sibillini. I ragazzi scrollano le spalle. Sono dispiaciuti di non poterla aiutare. Però scatta istintivamente la solidarietà anagrafica. Se è in montagna, dice una ragazza grassoccia, che fuma una sigaretta a dispetto del vistoso cartello VIETATO FUMARE appeso proprio sopra di lei, starà in mezzo. Le montagne in Italia stanno o di sopra o in mezzo – fanno una specie di croce. Quelle di sopra si chiamano Alpi, perciò i Sibillini staranno di traverso. Eva annuisce, il ragionamento della ragazza non fa una grinza. Beh, ma come ci si va in mezzo? la incalza. Non lo so se ci vanno i treni, dice la ragazza, poi spegne la cicca sotto il tacco degli stivali e si alza. L'attenzione degli altri sta già scemando. Poiché non possono aiutarla, in fin dei conti non hanno piú interesse per lei. Una ragazzina di appena undici anni. Eva è sull'orlo di una crisi di lacrime. Se devi attraversare l'Italia in orizzontale, e andare sull'Adriatico, interviene l'amica della ragazza con la sigaretta, una mora dalla pelle di mogano truccata come una geisha, ti conviene prendere un pullman. Partono qua vicino, a Castro Pretorio.

Le indicazioni sono piuttosto vaghe, perché neanche

quella ragazza ha mai preso la corriera. Ne ha solo sentito parlare. Ma Eva decide di seguirle. Del resto non ha alternative. Sbuca su via Marsala dall'uscita laterale, risale un isolato, infila la strada dritta come una lama che corre perpendicolare alla stazione per quasi mezzo chilometro, incuneata fra alti palazzi di sei piani, serrati l'uno all'altro, incombenti, senza balconi. Ogni portone è adorno dell'insegna di qualche pensione. A una stella, al massimo due. È una zona di passaggi e di naufragi. Sul marciapiede si affacciano ristoranti esotici, da cui esalano odori di spezie e fritture stantie, bugigattoli con due sgabelli e qualche computer obsoleto, che si spacciano per internet point, e negozi indecifrabili. A parte qualche vagabondo ubriaco, con la pelle grigia di sporcizia, non incrocia neanche un bianco. Eva non si spaventa e tira dritto, un isolato dopo l'altro. Suo padre le ha insegnato che il valore delle persone non dipende dal colore della pelle ma da quello del cuore. Alcuni ce l'hanno nero. E quelli sono da evitare. Nonna Margherita trova che papà fosse un filosofo idealista. La vita la teorizzava, ma le cose non vanno come dovrebbero. Non seguono una logica coerente. Sicuramente ha ragione la nonna, ma a lei non importa. E ogni volta che conosce qualcuno, si chiede di che colore abbia il cuore.

Quasi non si accorge che la folla si è diradata, e che le pensioni sono diventate alberghi graziosi, perfino eleganti. Sbuca su un viale ingorgato di macchine, sul lato opposto della carreggiata un muro di mattoni – torrette di guardia e filo spinato. Zona militare, divieto d'accesso. Un pullman rosso sosta sul lato destro, dalla marmitta erutta nuvole di monossido di carbonio. Ha già i fari accesi, fa buio presto a dicembre. Lungo il marciapiede si accroccano capannelli di persone con le valigie. Benché non ci sia nessun cartello, nessuna pensilina e nessuna piazzola, Eva capisce che quella è la fermata delle corriere. A Milano no, e nemmeno a Bruxelles, ma nel resto del mondo funziona così. I suoi genitori hanno sempre voluto che viaggiasse, fin da piccola. E lei si ricorda dei pullman che hanno preso in Marocco e in Cappadocia. Si convince che loro la stiano guidando. La proteggono. Vogliono che arrivi a destinazione, sana e salva.

Il pullman per Visso parte semivuoto. Eva si siede in fondo, lontana dall'autista e dagli altri passeggeri. Tiene il biglietto fra le mani, e lo zainetto sulle ginocchia. È stanca, e ha freddo. La radio è accesa, a basso volume. Va in onda il notiziario. Ma non si parla di Loris Forte, né di lei. Succedono così tante cose piú gravi, di questi tempi. Dietro il finestrino, Roma si spegne a poco a poco. La luce diventa crepuscolare, si accendono i lampioni. Riflettendo i fari, l'asfalto brilla come fosse cosparso di granelli di zucchero. Il viaggio, le hanno detto, dura tre ore. Quando arriverà, sarà già sera. Ma Eva non vuole pensare al futuro. Pensa che è stata fortunata: se fosse arrivata mezz'ora dopo, e il pullman fosse già partito, avrebbe dovuto dormire per strada. Cioè, avrebbe dovuto arrendersi. E il suo viaggio sarebbe già finito.

Estrae l'iPod dallo zainetto, si infila gli auricolari. E finalmente parte la musica. Una chitarra, note tristi che sembrano gocce piovute dall'oscurità. E buia sembra anche la voce di Giose – una voce familiare e insieme diversa dalla sua, eterea, ambigua, appena riconoscibile – che improvvisamente crepita, come un gemito, e canta:

Tu non esisti
E non smetto di cercarti
Dov'eri quando ai vetri
Bussava la notte

Tutti dicono
Sei disadatto
A vivere
La morte è la tua sposa
Impiccati in cantina
Trovati un lavoro qualunque
Sparati un colpo in faccia
Prima che sia tardi arrenditi
Sei disadatto
A vivere
La morte è la tua sposa

La voce stridula di Loris ripete, ostinatamente: Ti ha partorito dal buco del culo.

Eva è l'unico passeggero a scendere a Visso. La corriera prosegue infatti per Camerino. La prima cosa che la colpisce è la temperatura. Ci saranno dieci gradi meno che a Roma. Una brezza gelida le schiaffeggia il viso e la fa rabbrividire. Ha perso i guanti, mentre correva su per le scale mobili della stazione Pasteur, e non si è potuta fermare a raccoglierli. Si maledice per non essersi voluta mettere il berretto di lana, stamattina. Ha perfino litigato con Sabrina – non me lo metto, non mi rompere, faccio come mi pare, non puoi costringermi, non sei mia madre. Sabrina ci resta male, quando le dice certe cose, e lei lo sa, e gliele dice appunto per ferirla. Qualche volta riesce a farla piangere, e se ne compiace, ma la soddisfazione per la vittoria viene assorbita subito, come l'acqua dalla sabbia. Sabrina non pretende molto, ormai ha rinunciato a cercare il suo affetto, si accontenterebbe di un po' di rispetto. Ma a Eva stanno male i berretti, ha troppi capelli e il cranio troppo voluminoso. E poi doveva solo andare alla Biblioteca Ambrosiana – c'è il riscaldamento, lí.

La seconda cosa è la neve. Un chiarore lattiginoso sa-

le dalla strada, dai tetti spioventi delle case, dai muretti
dei giardini. Quella che fiocca dal cielo, lentamente, senza rumore, non è pioggia. Sono coriandoli granulosi che
si incastrano sui ricci e le inumidiscono i capelli. Calpesta
un tappeto bianco che scricchiola come vetro sotto le sue
scarpe. La terza è il silenzio. Non passano macchine, non
si sentono voci. Si trova in un viale deserto, davanti a un
edificio che sembra una scuola e che perciò, a quest'ora, è
completamente spento. Sul marciapiede non c'è nessuno.
Dall'altra parte della strada, una luce offuscata dietro la
porta a vetri di un forno. Nessun altro segno di vita. Eva
non si ricorda di questa strada, né del forno.

Si incammina verso l'insegna gialla e blu del benzinaio.
Dalla catena che chiude il vialetto d'ingresso penzola un
cartello con scritto CHIUSO. Però dentro il gabbiotto intravede la sagoma di un uomo. Il vetro è appannato dalla
differenza di temperatura. Dentro deve esserci una stu-
fa. Eva prova ad aprire, ma la porta è sbarrata. Bussa con
energia. Nessuna risposta. Preme il naso contro il vetro, lo
pulisce coi polpastrelli. Il benzinaio sta contando le banconote, chino sulla cassa, e sobbalza quando Eva bussa di
nuovo. Si affretta a chiudere il cassetto e alza lo sguardo.
Incrocia il suo. La diffidenza gli cade dal viso. Una bambina non vorrà rapinarlo.

Sblocca la serratura. Che vuoi? l'apostrofa, senza cerimonie. Il mio cellulare è scarico, potrebbe fare una telefonata per me? chiede Eva, meno supplichevole di come
vorrebbe. Il benzinaio annuisce, un po' sorpreso. Estrae
il suo cellulare, senza inutili domande. La gente di montagna non spreca le parole. È un Nokia piú vecchio di Eva.
A Milano considererebbero il benzinaio uno sfigato. Il
numero non lo so a memoria e non posso leggerlo nella
rubrica perché il cellulare non si accende, mente Eva, ma

lei di sicuro lo conosce. Abita qui vicino. Dovrebbe chiamare Giose Autunno.

Mai sentito, dice il benzinaio. Sei sicura che sia di qui? Beh, esita Eva, non è proprio di qui, ci vive. Strano, siamo pochi, ci conosciamo tutti, dice il benzinaio. Poi arguisce che il ticchettio metallico di sottofondo che lo disturba da qualche minuto viene da lei: la bambina sta battendo i denti. La invita a entrare nel gabbiotto, dove ristagna un odore di nicotina e lana bagnata. La conversazione non fa molti progressi, lei ripete il nome di Giose Autunno, forse qui si fa chiamare Giuseppe; lui ripete: mai sentito, e non c'è molto da aggiungere – è tardi, il tempo peggiora, e il benzinaio vuole tornare a casa prima che la nevicata si trasformi in tormenta. Le previsioni meteo sono pessime, e lui abita fuori dal paese, la strada è ripida e stanotte ormai lo spazzaneve non esce. Eva teme che il benzinaio la butti fuori nella notte.

La notte non le ha mai fatto paura – né a Roma né a Bruxelles né a Milano. Anzi, di notte le cose, e anche le persone, assumono forme e aspetti sorprendenti, come se fossero piú libere. Ma su queste montagne la natura si sta riprendendo gli spazi che gli uomini le hanno sottratto. Un giorno, mentre facevano un'escursione su un sentiero del parco nazionale, a un certo punto Giose le ha indicato un avvallamento nel terreno – un'impronta, diceva, anche se lei non distingueva niente – e poi ha sbriciolato fra le dita quella che le sembrava una zolla di terra dura. Invece era sterco secco di orso. Sconfinano dal parco d'Abruzzo, vengono soprattutto a primavera, quando hanno fame, aveva detto Giose. Una coppia era stata avvistata dietro il monte Cardosa. A dicembre gli orsi sono già andati in letargo? E poi comunque i boschi qui sono infestati di cinghiali, che si mangiano i noccioleti, e si riproducono piú

numerosi dei topi, e per quanti ne ammazzi nella stagione
di caccia tanti ritornano. E ci sono anche cani inselvati-
chiti, e branchi di lupi. Nonna Pia diceva che d'inverno,
quando il paese è abbandonato, i lupi vengono a cantare
alle stelle dietro la legnaia.

Allora Eva decide di comunicare al benzinaio tutte le
informazioni di cui dispone. La casa di Giose sta in fondo
a una valle chiusa, è poco sopra il paese, un paese minuscolo, una frazione, non mi ricordo come si chiama, la strada
finisce e piú in alto ci sono le montagne. Qua le montagne stanno dappertutto, dice il benzinaio, che comincia a
trovare singolare la pretesa di Eva. È di pietra, specifica
lei. Ma qui tutte le case sono di pietra.

Giose fa il cantante, aggiunge Eva. Cioè lo faceva. Ora
non lo so. La bio di Wikipedia, oltre ai titoli degli album e
ai premi ricevuti da Yuma come interprete e compositore,
conteneva una sezione chiamata «Altro». Diceva che Giuseppe Autunno «compone colonne sonore per film porno e
documentari; ha pubblicato anche un volume con le liriche
delle sue canzoni, *Sei come sei* (2003, Clessidra editore)».
Ma questo genere di informazioni Eva non le condivide.
Ha imparato presto a selezionare ciò che può essere detto a tutti e ciò che deve essere detto a pochi. Che la vita
pubblica e quella familiare sono divise da un confine – e
non sempre i due mondi comunicano.

Il benzinaio però finalmente ha capito. Quello del Cigno
Nero! esclama, con un risolino sardonico. Eva teme che si
sbagli, non le risulta che Giose abbia mai avuto a che fare
con un cigno – nero, poi... Ma non lo contraddice. Forse il
signore del Cigno Nero potrà portarla comunque da Giose.
Il benzinaio non lo conosce di persona, questo Giose, solo ora gli viene in mente di aver sentito parlare del nonno
– omonimo, perché i nomi qui formavano una catena che

niente poteva spezzare, ed era l'unico modo per un povero cristiano di guadagnarsi l'immortalità – faceva il peco-
raio prima di vendere il gregge e scendere alle acciaierie di
Terni. Deve essere la madre, quella vecchietta storta che è
venuta l'estate scorsa a chiedere informazioni per la casa di
riposo, diceva che si vuole ritirare a Nocelleto. Sí, gli pare
di ricordare che quello del Cigno Nero sta sotto il passo
Cattivo. Di sicuro all'alimentari lo conoscono. Forse il negozio è ancora aperto. S'infila il piumino, spegne l'insegna,
sospinge la ragazzina fuori dal gabbiotto.

Nevica furiosamente, adesso. Eva non riesce a tenere gli occhi aperti. Percorrono nemmeno trecento metri
prima di infilarsi all'interno, ma bastano a infradiciarle
le scarpe. Non sente piú i polpastrelli. Il benzinaio e il
padrone dell'alimentari parlano di quello del Cigno Nero.
Eva lo capisce, anche se il loro dialetto è strano. Il padrone dell'alimentari chiama un amico, che chiama la sorella, che chiama il custode della baita degli impianti di sci.
Eva aspira avidamente l'odore di pepe, ciauscolo all'aglio
e prosciutto di montagna che impregna il negozio. Non
la conoscono, non conoscono Giose, ma stanno perden-
do tempo per lei.

Finalmente il padrone dell'alimentari annota una se-
quenza di numeri sulla carta bruna del pane. Il benzinaio
le porge il cellulare. Eva soffia sui polpastrelli insensibili, digita faticosamente il numero. Squilla. Una, due, tre,
quattro volte. Per un attimo teme che il numero sia sbagliato. O che lui abbia dimenticato il telefono da qualche parte.
O che non senta. Ma dove può essere andato, con questo
tempo? Cinque, sei, sette. E se scatta la segreteria telefonica? Il benzinaio e il padrone del negozio la scrutano.
Una ragazzina vestita da città, col bomberino di una griffe
famosa, i jeans strappati artificiosamente sul ginocchio,

le scarpe da ginnastica, senza guanti, senza berretto. Una
presenza incongrua, qui.

Chi sei? risponde alla fine una cavernosa voce maschi-
le. Cosí, brutalmente, piuttosto ostile. Papà! esclama Eva.
Sono all'alimentari, a Visso, ti prego vieni a prendermi
che sto morendo di freddo. Papà? reagiscono stupefatti il
benzinaio e il negoziante, istintivamente, come la rana di
Galvani. Stando alle chiacchiere, il musicista... Non c'è
reazione. La voce dall'altra parte non emette un suono.
Lei specifica, assurdamente, come se lui avesse altri figli
e potesse confondersi: sono Eva, papà!

Eclissi

Una mattina di giugno, Giose non andò a prendere Eva all'uscita di scuola. L'aveva accompagnata ogni giorno, per sei anni – tre di asilo nido e materna e tre di elementari. Qualcosa come millecento volte, in orari che gli sembravano francamente criminali. L'accompagnava, e la ritirava, pure con la febbre a trentanove, le cispe agli occhi e il catarro incatramato nei polmoni. Si era assunto quel compito, e si impegnava per assolverlo. Ammetteva onestamente che tra i numerosi difetti del suo carattere spiccavano la mancanza cronica di puntualità e l'incostanza. Era infatti famoso per avviare un progetto, con travolgente entusiasmo, per poi abbandonarlo prima di metterlo in pratica. Realizzare le cose gli riusciva piú difficile che immaginarle. Molti ritengono che tutti gli artisti siano cosí – ma lui sapeva che non è vero.

La depositava davanti al cancello, e aspettava che Eva entrasse, anche se non avrebbe dovuto fermarsi, perché la strada era stretta e la sua macchina bloccava il traffico. Prima di varcare il portone, Eva doveva voltarsi e salutarlo inviandogli un bacio soffiato sulle dita. Solo a quel punto lui ingranava la marcia, e spariva dietro la curva. Negli ultimi mesi il bacio era stato sostituito da un cenno della mano, perché Eva aveva cominciato a vergognarsi di quelle cerimonie: in terza elementare credeva di essere grande e non voleva che i compagni di classe la vedessero mentre ancora si sbaciucchiava con suo padre.

A volte avrebbe addirittura preferito che non l'accompagnasse proprio. Ma non aveva il coraggio di dirglielo. Capiva che lui non si rendeva conto di essere vistoso, ed estremo, credeva anzi di essere molto discreto. «Discrezione» era una parola che ricorreva spesso nei discorsi in casa Gagliardi. Eva non sapeva cosa significasse. Inoltre suo padre era convinto che le sarebbe dispiaciuto se avesse affidato l'incombenza a Maria Cruz. Intendeva con ciò dimostrare – a Eva, o forse a se stesso – che lei era la sua vera priorità: di notte restava alzato a suonare la chitarra elettrica con le cuffie sulle orecchie, nello studio che aveva ricavato in soffitta, e quando alle sette trillava la sveglia flottava felice nel mondo dei sogni e piuttosto che alzarsi avrebbe preferito un cazzotto sul naso. Però si sacrificava volentieri – per amore della bambina. Scaraventava le coperte di lato, schizzava in piedi, coi capelli ritti in testa e l'impronta spiegazzata del cuscino sulla guancia, e correva a svegliarla – con una gragnuola di baci, il solletico sotto la pianta dei piedi o canticchiando una canzone. Il suo repertorio era sconfinato. Apparecchiava per la colazione, trafficava rumorosamente con tazze e cucchiaini, tostava il pane, lo sommergeva di marmellata, le preparava il cestino o lo zainetto. Poi le abbottonava il cappotto e le calcava in testa il berretto col paraorecchie di pelliccia e guidava fino alla scuola con lo stereo acceso a tutto volume per estirparsi il sonno dal cervello. Allora Eva scendeva dalla macchina, correva su per le scale, si voltava, salutava con uno spiccio cenno della mano e spariva nel portone. Sentiva la marmitta della sua macchina che sputazzava nella via.

Maria Cruz, la tata ecuadoregna che viveva in una stanzuccia della casa di Santa Prassede da quando Eva portava ancora i pannolini, una volta raccontò scandalizzata alla domestica dei dirimpettai che il signor Giose dopo aver lasciato a scuola la bambina si rimetteva a letto, e dormiva almeno fino a mezzogiorno. Maria Cruz aveva l'abitudine di parlare a voce molto alta, come se in quel modo il suo linguaggio strampalato diventasse piú comprensibile, cosí Eva aveva ascoltato quel discorso. Le era rimasto impresso, perché dal tono di Maria Cruz sembrava che rimettersi a letto all'ora in cui tutti gli uomini di questo mondo vanno al lavoro fosse una cosa moralmente sbagliata.

Giose tornava a prenderla all'una – alle quattro del pomeriggio al tempo della materna: ma alle elementari, dopo ponderata riflessione, avevano deciso di iscriverla a un istituto che non prevedeva il tempo pieno. Quando la bidella apriva il cancello, lui era già lí: nella bella stagione a cavalcioni della moto, gigantesca, cromata, potente; d'inverno seduto sul cofano della macchina arrampicata sul marciapiede, ferma con le freccette lampeggianti in doppia fila, o col muso schiacciato contro i cassonetti – comunque fastidiosa per i passanti e gli automobilisti. Col cappello da pescatore o la bombetta grigia in testa, il giubbotto attillato di pelle bordeaux, la sciarpa di seta scarlatta che gli svolazzava intorno al collo o certi enormi occhiali da sole tigrati, da diva hollywoodiana, diffondendo intorno a sé un profumo aggressivo di agrumi. In mezzo alle madri trafelate, alle nonne e alle dimesse baby-sitter dei compagni di Eva spiccava come un papavero su un prato. Altri padri non ce n'erano, perché la crisi non era ancora arrivata a licenziarli e di giorno davvero, come aveva sottolineato Maria Cruz, gli uomini lavorano.

Eva scendeva le scale quasi di corsa, e si issava sul sellino della moto o si tuffava in macchina ancora con lo zaino sulle spalle. Perché a quel punto aveva fretta di tornare a casa. La casa era un fortino inespugnabile, la scuola

stava diventando un campo minato. Era cominciato tutto
a maggio, per la ricorrenza della festa della mamma. La
maestra l'aveva soppressa, per non offendere la sua sensibilità, anche se lei ne era ignara. I bambini si erano la-
mentati, gli altri genitori avevano protestato, i suoi avevano acconsentito a ripristinarla, e cosí quel giorno, mentre
i compagni fabbricavano un disegno o una statua di Das
per la mamma, a lei non venne in mente niente da offrire
a una donna che non poteva né voleva immaginare. Per
non farsi vedere inoperosa si era accanita a colorare di
rosso un cuore, e poi, appena era suonata la campanella,
l'aveva stracciato in mille pezzi, fremendo di rabbia. In
seguito molte volte si sarebbe rimproverata di aver preso
quelle precauzioni per minimizzare l'esistenza di Giose,
e avrebbe voluto non averlo mai fatto. O avergli detto almeno una volta che era felice di trovarlo al suo posto, là
fuori, e che non avesse mai mancato l'appuntamento. Ma
ormai era successo e non poteva farci niente.

Finché una mattina di giugno, quando mancavano sette
giorni alla chiusura delle scuole, Giose non si presentò. Eva
sbucò dal portone e non vide la sua moto, né la macchina
davanti ai cassonetti, né la bombetta grigia o la macchia
sgargiante dei suoi vestiti. Era un evento talmente insolito
che pensò gli fosse successo qualcosa. Lo pensò senza nessun dispiacere. Era ingombrante, suo padre, apprensivo,
svagato e insieme asfissiante, sicché qualche volta avrebbe
voluto che sparisse. Ma solo per un po'. Perché lo amava.
Forse piú di chiunque altro. Anche se alla stupida domanda che le propinavano spesso: a chi dei due vuoi piú bene?
rifiutava saggiamente di rispondere.

Christian era piú rilassante, piú coerente e protettivo.
Manteneva sempre le promesse – anche perché ne faceva
poche. Organizzava la vita di tutti, metteva ordine nelle

giornate, risolveva i problemi, non perdeva mai la calma.
Ma era anche piú severo, stabiliva quello che Eva poteva,
doveva o non doveva fare, e non aveva troppa pazienza
coi suoi capricci. Aveva ricevuto un'educazione formale,
diceva che nella vita gli era stata utile, perciò tentava di
insegnarle a rispettare le regole e i divieti. Giose invece
si era sbarazzato del senso del dovere, voleva che ormai
la vita sua e di quelli che gli stavano accanto fosse una festa, da consacrare alla felicità e ad attività piacevoli, aveva
demolito l'idea stessa di autorità e non voleva infliggere
alla figlia le costrizioni che aveva subito lui. Non la rimproverava mai. Quando era piccola, le comprava sacchetti di caramelle talmente dolci che dopo un po' le facevano
male i denti. E le permetteva di mangiarsele tutte, benché Christian ripetesse sempre che lo zucchero fa venire
la carie e la conseguenza delle scorpacciate fosse spesso
un'incontenibile diarrea.

Giose faceva anche i compiti con lei. Ma non disatten-
to, svogliato, guardando l'orologio: ci si impegnava. Studierò con te, diceva, mi farò finalmente una vera cultura,
prenderò la laurea con te. Che cosa vuoi fare da grande,
amore di papà? Eva cambiava idea ogni mese. Il medico,
per inventare una cura capace di abolire la morte; l'orni-
tologa, la vulcanologa, la suora, l'erpetologa. Piú recente-
mente la malacologa, per studiare il mondo dei molluschi.
Leggendo con Giose un libro sui segreti della natura, aveva scoperto che le conchiglie, in apparenza cosí statiche
e monotone, possono essere invece dotate di stiletti ad
arpione da conficcare nelle carni del partner, o di uncini
estraibili dall'orifizio che iniettano tossine cosí letali da
uccidere un uomo. E hanno anche una vita sessuale tor-
bida e promiscua: alcune copulano senza organi genitali,
altre sono ermafrodite e si autofecondano, altre ancora

cambiano sesso con l'età. Giose la interrogava sulle tabel-
line, imparava la grammatica, leggeva con lei libri illustrati
sulle fate e manga giapponesi popolati di bambine con le
calzette corte. Eva era talmente abituata a fare i compiti
con lui che rimase stupefatta di scoprire che il padre della
sua migliore amica non sapeva nemmeno com'era fatto il
loro libro di scuola. La compiangeva – come una bambina sfortunata, un'orfana, quasi miserabile. A volte si scopriva a fissarlo, col batticuore. Era bello, suo padre. Coi
capelli neri lunghi sulle spalle e i vestiti stravaganti, il viso d'angelo arrogante e un modo di camminare elastico,
come fosse su un palcoscenico. Nessuno somigliava a lui.

Eva rimase a chiacchierare con le amiche, che però si
dispersero rapidamente e nel giro di dieci minuti se ne andarono con le baby-sitter. Allora lo chiamò al cellulare, ma
non era raggiungibile. Neanche questo la preoccupò. Giose
era distratto, e a volte lo dimenticava sulla panchina del
parco, su uno scaffale del supermercato, in spiaggia. Perfino in aereo. Erano a Parigi, perché Christian si era infine
rassegnato a portarla a Eurodisney: tutti gli amichetti di
lei c'erano stati, ed Eva si vergognava di non avere la foto con Topolino. Giose cercò il telefono dappertutto e poi
si chiamò col cellulare di Christian. Squillava. Ma rispose
una hostess, infuriata: l'aereo era già ripartito per Roma,
era in volo a dodicimila metri, e lui non avrebbe dovuto
lasciarlo acceso, poteva interferire con la strumentazione
di bordo. Minacciò di denunciarlo. Giose si fece una risata.

Eva sistemò lo zainetto tra le ginocchia e sedette, paziente, sulle scale. Finché la bidella venne a chiudere il portone e le chiese se aveva qualche problema. Mio padre si è
scordato di me, disse Eva. Ma sempre senza preoccuparsi,
sorridendo. Quale padre? chiese la bidella. La situazione
familiare di Eva Gagliardi la divertiva ancora. Per lei, e

per la scuola, rappresentava una novità assoluta. Accolta inizialmente con imbarazzo e preoccupazione, quindi assorbita e digerita, al punto che ormai nessuno – né scolari, né maestre né dirigenti né genitori, nemmeno l'insegnante di religione – ci faceva caso. Non fosse stato per quella disgraziatissima festa della mamma, nessuno se ne sarebbe piú ricordato. Mio padre Giose – specificò Eva – mio padre Christian oggi è fuori Roma per lavoro. La bidella rientrò nell'edificio e chiamò la maestra.

Rita Gammuro era una tracagnotta con la pelle color sughero, un imperterrito accento del sud e la testa guarnita da una zazzera di capelli brizzolati. Secondo Giose era troppo trasandata, e temeva che trasmettesse a Eva il suo sciatto senso estetico. La trovava nozionistica e ligia al programma ministeriale, e avrebbe voluto iscrivere Eva a un'altra scuola – montessoriana, magari, che stimolasse meglio la creatività dei bambini. Ma Christian era un fanatico fautore della scuola pubblica. Una delle poche istituzioni meritorie dello stato italiano. L'istruzione gratuita e l'uguaglianza rappresentavano per lui valori non negoziabili. Inoltre voleva che Eva crescesse tra bambini di ogni estrazione sociale, razza e provenienza. Avrebbe avuto tutto il tempo di rinchiudersi tra i suoi simili. Fu molto orgoglioso che la prima amica di Eva, all'asilo, fosse la figlia della parrucchiera cinese del negozio dietro casa, e rimase profondamente ferito quando apprese dai discorsi della bambina l'opinione che la parrucchiera aveva di lui e di Giose. Inoltre Christian apprezzava la serietà di Rita Gammuro. Ricambiato, del resto. La maestra ai colloqui voleva che ci andasse sempre lui. Le sembrava un padre piú affidabile, piú normale.

Non puoi restare qui, Eva, le disse la maestra. La scuola chiude, fra poco. Ti accompagno a casa? Intanto, cercando le chiavi della macchina, raspava nella borsetta di stoffa stinta comprata al commercio equosolidale. Eva non sapeva cosa fare. I suoi genitori ripetevano sempre che una bambina di otto anni non può andarsene in giro da sola per una città barbara come Roma. Allora acconsentí.

A casa c'era solo Maria Cruz. La abbracciò talmente stretta che le stecche del suo reggiseno si conficcarono nello sterno di Eva. Le era stato ordinato di non dirle niente, e infatti niente le disse. Eva scaraventò lo zainetto sulla poltrona e andò a lavarsi le mani. Ma non sentí odore di cibo. In cucina la tavola non era apparecchiata. Sui fornelli nemmeno una pentola. Il secchio della spazzatura vuoto come lo aveva lasciato alle sette e mezzo della mattina. Eppure, quando potevano, i Gagliardi pranzavano a casa. Giose diffidava dei bar e anche dei ristoranti. Non sai mai cosa ci mettono nei sughi, e con quale olio friggono, diceva. Preferiva cucinare lui, o dare istruzioni a Maria Cruz. Da ragazzo aveva frequentato l'istituto alberghiero e se non avesse accalappiato Christian avrebbe fatto il cuoco.
Questa almeno era l'opinione di Margherita Gagliardi, la madre di Christian – espressa a bordo piscina, durante un fine settimana che i figli, coi rispettivi nipoti, trascorrevano nella sua casa di Trequanda. Eva non sapeva se fosse vero. Nonna Margherita non aveva convinzioni, né politiche, né religiose, né morali, ma opinioni categoriche e immodificabili, in base alle quali giustiziava le persone con la lingua. Eva aveva cominciato a intuire che la nonna provava per Giose sentimenti contrastanti. Ripeteva spesso con grande enfasi che per lei era come un altro figlio. Ma in realtà era un modo di dire, una frase fatta. Davanti agli estranei, la nonna magnificava le felici fami-

glie dei suoi figli, tutte e due, e non avrebbe mai voluto che sospettassero quanto poco invece avesse apprezzato la svolta di Christian.

Quando Eva in seguito chiese ad Aurelia quale colpa avesse mai commesso Giose, e cosa avesse fatto alla nonna, Aurelia le spiegò che Giose non aveva nessuna colpa particolare, né difetti imperdonabili. In fondo nemmeno il fatto di essere un maschio costituiva la vera causa dell'ostilità della nonna: le suocere sono spesso cosí. Vorrebbero per il loro figlio la sposa perfetta – che non esiste o che dovrebbe essere identica a loro. E faticano ad accettare quella che invece viene scelta. Ma è impossibile spiegare in modo soddisfacente perché si ama una persona, e solo quella, e si rifiutano tutte le altre.

Giose non si fa nessun senso di colpa – aveva sibilato la nonna a zio Michele, mentre Eva sguazzava in piscina a pochi passi da entrambi. Un altro si vergognerebbe di farsi mantenere. Lui non ha nessun rimorso, non sa cosa sia la dignità. Non è un uomo. Eva era rimasta profondamente stupita del suo tono schifato, perché neanche nonna Margherita aveva mai lavorato. Anzi, si vantava di aver rinunciato a una brillante carriera da funzionario per dedicarsi a quella del marito e allevare i suoi figli. Ma lei era una donna.

Giose però era davvero insuperabile in cucina. Eva non aveva mai piú assaggiato degli spaghetti cosí croccanti, e della carne cosí tenera. Il momento preferito della giornata era per lei la cena, quando non avevano ospiti – cosa che prima capitava raramente, ma di recente sempre piú spesso – e loro tre, intorno al tavolo della cucina, senza fretta e senza intrusi, mangiavano gli spaghetti di Giose, gli spezzatini, i polpettoni, i bocconcini, i purè e le mousse al cioccolato, e intanto parlavano di tutto e di niente, e

Giose pretendeva che lei gli raccontasse per filo e per segno quello che era successo a scuola. All'inizio Eva lo faceva, ma negli ultimi tempi non sempre gli diceva la verità. Non voleva che si dispiacesse. Lui però non lo aveva mai capito. Si fidava di sua figlia.

Maria Cruz tirò fuori dal frigo una mozzarella e qualche fetta di prosciutto. Il pane era quello di ieri, con la crosta indurita e la mollica asciutta. Quel pranzo freddo e raffazzonato inquietò Eva. A quel punto voleva sapere dove fosse suo padre Giose, perché non era in casa, perché non aveva pensato al suo pranzo, e cosa gli era successo, ma aveva paura di chiederlo. Le venne in mente che se non dava la possibilità alla sventura di essere nominata, questa non avrebbe avuto il diritto di materializzarsi, e cosí le cose si sarebbero aggiustate, e sarebbe tornato tutto come prima: Giose sarebbe ricomparso, affannato, coi capelli lunghi scompigliati e un regalo per lei.

Maria Cruz si trincerò nella sua stanza. Sussurrava concitata al telefono, perché non voleva che Eva sentisse. Esibiva dei sorrisi ansiosi e strani, e non protestò quando lei si riempí il bicchiere di Coca-Cola. Né quando se ne andò in salotto e accese la televisione. Eva non aveva il permesso di guardarla nel pomeriggio, se prima non aveva fatto i compiti. Il serial era finito da un pezzo quando Maria Cruz entrò a chiederle il numero della zia Sabrina. Lo zio Michele, infatti, era all'estero e non si riusciva a rintracciarlo.

Ma Eva il numero di Sabrina non ce l'aveva. Perché avrebbe dovuto? La vedeva solo il giorno di Natale, durante la settimana bianca, che passavano nel loro chalet di Auronzo di Cadore, e ad agosto, se si riunivano dalla nonna, in Toscana. Ma con grande soddisfazione di Eva, che dei cugini già grandi non sopportava gli scherzi proditori, le ultime due estati i suoi genitori avevano preferito fare un viaggio. Maria Cruz, donna di esemplare placidità, era insolitamente agitata, doveva procurarsi il numero di zia Sabrina. Ma non volle spiegarle perché.

Quando Giose rientrò, Eva già dormiva. Si affacciò nella sua camera, esitando sulla soglia, al buio. Il piccolo corpo di sua figlia increspava il lenzuolo. Avrebbe voluto abbracciarla, ma per nessun motivo l'avrebbe svegliata. Non lo sfiorò nemmeno l'idea di mettersi a letto. Uscí e camminò senza meta tra i vicoli fino a stramazzare di stanchezza. In ogni strada, in ogni piazza, era stato con Christian. Ogni fermata d'autobus, fontana, scalinata, belvedere, gli parlava di lui. Aveva l'impressione di sentire il rumore dei suoi passi, e piú volte si voltò di scatto, certo di ritrovare Christian alle sue spalle. Che fai, Giose, dove te ne vai a quest'ora? lo rimproverava, sorridendo. E invece dietro di lui c'era solo l'ombra spessa della notte.

Si fermò sulla terrazza del Quirinale, sulla panca di marmo come un vagabondo, incapace di formulare un pensiero coerente, guardando le luci dei lampioni, la sentinella nella garitta, i colossali dioscuri di marmo intorno ai loro cavalli, l'obelisco immoto, la vasca di granito della fontana, le stelle opache sopra la città, e la bandiera italiana che sul pennone in cima alla torretta dell'orologio fremeva appena alla brezza – finché l'alba cominciò a schiarire il cielo sopra il Gianicolo. Dalla foschia emergevano i palazzi, le cupole, i colli, le torri, i ruderi bruni, i platani frondosi del Lungotevere, l'antenna proterva di Montemario. Giose seguí le evoluzioni enigmatiche dei gabbiani, gli avvitamenti, le zuffe e le planate, e le metamorfosi delle nuvole – e non si rese conto che erano quasi le otto. A quell'ora, aveva sempre accompagnato Eva a scuola.

L'accompagnò invece Maria Cruz, spiegandole la novità
in modo alquanto fumoso – Giose non si sentiva bene, aveva il mal di testa. Poi tornò a prenderla e la scortò a casa
dell'amichetta, Ginevra, dove sarebbe rimasta a dormire,
accampando la scusa che Giose forse aveva la scarlattina
o un'altra malattia contagiosa. La madre di Ginevra spinse le bambine in terrazza e bisbigliò pietosamente a Maria Cruz: avrà perso la memoria, starà vagando nei boschi,
vedrà che lo troveranno. Maria Cruz sussurrò che la moto
era quella del signor Giose. E si fece il segno della croce.

La terza sera, Eva rifiutò di restare ancora in casa di
Ginevra: la novità si era trasformata in abitudine, e aveva perso ogni attrattiva. Voleva il suo letto, la sua stanza,
le sue barbie, i suoi padri, voleva tornare a casa, da loro.
La madre di Ginevra, che non sapeva piú cosa dirle né
come tenerla tranquilla, supplicò Maria Cruz di venire a
riprendersela.

In salotto, Eva trovò a bivaccare Simone, uno dei piú
cari amici di Giose – uno spilungone con gli occhi celesti
e un simpatico muso da roditore, di professione fotogra-
fo, cui Eva aveva sempre riservato le moine piú smorfiose,
perché le piaceva parecchio. Ma in quel momento Simone
non era lí per lei. Forse per confortare Giose, benché con
scarso successo. Giose aveva le guance annerite dalla barba,
le palpebre gonfie e gli occhi spenti. Quasi non si accorse
di Eva. Non ho potuto portarlo via, balbettò all'esterrefat-
ta Maria Cruz, è ancora lí, tutto nudo, l'ho lasciato solo.

Il corpo giaceva nel freezer. Lo avevano ripescato nel
canale, in fondo al dirupo, e per il riconoscimento serviva l'identificazione visiva e la dichiarazione sottoscritta
di due testimoni. Cosí prevede la legge. Michele disse che

il secondo doveva essere uno della famiglia, non uno dei loro amici. Ma i parenti di Christian non vivevano a Roma. I genitori, dopo che il padre era andato in pensione – malvolentieri peraltro, e unicamente perché costretto per raggiunti limiti d'età – si erano ritirati nella loro tenuta toscana di Trequanda. E comunque la madre non ce l'avrebbe fatta a vedere il suo figlio prediletto cadavere e alla notizia, che pure le venne comunicata con ogni precauzione e tatto, ebbe un malore; il padre aveva il cervello ridotto a una groviera e ormai certi giorni non riconosceva nemmeno se stesso. I cugini erano tutti all'estero, perché i Gagliardi si tramandavano da generazioni la carriera in diplomazia o presso banche e istituzioni internazionali, e solo Christian aveva deragliato.

Alla fine, il sabato, tornò da Bruxelles il fratello maggiore, Michele. Giose lo aspettava davanti all'obitorio. Michele tentò di fargli coraggio, o di farselo. Vedrai che ti sei sbagliato, non può essere lui. Giose non disse niente.

Lo tirarono fuori: la salma giaceva su una specie di barella a ruote, coperta da un lenzuolo. Spuntavano due piedi, nudi, deformi. I polpacci glabri, magri – un brandello di carne strappata, a lasciar affiorare l'osso. Una caviglia spezzata, il piede piegato all'esterno, con un'inclinazione innaturale. L'inserviente gli scoprí il viso e Michele esitò. I capelli castani coronavano qualcosa di tumefatto, blu, quasi nero. Michele scosse la testa e l'inserviente tirò piú in basso il lenzuolo, fino a scoprirgli il petto scarno, le mani d'avorio, il ciuffo di muschio del pube. Il corpo era gonfio e bianco come sapone, perché era stato nell'acqua quasi quaranta ore.

Gli oggetti personali del morto erano custoditi in un sacchetto di plastica trasparente. Al collo era stata rinvenuta una catenina d'oro con la croce identica a quella che

Michele aveva ricevuto dai nonni alla comunione. All'anulare sinistro un anello d'oro bianco a doppia fascia, con incastonato uno smeraldo. Christian non lo toglieva mai. Sulla sua mano sottile quell'anello lampeggiava con orgoglio, come un segnale luminoso. È la mia fede, sai, gli aveva detto una volta, notando che lui lo fissava, io l'ho sposato per sempre, il mio Giose, anche se nessun documento lo registrerà mai. Michele sentí che le ginocchia gli cedevano. Si aggrappò alla barella, mugolando.

La catenina con la croce, l'anello con lo smeraldo, la caviglia spezzata e gli altri macabri particolari della salma ossessionarono Michele per anni, acquistando un'evidenza allucinante, persecutoria. Cercò inutilmente di dimenticare i pochi minuti che aveva trascorso accanto alla barella dove, supino, giaceva Christian, perché solo il ricordo gli causava un doloroso senso di colpa. Christian era sempre stato riservato, timido, schivo. E pudico come una fanciulla dell'Ottocento. Gli sarebbe dispiaciuto sapere che degli estranei lo avevano visto nudo. Michele avrebbe voluto tirare il lenzuolo sul corpo, e coprirlo, ma non aveva trovato la forza per farlo. Lo aveva lasciato lí, inerme. È mio fratello, balbettò, e sottoscrisse la dichiarazione che l'inserviente gli porgeva: Christian Gagliardi, anni 41.

L'autopsia confermò che non aveva bevuto né aveva avuto un infarto. Era astemio, non soffriva di cuore. Nessuna malformazione congenita sconosciuta. Forse un gatto gli aveva attraversato la strada. O un cane, un capriolo, un porcospino. Christian non avrebbe mai schiacciato un animale sotto le ruote. Nemmeno un rospo. Credeva che ogni essere vivente abbia una funzione nell'universo. Voleva vivere in armonia col creato, avversava le griglie elettriche moschicide, non usava neanche lo zampirone

e quando scopriva un ragno sotto al letto lo faceva salire su un foglio di carta e lo deponeva fuori dalla finestra.
Avrebbe cercato in ogni modo di evitarlo, perché avrebbe
pensato prima alla bestia che a se stesso. Comunque aveva
improvvisamente perso il controllo della moto, sbandato
per una cinquantina di metri e sbattuto contro il guardrail,
aveva perso il casco ed era caduto giú dal ponte. Ancora
vivo, forse svenuto. C'era acqua nei suoi polmoni: era an-
negato in un canale profondo meno di novanta centimetri.

Nessuno si era accorto dell'incidente, perché a quell'ora
la strada era deserta. Solo piú tardi un camionista aveva se-
gnalato la moto rovesciata sul ciglio del fosso, con le chiavi
ancora appese. Il corpo riemerse tra i cespugli, dieci chilometri piú a valle. Le rilevazioni della stradale stabiliro-
no che correva, questo sí. A centoventi chilometri orari.

Eppure Christian era prudente. Prendeva di rado la
moto di Giose, e solo se non poteva farne a meno. Giose sosteneva che la moto ti fa sentire parte dello spazio,
non ti separa dal mondo. Ma lui era diverso, aveva bisogno di sentirsi protetto dalle pareti di lamiera e vetro, e
di porre un diaframma tra sé e gli altri. Dopo la nascita di
Eva aveva perfino chiesto a Giose di venderla, la moto.
Come un atto di responsabilità, come se essere diventato
padre gli imponesse di rinunciare alla libertà di fondersi
col mondo. Ma Giose non lo aveva fatto. E non vedeva
l'ora che Eva fosse abbastanza grande per portarla con
sé, e farle sentire l'abbraccio del vento. Christian si era
rassegnato, né poi aveva mai rimproverato Giose di aver
insegnato a Eva il piacere di viaggiare a due ruote in mezzo al mondo – anzi qualche volta aveva cominciato a gui-
darla anche lui, la moto. Ma non superava mai i limiti.
Era Giose a dare troppo gas. Era lui a collezionare multe
per eccesso di velocità. Christian non aveva mai perso un

punto della patente. Rispettava sempre la legge, quando
la riteneva giusta.

Eva non seppe mai dove stesse correndo suo padre.
Dove era diretto, cosa doveva fare quella mattina, chi lo
aspettava. Non seppe mai neanche in quale punto esatto
della strada. Giose le aveva promesso che sarebbero andati
sul luogo dell'incidente a portare dei fiori, ad appendere
disegni e parole, e annodare una sciarpa o un nastro intorno all'albero piú vicino. Dove la sua anima era volata
via, lí avrebbero innalzato il suo tempio. Ma non ne aveva avuto l'occasione. E quando Eva, dopo l'estate, lo aveva
chiesto alla nonna, Margherita Gagliardi aveva detto che
detestava gli altarini ai lati delle strade – un'usanza volgare e pagana. Non servono a niente. Se esiste, l'anima è
immortale. Non resta certo a prendere polvere sulla terra.

Eva non pianse, perché non riusciva a capire esattamente cosa fosse successo a suo padre, e che significa morire.
Andarsene. Dove? Si diventa puro spirito? Si comunica coi
vivi? I morti vanno in Paradiso o sottoterra? Il Paradiso
è un luogo, un'idea, un sogno, oppure un imbroglio? Ma
tutti fraintesero i suoi occhi asciutti: le dissero che era una
bambina coraggiosa, aveva il carattere di suo padre, e lui
sarebbe stato orgoglioso di avere cresciuto una figlia cosí.

Solo in chiesa, durante il funerale, mentre don Vincenzo ricordava la breve intensa e studiosa vita di Christian
Gagliardi, Eva capí che non sarebbe piú tornato. Non lo
avrebbe piú aspettato, la sera del giovedí, quando dopo
tre giorni tornava dall'università. Non avrebbe piú chiamato dall'autostrada, dicendo che aveva trovato traffico,
e che potevano cominciare a mangiare. Non avrebbe sentito l'ascensore fermarsi al pianerottolo, e il tintinnio delle sue chiavi, là, dietro la porta. E il decrepito Ezechiele

non avrebbe uggiolato scodinzolando, nel riconoscere lo scricchiolio delle sue scarpe. Il cugino Luca lesse dal pulpito l'enigmatico brano del Vangelo di Matteo, in cui Gesú invita chi vuol venire dietro a lui a prendere la croce e seguirlo, perché chi vorrà salvare la sua vita la perderà, e chi avrà perduto la vita per amor suo la troverà. Poi pregò lo zio Christian, che ora era in cielo con gli angeli, di proteggere tutti loro. A otto anni Eva credeva fermamente nell'esistenza degli angeli, ma da allora li odiò perché le avevano rapito suo padre.

In chiesa Giose non ci andò. Ce l'aveva con don Vincenzo, coi Gagliardi che si erano impadroniti di Christian, e lo avevano affidato a un'agenzia di pompe funebri gestita da figuri insensibili, i quali non avevano vestito Christian come voleva lui e, con la scusa ridicola che non gli entrava piú perché il defunto era aumentato di una taglia, non gli avevano messo nella bara l'abito di lino bianco panna che Christian indossava il giorno del battesimo di Eva. L'avevano vestito come un professore a un convegno, di blu, in giacca e cravatta a pois, e Christian quella giacca e quella cravatta le metteva solo all'università, e non nella vita vera, e non avrebbe dovuto indossare quella maschera per l'eternità, non se lo meritava.

E poi Giose non voleva ascoltare le parole del suo amico prete, perché sapeva che prima che loro due si incontrassero don Vincenzo aveva convinto Christian ad andare da uno psicologo per seguire una terapia riparativa e guarire dalle sue tendenze, che considerava curabili come una malattia venerea o una disfunzione linfatica. Molti altri ce l'avevano fatta, perché lui non avrebbe potuto? E Christian – per amicizia piú che per convinzione – c'era andato, dallo psicologo: per tre anni c'era andato, tutti i mercoledí alle sei del pomeriggio. E non solo non era guarito, ma era caduto in uno stato di accidiosa malinconia che gli aveva fatto perdere interesse per il futuro e gli avrebbe distrutto per sempre la vita se un giorno non avesse comprato il biglietto di un concerto e non avesse guidato fino a Modena – e Giose non poteva dimenticarlo.

Preferí aspettare Christian al cimitero, con un mazzo di rose bianche strette contro il petto, fasciato dal costoso abito grigio perla acquistato per il giorno del battesimo della loro bambina. Che, solo ora se ne rendeva conto, aveva rappresentato il culmine perfetto della loro esistenza.

Gli inservienti delle pompe funebri scaricarono la bara, ma gli addetti all'inumazione erano in ritardo, o forse in sciopero, e Giose rimase troppo a lungo accanto alla madre, al fratello di Christian e alla moglie di lui, davanti alla tomba della famiglia Gagliardi. Un parallelepipedo di marmo peperino sormontato da un angelo piangente, con l'accesso protetto da un cancello di ferro battuto per impedire l'ingresso a eventuali malintenzionati. L'interno, tetro, e raramente visitato, perché nessuno dei Gagliardi trovava piú la chiave del lucchetto, ospitava sui due lati tombe di nonni, prozii e parenti vari, disposte una sopra all'altra come letti a castello, e un vaso di cristallo in cui languidi fiori ormai marci galleggiavano nell'acqua fetida e gialla.

I suoi oggetti personali li hanno consegnati ai parenti e non a me, disse Giose a Sabrina, con la voce vibrante di indignazione, ti rendi conto in che paese talebano viviamo? Ho dovuto chiederli, per riaverli. Io, che sono il suo sposo.

Calmati Giose, non l'hanno fatto apposta, non avevano capito, tentava di distrarlo Sabrina, in imbarazzo perché Giose non si calmava, e ripeteva, a voce alta, quasi in faccia alla madre di Christian: a lui non piaceva questa tomba pacchiana da borghesi che vogliono essere rispettabili pure in faccia alla morte, lui non dava importanza a queste cose, se ne fregava dei cimiteri, odiava l'ipocrisia che impesta i funerali, non ci andava mai, avrebbe voluto che le sue ceneri fossero sparse in cima al monte Ararat, nella natura, vicino a Dio, non restare a decomporsi dentro una bara, fra parenti di cui non gli importava un cazzo, io glielo avevo promesso.

Ma non ha lasciato scritto di essere cremato, Giose, cercava di tacitarlo Sabrina, è una cosa che ti diceva, ma non poteva farlo davvero, come credente – e poi aggiunse, lamentosa: ti prego non parlare di queste cose, abbassa la voce, la bambina ti sente. E Giose passò una mano sui capelli arruffati di Eva (nessuno le aveva pettinato i codini, quella mattina) e disse: certo che mi sente, mi deve sentire, io non le nasconderò mai niente, la verità è l'unica cosa che conta.

Mentre tornavano a casa, sprofondati nel sedile posteriore della macchina di Michele, Giose tenne la mano di Eva fra le sue e la testa di lei premuta contro il petto. La abbracciava stretta e sussurrava: devi immaginare che papà è partito per Oxford, è andato a fare delle ricerche per il suo libro, starà via per un po', lo ha già fatto qualche volta, ti ricordi? Noi siamo stati bravi, e quando è tornato lui è stato contento che ce la siamo cavata, adesso è partito per un soggiorno piú lungo, e noi ci abitueremo, non è vero? Tremava e benché si crepasse dal caldo aveva le mani gelate, ed Eva non riusciva a guardarlo in faccia, perché i suoi occhi erano gonfi di lacrime, e lei non aveva mai visto piangere suo padre.

Il salotto della casa di fronte a Santa Prassede, rigurgitante di parenti, colleghi e studenti di Christian all'università sembrava troppo piccolo e sovraccarico di libri, dischi, pupazzi, fotografie, clessidre, pendole, orologi antichi, rotti da tempo immemorabile, che segnavano le ore piú disparate, bambole, giocattoli di Eva, conchiglie di ogni forma, pietre colorate, rottami di ferro, legni erosi dal mare, detriti raccolti in viaggi ormai remoti. Ci si muoveva a stento, grondanti di sudore, urtando mobili e facendo cadere suppellettili. Sabrina offriva il caffè a tutti, chiedeva se volevano mangiare un pasticcino o un gelato: si era assunta il compito della padrona di casa, perché Giose non sembrava in grado di assolverlo. Voltando ostinatamente le spalle ai suoi ospiti, accordava il saz, il liuto armeno che aveva comprato da un rigattiere di Yerevan otto anni prima; girava le chiavi in cima al lungo manico, aggiustando contro lo stomaco la cassa a forma di pera, pizzicava le corde con le dita e sprigionava di tanto in tanto una nota solitaria.

Eva cercava di avvicinarglisi, scantonando i baci umidi della nonna Margherita, che le ammollavano le guance di lacrime. Ma lei le artigliava le spalle, e non se la lasciava sfuggire. La bambina era tutto ciò che le restava del suo adorato Christian. Il figlio piú caro, il figlio geniale, che tante soddisfazioni le aveva regalato – e anche tante pene, purtroppo. Il nonno Falco, olezzante di polpa di cactus, ambra e cardamomo, elegantissimo nel doppiopetto nero, stringeva mani e distribuiva sorrisi affabili. Sembrava sinceramente felice e nessuno aveva il coraggio di ricordargli il motivo per cui erano lí riuniti.

Aurelia, l'ex moglie di Christian, si teneva in disparte, stazionando davanti alla finestra da cui irrompeva il mefitico sole di giugno, i capelli rossi che sbattevano sul viso di calce, gli occhi cerchiati, le gambe da fenicottero. Si soffiava rumorosamente il naso e ingollava rum neanche fosse acqua minerale. Giose le tolse il bicchiere di mano, soprappensiero, lo vuotò e poi si scaraventò a vomitare in bagno, perché si era disintossicato del tutto dall'alcol, e non lo reggeva piú. Va' a riposarti, gli consigliò Aurelia, ci sto io con Eva. Lui non ne volle sapere. Ogni tanto gli sboccava dalla gola un singhiozzo, e diceva cose che non si dovrebbero dire in pubblico, nemmeno in un momento di disperazione. I Gagliardi sapevano controllarsi, consideravano la padronanza di sé, nella felicità come nella sventura, un segno di civiltà, prezioso retaggio di buona educazione, requisito indispensabile per saper stare al mondo. Ma lui era diverso. Giose non si vergognava di lasciarsi guardare dentro. Non aveva mai considerato disdicevole esporre al mondo le sue viscere, i suoi impulsi, le sue piaghe, le sue gioie. Vivere senza confini, senza innalzare barriera fra sé e gli altri, era connaturato al suo modo di essere – forse ciò che piú di tutto lo aveva spinto a comporre, creare, cantare. E anche a darsi interamente, in amore. Di una donna che perde il marito si dice che è vedova, disse a un tratto ad Aurelia, di un uomo che ha perso la moglie si dice che è vedovo, ma io chi sono? Non c'è una parola per me.

Aurelia non trovò niente da dirgli. Lo aveva odiato con tutta se stessa, Giose, poi si era sforzata di ignorarlo, e infine di accettarlo; e adesso, di tutte le persone che si accalcavano nel salotto, era l'unico che riusciva a sentire davvero vicino e per cui provava pena e pietà, come per se stessa. Lo conosceva da anni, e non l'aveva mai nemmeno sfiorato. Provava un'istintiva ripugnanza per il suo corpo – perché era quello, piú della musica e della voce magnetica, a essersi impossessato di Christian. Invece, sbadatamente, con familiarità, gli ravviò i capelli con le dita. Devi essere forte, Giose, bisbigliò, loro ti guardano, e tu non

devi fargli pensare che non saprai affrontarlo. Era tutto,
per me – rispose Giose. La mia bussola, la mia meridiana.
Non so vivere senza di lui. Sono annientato, mi sembra
un incubo. Svegliami, ti prego.

Aurelia lo prese per un braccio, lo trascinò dietro la
poltrona e gli ficcò in mano una boccetta tintinnante di
pillole. Le prendeva per dormire, e anche per vivere, ul-
timamente. Ne abusava, anche se non ne dipendeva. Le
regalavano ore di totale riposo. Privarsene rappresentava
per lei un gesto impegnativo, ma Giose non poteva capirlo. Gliele raccomandò: sono incredibili, è come se ti stac-
cassero la spina, prendile quando non ce la fai piú. Giose
infilò la boccetta nella tasca dei pantaloni, senza ringraziare. Non aveva intenzione di usarle.

Entrate, entrate, stava dicendo Sabrina. Dalla porta di
casa spalancata sul minuscolo pianerottolo si riversarono
Simone col fidanzato Francesco, Hector e Marco, Riccardo
e Pascal coi gemelli neonati nelle carrozzine, Elsa e Bianca
incinta di otto mesi. Giose li abbracciò uno dopo l'altro,
senza la forza di dire una parola, e poi crollò nella poltrona, stringendo fra le braccia il liuto armeno. Il cane gli
zompò accanto, e gli leccò le mani: era desolato come lui.

Che bella gioventú, gli disse in tono frivolo il padre di
Christian, ammiccando verso i suoi amici, che bella giornata, chi se lo aspettava, un battesimo cosí non si fa neanche
a una principessa. Poi liberò un risolino imbarazzato – eh
eh eh – perché un po' si era imbarazzato davvero il signor
Gagliardi al battesimo della nipote con due padri, e ora che
i ricordi piú giovani stavano svanendo dalla sua memoria,
quella allegria forzata riaffiorava, indelebile.

Signor Gagliardi, Christian è… iniziò Giose, stanca-
mente. Papà! quante volte ti ho detto che devi chiamarmi
papà! lo interruppe spensierato il signor Gagliardi, rimi-

randolo con compiacimento. Un figlio cosí bello non l'ho saputo fare, ridacchiò, per fortuna me lo ha procurato il mio, eh eh eh. Giose provò tristezza all'idea che solo ora che non sapeva ciò che diceva il signor Gagliardi fosse libero di dire ciò che pensava. Per favore, sussurrò Aurelia ai nuovi arrivati, bloccandoli prima che raggiungessero il giulivo signor Gagliardi, non gli dite niente, il padre di Christian se n'è già dimenticato. Simone e Francesco, Hector e Marco, Riccardo e Pascal, Elsa e Bianca fecero educatamente le condoglianze agli altri parenti. La madre di Christian le accettò con rassegnazione. Quelli erano gli amici di suo figlio.

La sera, Maria Cruz ripulí in fretta la casa: i bicchieri vuoti e i piattini sporchi comunicavano l'impressione spiacevole che lí dentro si fosse tenuta una festa; gli ospiti andarono via, i nonni ripartirono per la Toscana, Michele, Sabrina e i cugini per Milano, ed Eva si illuse che tutto sarebbe tornato come prima. Senza papà Christian, ma con papà Giose. L'indomani volle partecipare alla festicciola per l'ultimo giorno di scuola, e si sforzò di divertirsi, come gli altri. La maestra la salutò, costernata, e abbracciandola le disse spero tanto di rivederti a settembre, ti voglio bene Eva, sei stata preziosa per tutti noi. Eva si chiese perché mai Rita Gammuro le facesse un discorso cosí strano.
A Roma la canicola era già soffocante e Giose la portò nel casale di suo nonno, sui monti Sibillini. Era una rude costruzione di pietra, circondata da un grande prato, ai piedi di montagne aspre e nude, in fondo a una valle verde di faggi, noccioli e abeti e attraversata da un torrente cristallino. Giose ci passava l'estate, da piccolo. Era stato felice, tra quei boschi dove si sentiva libero, e voleva che Eva imparasse ad amare la terra dei suoi antenati. Però la

affidò a Maria Cruz, e ripartí subito per Roma: tornava
presto, doveva solo sistemare delle cose pratiche. Che genere di cose? chiese Eva, sospettosa. Ma Giose rimase vago. Non erano cose che si potessero dire a una bambina di
otto anni. Si trattava di aprire il testamento di Christian.

Giose lo conosceva già. Christian lo aveva scritto insieme a lui, una settimana dopo essere rientrati in Italia con
Eva. Doveva farlo – per precauzione, o per scaramanzia.
Non erano, e non sarebbero stati mai piú una coppia, c'era
Eva, adesso e per sempre, e a lei dovevano pensare. In caso di morte, Christian lasciava al suo compagno Giuseppe
Autunno l'usufrutto della casa di Roma, di sua proprietà,
e lo nominava tutore della loro figlia. Mentre lo consegna-
vano al notaio, non erano tristi né afflitti dal minimo pre-
sentimento. Giose era certo di morire prima di Christian
– sia perché aveva sette anni piú di lui, sia perché mentre
i maschi Autunno erano stati falciati dal cancro, dall'ictus
e da svariate malattie incurabili, tutti i maschi Gagliardi avevano raggiunto gli ottant'anni. Inoltre Christian si
era ripromesso di vivere almeno fino al giorno in cui Eva
avrebbe avuto un figlio. Allora avrò restituito al mondo
il dono che ho ricevuto, potrò tornare alla casa del Padre
ed essere nessuno nel tutto.

Ma Giose non si intendeva di legge. Non conosceva la
procedura, e non sapeva se, avendolo Christian designato
tutore di Eva, lui potesse già considerarsi tale. Se era cioè
un fatto automatico, o se la nomina doveva essere ratificata
da qualche tribunale. Il solo pensiero gli metteva addosso
una spinosa inquietudine. Doveva cercarsi un avvocato.

Fu un'estate anomala, anche se non priva dei piaceri
delle vacanze. Dopo il suo ritorno, Eva restò incollata a
Giose, non voleva lasciarlo neanche per andare a giocare

al parco coi bambini del paese. Se lui s'immergeva nella lettura di misteriosi dossier, lei, accoccolata sul pavimento della veranda, contava le formiche che pattugliavano il sentiero, o raccoglieva chiocciole, ammucchiandole in piramidi bianche come ossa. Se lui si incantava a fissare un punto indecifrabile davanti a sé, gli andava accanto e gli strofinava il naso sulla guancia o gli sedeva sulle ginocchia e gli si appendeva al collo, stringendolo forte, come se volesse fondersi con lui.

Aveva deciso di fare come le aveva suggerito Giose. Immaginava che papà Christian fosse partito per un viaggio di lavoro, era lontano e non poteva telefonare. Poi sarebbe ricomparso. Invece non poteva immaginare di stare lontana da Giose. Finora, non si erano mai separati.

Col bel tempo, andavano a camminare nei boschi, verso le cascate. A volte risalivano il ghiaione e si arrampicavano fino ai piloni della seggiovia. Incontravano solo pastori col gregge e cani scontrosi con denti affilati come tigri. Una volta salirono sulla vetta del Redentore, a duemilaquattrocento metri sul livello del mare. Accampati per il picnic sulle rocce aguzze della cresta, contemplavano l'Adriatico azzurro sul filo dell'orizzonte, e gli altipiani carsici di Castelluccio, punteggiati dei fiori viola e gialli della lenticchia, mille metri piú in basso. Lo strapiombo era vertiginoso. Sembrava di volare.

Non è un'escursione per bambini, è pericoloso, lo rimproverò il gestore del rifugio quando, per rifiatare dopo la discesa, sedettero sulle panche della terrazza a godersi gli ultimi raggi di sole. Eva non è una bambina qualunque, disse Giose, sa badare a se stessa. Lo disse con un tono triste, che fece risuonare in lei un campanello d'allarme. Quando camminavano, non parlavano mai. Si stavano accanto, sbruffando come cavalli, e respirando forte. In salita, lui la mandava avanti, la spingeva, la aiutava. In discesa, la precedeva. Lei metteva i piedi nell'impronta dei suoi. Lei era l'ombra che Giose proiettava davanti a sé.

A casa cucinava braciole di maiale e salsicce alla brace nel camino. Non aveva voglia di conversare. Era pensieroso, angosciato, ed Eva lo capiva. Ma non aveva il coraggio di chiedergli niente. Di nascosto, sperando che lei non se ne accorgesse, aveva cominciato a prendere le pillole micidiali di Aurelia, per rubare alla coscienza qualche ora, o solo per calmarsi, e certe volte si assopiva sul divano, mentre leggevano un libro. Allora il sonno ammorbidiva ogni parte del suo corpo, sciogliendo la tensione che lo irrigidiva. Il viso gli tornava liscio, la bocca tenera, l'espressione serena. Eva si chinava su di lui e gli toccava le guance. Erano ispide, pungenti. Dalla morte di Christian, non si era piú rasato la barba. Quando per la terza volta in un mese partí per Roma, gli chiese se voleva lasciarla. Come ti viene in mente? le rispose, sorpreso. Tu sei mia figlia.

All'inizio di agosto Giose le comunicò che stava arrivando nonna Margherita. Doveva andare qualche settimana a Trequanda da lei. La nonna ci teneva a rispettare le abitudini, non dovevano interromperle per la disgrazia, e lui non poteva impedirglielo. Non ci vado, protestò Eva, in agosto la piscina non si può piú usare perché fa freddo, e in campagna non c'è niente da fare, i cavalli mi fanno paura e non li so trattare, e i setter di nonna puzzano, perdono i peli sui divani e anche in bagno, voglio restare con te. Anch'io voglio restare con te, amore mio, disse Giose, sforzandosi di sorridere, ma dobbiamo cercare di andare d'accordo. Lavati la faccia e le orecchie. È importante che nonna Margherita ti trovi bene.

Margherita Gagliardi non la trovò affatto bene. Osservò che la bambina aveva una tosse da tubercolotica, conseguenza ovvia di una bronchite trascurata, nessuno le aveva tagliato i capelli e la frangia le cadeva negli occhi, aveva le unghie sporche e gli scarponcini stretti, evidentemente della misura sbagliata, le avevano provocato sanguinose vesciche ai talloni. È normale quando cammini in montagna, disse Eva, compatendola perché all'età sua non capiva le ferite sportive, abbiamo fatto già tre duemila, scaleremo tutte le cime dei Sibillini, anche la ferratina di pizzo Berro, papà dice che salgo come un camoscio. L'espressione interdetta della nonna le suggerí di sottrarsi alla sua vista al piú presto, e infilò abilmente la porta del giardino.

Margherita Gagliardi osservò che il casale del nonno di Giose era ancora fatiscente, e del tutto inadatto come luogo di villeggiatura. I muri di pietra trasudavano umidità, la cenere rossastra della ruggine dalla recinzione e dal cancello volava sull'erba e forse nei piatti, l'impianto elettrico non era a norma, la caldaia stravecchia, a rischio di ucciderli col monossido di carbonio, gli infissi marci, i servizi igienici in uno stato pietoso, le crepe del terremoto ancora visibili. Inizierò i restauri a settembre, affiderò i lavori a una ditta di Visso, faranno presto, disse Giose. Poi aggiunse che era un'idea di Christian. Lui adorava questo posto.

Christian odiava gli Appennini, lo contraddisse secca Margherita Gagliardi, quando ha vinto il concorso da professore associato all'Università di Chieti mi ha detto che sarebbe stato meglio se lo avesse perso. Sareste stati costretti a emigrare. Sarebbe stato meglio per tutti, io ve lo avevo detto, andatevene in Canada, in Spagna, in Olanda. Prendevate la residenza, vi sareste potuti sposare. Ma è stata solo una reazione istintiva, protestò Giose, perché Christian sperava di poter tornare a Roma dopo tanti anni di esilio, ci si è ambientato subito, a Chieti, si trovava benissimo, non ha mai pensato di rinunciare. Lui non voleva emigrare, perché mai avremmo dovuto? Abbiamo scelto l'Italia. Ci credevamo, ci credo ancora.

La nonna scrutò la cucina fuligginosa, il camino annerito, il divano coi cuscini frusti, l'unica camera col letto matrimoniale. Gli indumenti di Eva e quelli di Giose ammucchiati sulle spalliere delle seggiole e sulla ringhiera le rivelarono che ci dormivano entrambi. Insieme. Una cosa ormai inconcepibile. Eva si stava facendo grande, e in fin dei conti Giose era pur sempre un maschio.

Ci saranno tre camere da letto al piano di sopra, intuí Giose. D'estate ci verrà mia madre, e c'è posto anche per lei, se vorrà venire a trovarci. Mia madre mi darà una mano. È disposta a trasferirsi da noi a Roma.

Vuoi licenziare Maria Cruz? inquisí Margherita Gagliardi. Le darò il tempo di trovarsi un'altra famiglia, ammise Giose, però sí, non potrò tenerla. Tua madre poveretta non ti potrà aiutare, non ha la salute, concluse Margherita Gagliardi, senza misericordia, non si cura il diabete, col tempo al massimo può peggiorare. Giose non la contradisse. Non voleva litigare con la madre di Christian. Non poteva permetterselo.

Giose, venne al dunque la signora Gagliardi, mi hanno detto che il giudice tutelare del tribunale del circondario non sentirà la minore, perché non è previsto, non avendo Eva sedici anni. Allora chiederà la vostra opinione, disse Giose, sforzandosi di sembrarle sicuro di sé. Chiederà se gravi motivi si oppongono alla mia nomina e se mi ritenete persona idonea… E secondo te che cosa dovrei dirgli? gli chiese Margherita Gagliardi, ironica. Signor giudice, affidi la tutela di mia nipote a un musicista disoccupato. Un uomo che non lavora da dieci anni è capace di educare e istruire la bambina.

L'ho sempre fatto, disse Giose. Mi sembra con buoni risultati. Eva sta bene, è felice. La signora Gagliardi valutò perplessa la maglietta slabbrata di Giose, da cui fuoriuscivano le braccia muscolose e abbronzate, la bocca carnosa, gli occhi scintillanti. Non era mai riuscita a capire come suo figlio, tanto delicato, colto e cerebrale, si fosse potuto innamorare – e definitivamente – di un uomo come Giose, cosí grezzo, istintivo e spudoratamente sessuato. Si disse che forse l'amore origina proprio dall'attrazione reciproca per ciò che le persone hanno di piú dissimile, di piú lontano dall'immagine di noi che la società pretende di imporci.

Ti sei trovato un lavoro? s'informò la signora Gagliardi. Sto prendendo dei contatti, spiegò pazientemente Giose, sono fuori dal giro da parecchio, è cambiato un po' tutto nel mondo della musica, le etichette con cui ho inciso i miei dischi non esistono piú, molte hanno ceduto il catalogo, altre sono fallite, o passate di proprietà, non si vendono quasi piú cd, si fanno solo concerti, potrei reinventarmi come chitarrista, provare nei locali, non è facile, e poi sono ancora tutti in vacanza, datemi un po' di tempo.

Figlio mio, sospirò la signora Gagliardi, il tribunale riapre il sedici settembre e il giudice non ti aspetterà per emettere il decreto. Gli presenterò le ricevute della pensione di mia madre, s'affrettò a dire Giose. Poiché non devo pagare l'affitto della casa, capirà che ci può bastare, almeno all'inizio. Ma per carità, si scandalizzò la signora Gagliardi, non riduciamola a una questione di soldi! Ti pare che farei mancare qualcosa a Eva?

Io gli dirò che sono favorevole, se chiederà la mia opinione – aggiunse. E anche Michele. È la volontà di Chri-

stian, e perciò la accettiamo. Ma non ho idea di cosa possa
pensare un giudice di te.

La bambina non è ancora pronta, Maria Cruz? si stupí
la nonna. Dove si è cacciata? È fuori, nella legnaia, con
Ezechiele, disse Maria Cruz con un filo di voce. Non sapeva cosa sarebbe stato di lei. Sentiva oscuramente che,
senza lo stipendio del signor Christian, Giose non avrebbe piú potuto pagarla. Provava dolore, come se le stessero
strappando un pezzo di carne dal corpo. All'inizio Maria
Cruz aveva trovato bizzarra e in qualche modo perfino
ridicola la scelta di un uomo come Giose di rinunciare al
lavoro per occuparsi a tempo pieno della bambina. Esistono donne che dopo la maternità si spogliano di se stesse,
e si trasferiscono nei loro figli: sono felici se quelli sono
felici, soffrono soltanto per i loro dolori, vivono una vita
differita, come tra parentesi, disinteressandosi della propria. Non riusciva a capirle, lei non era stata una madre
cosí, non lo sarebbe stata neanche se avesse potuto. Ma
forse, si azzardò a pensare, il signor Giose assomigliava
a quelle donne.

Maria Cruz non era affezionata al signor Christian, a
Giose, a Eva. Li amava. Aveva trascorso piú tempo con
Eva che con la propria figlia, che aveva la stessa età, ma
cresceva con suo marito, in Ecuador: la vedeva solo d'estate, e nemmeno tutti gli anni. L'idea di perderli le faceva
sanguinare il cuore. Erano anche la sua famiglia.

Avanti, Eva, non fare i capricci, disse la nonna quando finalmente la scovò, tra i ciocchi di legna, abbracciata
al cane. Non sei contenta di venire a Trequanda? Ci sono anche Valerio e Luca, la tua camera ti aspetta. Voglio
restare con papà Giose, disse Eva. Giose ha delle cose
importanti da fare, non è in grado di badare a te, ades-

so, disse la nonna. Eva affondò il naso nella schiena spelacchiata di Ezechiele. Non ci voglio venire, ribadí. La nonna ricorse alla domanda ricattatoria, sempre efficace coi bambini che non hanno imparato a difendersi: non mi vuoi bene, tesoro?

Eva non voleva offendere la nonna, sapeva che certe volte la verità bisogna tenersela dentro, anche se brucia. E non riuscí a dirle che voleva restare qui, con Giose, appunto perché non era in grado di badare a lei. Aveva bisogno di averla accanto, lo capiva. Eva era piccola, e lui adulto. Eppure fra loro era lei adesso il sostegno. Sono cose che non si devono spiegare. Ti voglio bene, nonna, ma non ci vengo, mormorò, mentre la voce si incrinava e diventava una specie di squittio, lasciaci in pace, vattene via.

Maria Cruz si permise ciò che non aveva mai fatto. Espresse un'opinione e tentò di dire alla nonna che forse si doveva ascoltarla. La bambina stava appena superando il trauma terribile della perdita del padre, e separarla anche da... dal signor Giose proprio adesso sarebbe stato come mettere il peperoncino nella ferita. Ma sí, ma certo, tagliò corto Margherita, cercando un fazzoletto per asciugare il naso di Eva gocciolante di moccio, è solo finché ricomincia la scuola. Va' a salutarlo che adesso partiamo, la strada è lunga e ci aspettano a cena.

Giura che torni a prendermi, disse Eva a suo padre che se ne stava pietrificato sul divano, col manico della valigia rosa di Eva fra le mani. Te lo giuro, aveva detto Giose. Eva gli aveva creduto.

Per molto tempo, Eva aveva pensato che tutto quello che era successo dopo fosse colpa sua. Lo aveva tradito e abbandonato quando aveva bisogno di lei, e per questo non poteva perdonarla.

Quando Giose era venuto in Toscana, a settembre, le scuole erano già cominciate, ma non per lei. L'avevano convocata nell'enorme salotto della villa dei Gagliardi. C'erano tutti – la nonna, lo zio Michele, la zia Sabrina, e Giose, che in quel mese si era lasciato crescere la barba e ormai sembrava un boscaiolo. Ti devo fare un discorso serio, Eva, le aveva spiegato zio Michele, e mi devi ascoltare senza interrompermi. Sei una bambina saggia, e ho fiducia in te. Ti tratto come se fossi grande. So che non ci deluderai. Giose è tuo padre, lo sai tu, lo sappiamo noi, però per la legge italiana non è cosí. Il giudice ha fatto il decreto? saltò su Eva, e quella parola, sulle labbra di una bambina di otto anni, suonò stonata e atroce.

Preferivano non spiegarle che il giudice tutelare del tribunale del circondario non aveva ritenuto Giuseppe Autunno persona di condotta ineccepibile. A ciò ostavano alcuni precedenti penali giovanili che riguardavano reati contro la morale (una denuncia con relativa condanna per atti osceni in luogo pubblico, avendo il soggetto mostrato il deretano durante un concerto), e comportamenti privati non consoni al mestiere di genitore. La mancanza di tale requisito fondamentale costituiva grave motivo che si opponeva alla nomina del suddetto quale tutore della minore Gagliardi Eva orfana di Gagliardi Christian e di madre ignota.

Sí, lo ha fatto, disse Giose, ma non è andata bene. Non è una cosa definitiva, è revocabile, farò reclamo, però adesso ci siamo messi d'accordo fra noi. Come fratelli, intervenne Michele, ostentando un sorriso benevolo. Ci vorrà qualche mese, intanto Giose si riorganizzerà la vita, e allora un altro giudice lo potrà nominare tuo tutore finché non sei maggiorenne.

Che significa? disse Eva, rivolgendo a Giose uno sguardo sperso. Che andrai a stare un po' da loro a Milano, ri-

spose lui, con voce atona, e io verrò a trovarti il fine settimana. Cioè come i figli dei separati, disse Eva. Li aveva
sempre guardati dall'alto in basso. Lei aveva due padri, e
quegli sfortunati ne avevano uno a ore, come una donna
di servizio; o peggio, lo vedevano una volta ogni quindici
giorni, come i carcerati.

Ma no, la rassicurò Sabrina, Giose può venire da te
quando vuole, non siamo mica fiscali. E se io non voglio?
disse Eva. Tesoro di nonna, intervenne Margherita Gagliardi, è per il tuo bene, e per il bene di Giose. Sei una
bambina troppo intelligente per non capirlo.

Giose non disse piú una parola. Christian non avrebbe
voluto che si mettesse contro sua madre e suo fratello. La
famiglia, per lui, era sacra. Aveva rinnegato tutto ciò in cui
loro credevano, ciò che per loro era importante – la posizione in società, il matrimonio, il denaro. Eppure rispettava le loro scelte, poiché pretendeva rispetto per le sue, e
si sarebbe fatto ammazzare perché potessero continuare a
vivere a modo loro. Eva non aveva urlato. Nessuna scenata, niente crisi isterica, pianti, capricci. Si era comportata
come voleva la nonna, da bambina saggia, e responsabile.
In concreto, aveva obbedito. Non aveva difeso suo padre.

Durante l'autunno, tutti i venerdí sera, Giose piomba-
va a Milano. Prima ancora di salutarlo, Eva gli chiedeva
se il reclamo era stato accolto. Lui scuoteva la testa, le diceva di non avere fretta, piú tempo il tribunale impiegava a esaminare le carte, meglio era per loro. Le visite di
Giose erano come temporali d'estate: portavano sollievo,
ma duravano troppo poco. Passeggiavano sotto i portici
intorno a piazza Duomo, andavano al cinema, gli mostrò
la sua nuova scuola e il circolo sportivo dove Michele e
Sabrina l'avevano iscritta al corso di ginnastica ritmica.

Poiché considerava provvisorio quel soggiorno a Milano, Eva si era adattata facilmente alla città, alla luce offuscata, all'accento dei nuovi compagni di classe, alla camera nella mansarda dell'attico di Michele. Giose dormiva sul pavimento, con lei – perché Sabrina, per ragioni che a Eva risultavano incomprensibili, e a Giose spiacevoli, non aveva voluto che dormisse da Valerio, o da Luca, che pure disponevano di camere molto piú grandi e anche di un letto per gli ospiti. Nonostante la scomodità, entrambi benedissero i sospettosi scrupoli di Sabrina.

Eva andava a svegliarlo facendogli il solletico sotto le ascelle. Giose si era tatuato il suo nome sul cuore: ti porto nella mia carne, le aveva detto, sollevando la maglietta. Sei sempre con me – anche quando sei lontana. Impressionata, lei aveva tastato la pelle ancora arrossata, su cui quelle lettere blu scuro spiccavano come un livido. Ti ha fatto male? gli aveva chiesto. Da morire, aveva risposto Giose. Probabilmente non scherzava. Eva aveva avvicinato le labbra alle lettere, e le aveva baciate. E non lo puoi cancellare? gli aveva chiesto. No, aveva risposto Giose, in questo punto no, mai. Non possono toglierti da me, sei la mia pelle.

Poi i Gagliardi si erano trasferiti a Bruxelles, e il viaggio era troppo lungo e costoso. Giose aveva protestato che questo non era nei patti, e Michele aveva risposto che non aveva scelto lui di andare a Bruxelles: la banca aveva chiuso la sede italiana e gli aveva proposto il trasferimento, una letterina secca, di poche righe, prendere o lasciare, aveva dovuto accettare, non poteva certo licenziarsi. Aveva due figli, e a quarantacinque anni non lo trovava un altro lavoro. Ci avrebbe provato, perché non intendeva vivere per sempre in Belgio, ma non poteva sapere se e quando ci sarebbe riuscito, in una congiuntura economica cosí sfavorevole. Michele sapeva che, in camera di consiglio, il tribunale dei minorenni si era pronunciato contro il ricorso di Giose. E anche che lui aveva ostinatamente presentato ricorso alla Corte d'Appello. Liberissimo di portare avanti la sua battaglia, i Gagliardi non intendevano ostacolarlo. Ma la legge è legge, e al momento la sentenza di primo grado era esecutiva. Poi, se Giose riusciva a dimostrare di avere un lavoro stabile, con un orario e uno stipendio tale da poter crescere la figlia di Christian da solo in modo adeguato, se trovava un giudice disposto a ritenerlo idoneo e otteneva dalla Corte d'Appello quel benedetto decreto di tutela, lui non si sarebbe certo opposto, era prontissimo a lasciar tornare Eva in Italia. Allora Giose era andato dai carabinieri, e aveva detto che voleva sporgere denuncia per sottrazione di minore, perché i parenti del suo defunto compagno gli avevano rapito la figlia.

Mi appello alla giustizia italiana: la legge è fatta per aiutare gli uomini, non per perseguitarli – voglio un processo. La donna maresciallo che l'aveva ascoltato senza lasciar trapelare alcuna espressione gli aveva detto con molta chiarezza che la sua convivenza di dodici anni con Christian Gagliardi non aveva valore legale in Italia. Non poteva rivendicare diritti sulla figlia di lui, almeno non se la Corte d'Appello non si pronunciava in suo favore. A suo avviso non gli conveniva intentare una causa penale contro i Gagliardi, innanzitutto perché difficilmente la denuncia sarebbe stata accolta, non sussistendo il reato, e del resto l'esito negativo era scontato, e l'unica persona che ci avrebbe rimesso, e che avrebbe sofferto a ritrovarsi contesa ai suoi parenti di sangue da un estraneo, era la minore. Se lui si considerava suo padre, doveva frenare l'egoismo e pensare unicamente al bene della bambina.

La sua amica Bianca gli aveva detto che questa era un'ingiustizia intollerabile. Alla fin fine, l'Italia è un paese europeo. L'Europa non può essere solo una moneta o un'espressione geografica. Bianca era un'attivista del movimento Glbt, battagliera e impegnata politicamente, e voleva trasformare il suo caso in uno scandalo nazionale per sensibilizzare l'opinione pubblica, e gli consigliò di andare avanti con la denuncia. Proprio perché non sarebbe stata accolta. Doveva scrivere ai giornali, andare a parlare alla televisione. Doveva raccontare la loro storia. C'era il testamento di Christian, olografo, inconfutabile: la volontà del padre della bambina doveva pur valere qualcosa.

Ma Giose aveva paura di peggiorare la situazione, e sperava sempre di riuscire a conciliare, a convincere, a sistemare. E poi non voleva esporre Eva trascinandola in un processo o mettendosi al centro dell'attenzione. L'avrebbero trasformata in un caso, un fenomeno da baraccone, un mostro. La società dei benpensanti disapprovava loro, ma era Eva che avrebbe pagato. E lui e Christian avevano fatto di tutto perché non fosse cosí. L'avevano protetta, e difesa dalla curiosità morbosa degli altri – sempre. Cosí per il suo bene non aveva denunciato Michele e Margherita Gagliardi. E cercava di riorganizzarsi la vita, come aveva detto Michele, sperando che la Corte d'Appello valutasse piú equamente la sua persona, con qualche speranza di non essere ancora giudicato inidoneo.

Di tutto ciò Eva rimase ignara. Sapeva solo che a Bruxelles Giose non era mai venuto. E nemmeno a Milano, dopo il loro ritorno, questa estate, era venuto. Eva lo aveva aspettato invano. A Bruxelles aveva cominciato a odiarlo, perché l'aveva abbandonata. E l'odiava ancora, anche se era lui che stava aspettando, seduta su una seggiola di plastica nella saletta interna del bar sotto i portici medievali della piazza di Visso, ormai scomparsa sotto trenta centimetri di neve, con una cioccolata fumante sotto il naso, gli occhi bassi e l'espressione dura, per non rispondere alle domande del benzinaio, del barista e degli altri avventori.

Quel giorno d'inizio agosto, quando alla fine si era convinta a seguire docilmente la nonna che la teneva per mano, Giose dormiva. Forse perché esagerava col dosaggio, o perché il suo organismo stremato si arrendeva all'oblio senza offrire resistenza, le pillole di Aurelia non gli facevano effetto quando avrebbero dovuto. Lo abbattevano all'improvviso, fulminandolo. Giaceva sul divano, con la nuca sulla spalliera, il manico della valigia rosa di Eva fra le mani e la faccia rivolta verso le travi del soffitto. Eva si era avvicinata per salutarlo, e l'aveva scosso per un braccio – non aveva dato segno di vita. Papà, lo aveva chiamato, papà – ma lui non l'aveva sentita. Erano passati piú di tre anni.

Le ore disuguali

Il tergicristallo sale e scende, emettendo uno stridio monotono, ma non riesce a spazzar via tutta la neve che s'accumula sul parabrezza. Il campo visivo è ridotto a una semiluna incorniciata da cristalli induriti: i fari illuminano una compatta pista bianca, non ancora sfregiata dai solchi delle ruote. La macchina avanza guardinga sulla provinciale, senza incrociare nemmeno un veicolo. Giose non supera i trenta all'ora, perché è un neofita e non si fida ancora delle gomme termiche – teme che alle curve piú strette perdano aderenza, slittando sulla patina viscida. Non ha fretta di arrivare, e prolungherebbe all'infinito questo lento avanzare nell'oscurità, anche se la casa dista dal centro di Visso poco piú di quindici chilometri. Gli sembra di essere salito con Eva a bordo di un'astronave, diretti verso un pianeta distante anni luce dalla terra – lontani da tutto e ormai imprendibili. È buio, là fuori, e però dai rami degli alberi, dalla strada, si effonde un tenue chiarore. Giose si sforza di guardare avanti, ma non riesce a impedirsi di voltare spesso la testa, e di contemplarla. Eva, Eva, Eva…

Era una bambina, non lo è piú. I lineamenti hanno acquistato forme piú definite – il naso piú deciso, la bocca piú scura, anche il viso piú espressivo. L'apparecchio ai denti, che devono averle impiantato da poco, conferisce qualcosa di allarmante al suo sorriso. Ora ha una chioma cespugliosa, sembra che non si pettini da un mese. Porta-

va i capelli molto piú corti: a lui piaceva, dopo il bagno,
nella stanza satura di vapore, affondare la spazzola tra i
nodi e districarli piano, senza fretta, dolcemente. Gli pare molto alta per la sua età, ma non saprebbe misurarla
con esattezza. Ha smesso di interessarsi ai percentili e ai
grafici di auxologia. Non gliene frega niente dei figli degli altri. Si chiede se somiglia a Christian – ma non ritrova i tratti di lui nel suo viso. Non ha il naso aquilino né la
bocca sottile o gli zigomi da ussaro. Di Christian sembra
avere ereditato soltanto la carnagione di porcellana, e le
mani, bianche, con le dita affusolate. Sarebbe stato consolante rivederlo in lei. Ma non tutti hanno la fortuna di
rigenerarsi in un altro essere. Eva somiglia solo a se stessa.

Se stai per dirmi quanto sei cresciuta, come i parenti
che non vedo mai, sei una delusione, lo avvisa Eva. Ma io
sono un parente che non vedi mai, sorride Giose. Poi raddrizza la traiettoria e riguadagna il centro della carreggiata, perché la macchina ha sbandato, i rovi della banchina
grattano contro i finestrini. Le foglie secche cadute dagli
alberi, brune e uniformi, sono sparse sulla neve come
ideogrammi. A lato della strada, sulle peschiere delle tro-
te, aleggia una nebbia densa, come fumo. Non mi ricor-
davo come si chiama il paese, si rimprovera Eva. Ce l'ho
avuto tutto il tempo sulla punta della lingua, ma non mi è
venuto in mente. Non ha importanza, dice Giose, mi hai
trovato lo stesso.

Superano la fabbrica dove imbottigliano l'acqua minerale, dentro è tutta illuminata, i tubi azzurri sospesi a
mezz'aria s'inseguono lungo l'enorme locale, ma non si
vede anima viva. Lungo il muro del cimitero zampetta un
quadrupede, con la coda tra le gambe. Nell'istante in cui
i fari della macchina lo abbagliano, alza il muso appuntito
verso di loro. I suoi occhi emanano un lampo giallastro.

Eva si volta, ma l'animale è già scomparso nel bosco. Sembrava proprio un lupo. Giose non l'ha neanche notato. E comunque ci ha fatto l'abitudine, non li teme. Nel giardino non ha pecore né galline che possano attirare i branchi. Non scendono mai in paese. I lupi evitano gli esseri umani. Lasciano la strada principale, che scorre parallela al corso del fiume, aggirano un parcheggio deserto, un altro paese inanimato, arroccato sul fianco della montagna e perso nella bruma. Dal campanile della chiesa, sotto la torre del castello, proviene – attutito – un rintocco di campane. Si infilano in una valle secondaria, stretta fra incombenti costoni di roccia. Tra i neri fusti dei faggi e i noccioli, ora si insinua qualche abete. Gli alberi sembrano decorati di fiori bianchi. Ogni cento metri, sulla banchina, spuntano i pali marcaneve, a righe gialle e rosse. La base è già invisibile. Superano edifici spettrali, con le imposte sbarrate, i cancelli chiusi, completamente bui. Sembra che non ci abiti nessuno, quassú.

Eva si chiede perché Giose sia venuto a stare in un posto cosí solitario. Era una persona socievole, estroversa, aveva bisogno di compagnia come le piante della luce. Invitava sempre qualcuno a cena. Diceva che Simone, Francesco, Pascal, Marco, Hector e Bianca facevano parte della famiglia, e che la famiglia non è tanto quella che erediti alla nascita, ma quella che ti costruisci durante la tua vita: le persone che aggreghi intorno a te per affinità elettiva e comunanza di interessi, passioni, esperienze, progetti – o per amore. E perciò gli amici di Giose consideravano la loro casa come la propria, capitavano anche senza preavviso, senza neanche fare una telefonata, presentandosi con una bottiglia di vino o un vassoio di dolci, ma spesso senza. Giose invitava pure musicisti di passaggio a Roma, amici di amici di amici che sbarcavano in città col suo numero di telefono come unico riferimento, o persone che aveva appena incontrato e di cui ignorava il cognome, genitori di bambini che aveva conosciuto al parco, con cui attaccava sempre discorso per primo. Christian lo disapprovava perché si buttava via, regalava il suo tempo a chiunque, e invece il tempo è prezioso – anzi, è la cosa piú preziosa che si può possedere, perché non ritorna, e bisogna darlo solo a chi lo merita. E perché, poi? Non abbiamo bisogno di nessuno, diceva, siamo già noi tre, tutti gli altri sono sempre di troppo. Ma forse Giose è venuto a stare qui proprio perché nessuno possa venire a trovarlo per caso. Lei, però, l'ha fatto.

Oltrepassano un bivio – per un istante Eva intravede il cartello che indica la sorgente del Nera. La neve occulta la scritta, la lamiera è dentellata da stalattiti di ghiaccio. Eva ha immaginato mille volte questo incontro. Si era preparata molti discorsi. E anche uno schiaffo. Voleva colpirlo subito, e forte, cosí che lui sapesse che non è venuta in pace. Ma l'atteggiamento di Giose l'ha spiazzata. Quando l'ha vista, non ha detto una parola. Forse non voleva parlare davanti agli estranei. Si è limitato ad abbracciarla, in silenzio. Come se fosse del tutto normale che lei si trovasse lí, in un bar di Visso, alle otto di sera, da sola. Era una recita per i testimoni, lo ha capito. Ma ora sono loro due, e Giose non parla ancora.

Nel parco giochi del paese, un cuscino di neve sulle altalene, la giostrina e lo scivolo. Solo le impronte di un uccello sfregiano la superficie. Non ci sono bambini qui, d'inverno. La casa appare in cima alla salita, rannicchiata sul pendio – una distesa candida, che illumina il paesaggio come un'aurora boreale. Eva la riconosce subito, perché sembra disegnata da uno scolaro di prima elementare – col tetto a triangolo isoscele e le vetrate rettangolari ai lati

della porta: quella semplicità infantile e fiabesca ha qualcosa di rassicurante. Dal comignolo sbuffa un pennacchio
di fumo e al pianterreno, dietro le persiane accostate, c'è
una luce accesa. Quella vista pugnala Eva al centro del petto e le toglie
il fiato. Non se lo aspettava. A tutto ha pensato fuorché a
questo. Chissà perché, si illudeva che Giose sarebbe rimasto sempre solo. Inconsolabile. Vedovo di suo padre per
sempre. La luce accesa spiega la sua sparizione, il silenzio,
tutto. La rabbia le provoca il batticuore. Cosí presto ha
dimenticato. Allora è vero quel proverbio che le ha detto
Sabrina, una volta, dopo che avevano litigato e lei le aveva rinfacciato di essere viva, pur inutile e insignificante,
mentre suo padre, che aveva tante cose da scrivere ancora,
se n'era andato a poco piú di quarant'anni. Basta con questa
storia, Eva, aveva sibilato Sabrina, tuo padre non ritorna,
chi muore giace, chi vive si dà...

È bello almeno? sbotta, senza provare a nascondere
l'ostilità. Chi? si sorprende Giose. Non è passata neanche un'ora da quando è uscito, dopo la chiamata di Eva,
ma la neve s'è già ammucchiata sul viottolo d'ingresso, e
la macchina avanza a fatica. Decide di mollarla all'altezza
della buca dello stagno dei cigni, domani spalerà. Spegne
il motore. Il tuo nuovo amante, dice Eva.

Giose ride. Ha dimenticato quanto sa essere pungente sua figlia. Quanto curiosa, quanto acuta. Le domande
inopportune che faceva, da bambina. Lui e Christian dovevano ponderare ogni discorso, e abbassare la voce quando
parlavano fra loro, perché altrimenti Eva si appropriava di
ogni informazione e ingenuamente era capace di raccon-
tarla alle amichette dell'asilo, che a loro volta riferivano
ai genitori, che a loro volta scandalizzati protestavano con
le maestre, che a loro volta li convocavano, imbarazzate.

Rendetevi conto, gli dicevano, mettetevi nei nostri panni, la gente mormora, cercate di essere piú discreti. Apre la porta, la invita a entrare. Eva nota con dispiacere che non aveva chiuso a chiave. Allora davvero in casa c'è qualcuno. All'attaccapanni è appesa una giacca a vento rossa. Vicino allo zerbino una vanga, un ombrello nero da pastore col manico di legno e un paio di ciabatte imbottite di pelliccia. L'amante di Giose non semina i suoi abiti in giro, né altre tracce evidenti della sua presenza. Forse è una strategia: è salito al primo piano, si nasconde, scenderà piú tardi, quando Giose l'avrà informata della sua esistenza.

Eva non riconosce la casa, come se non fosse mai stata qui. Giose ha sostituito i mobili, ha dipinto le pareti di rosso, eliminato le stampe, la sedia a dondolo e la tetra credenza di noce. Forse ha demolito e spostato anche i muri, il salone sembra piú vasto. Nel locale adiacente intravede un'enorme scrivania con una tastiera, un computer, amplificatori, casse, tutto l'armamentario di quello che sembra uno studio di registrazione. Davanti alle vetrate del soggiorno c'è un lungo tavolo di legno, dove potrebbero mangiare dieci persone. Non c'è il televisore. Non ci sono fotografie, neanche un'immaginetta di Christian. Né di lei. Mi devi spiegare un po' di cose, principessa, le dice Giose, mentre si toglie il giaccone e si infila le ciabatte imbottite. Sei tu che mi devi spiegare, ribatte Eva. Mi hai abbandonato, come Ezechiele. Ma io non sono un cane.

Giose tenta di spiegarle che non ha abbandonato Ezechiele: voleva lasciarlo a lei, ma Michele e Sabrina non sopportano gli animali, perché Luca è allergico all'epitelio di cane, e nemmeno la nonna Margherita poteva tenerlo, perché i suoi setter non lo avrebbero accettato, anche se il bastardino era ormai anziano, e del tutto inoffensivo. I cani di Margherita Gagliardi del resto non hanno accettato mai nemmeno lui, forse fiutando l'avversità della padrona, e hanno sempre cercato di morderlo – cosa che peraltro gli è riuscita per ben due volte, e al polpaccio ne porta ancora i segni. Aurelia voleva prendersi cura di Ezechiele, conclude, con la massima pacatezza, le avrebbe tenuto compagnia, era anche il suo cane, e io ci ho rinunciato. Non le dice che nel testamento Christian specificava che Eva doveva restare con Giose, ed Ezechiele con Aurelia. Quella divisione, imparziale e però evidentemente iniqua, lo ha sempre messo a disagio. Io non pensavo che tu eri uno che rinuncia, lo rimprovera Eva, con amarezza. Invece hai rinunciato al cane, e hai rinunciato a me. Non te ne importava davvero, di noi.

Giose sospira. È un discorso troppo complesso da affrontare adesso. Ha la nettissima sensazione che Eva sia nei guai e che lo trascinerà in un pasticcio. Ma vuole che sia lei a confidarsi. Si inginocchia davanti al camino, rianimando col mantice il fuoco che si sta spegnendo. Eva si butta sul divano, si strappa le scarpe da ginnastica fradice e si massaggia i piedi intorpiditi. Con chi vivi? gli chiede, senza guardarlo. Tu, con chi vivi, replica Giose. Sai chi dobbiamo avvertire che sei qui.

Poi accantonano l'argomento, come una parentesi che si è già chiusa. Giose accende il fornello, spacca due pomodori, affetta il guanciale, improvvisa un'amatriciana ed Eva ripulisce il piatto fino all'ultimo spaghetto. L'odio che contava di vomitargli addosso si è liquefatto come la neve sul vetro. Le accuse e le recriminazioni che ha rimuginato per mesi sono evaporate davanti alla sua presenza – al corpo massiccio che contrasta curiosamente con gli occhi vellutati da cerbiatto, alle sue mani grandi che trafficano coi piatti, al profumo di cenere, sudore e legna che esala

dal suo maglione di lana grezza. Non vuole piú chiedergli
perché non l'ha cercata. Se Maometto non va alla montagna, la montagna va da Maometto. Adesso lei è venuta, e
deve riannodare il filo. Giose non sa niente di lei.

Gli racconta del viaggio in treno, della gentile suora
indiana, del pullman che ha preso mentre già stava per
partire, del benzinaio che lo chiamava «quello del Cigno
Nero». Evita accuratamente ogni accenno a Loris Forte,
alla cantilena merdosa, alla Biblioteca Ambrosiana e alla
stazione Pasteur della linea rossa. Lo informa che da un
anno ha smesso di studiare il pianoforte, perché la musica
non le piace piú se non gliela insegna lui. Che pratica la
ginnastica ritmica tre volte alla settimana, anche se non
sarà mai una campionessa, non è abbastanza aggraziata,
l'allenatrice dice che non sa sorridere alla giuria, non sa
«porgersi» e quindi la valutano poco, anche se esegue gli
esercizi senza errori. L'attrezzo che preferisce è la palla,
se la cava bene coi lanci. Le compagne di squadra se la ti-
rano e hanno la puzza sotto al naso, non sono veramente
amiche. Però le hanno insegnato a mettersi l'ombretto per
ingrandire gli occhi, a scegliere i negozi giusti per i vestiti e ad abbinare agli accessori il colore dello smalto per le
unghie. Gli piace, quello che porta adesso? È fucsia, con
delle striature piú scure. Giose le prende le mani, valuta
l'effetto, dice che non immaginava che una bambina di
undici anni già si dipingesse le unghie e sottolineasse gli
occhi con la matita. Ai tempi miei, ricorda, era proibito.
Le ragazze si truccavano di nascosto, nei bagni della scuola, ma erano già molto piú grandi di te. Ma io non sono
piú una bambina, protesta Eva. E poi non sei aggiornato,
adesso lo fanno tutte.

Quali altre novità? Le piace la cucina giapponese, il teatro, soprattutto i musical, gli aerei, lo scialpinismo, anche

se non è ancora abbastanza brava per i fuori pista. A scuola va benissimo in italiano, storia e geografia, molto bene in lingua inglese e in seconda lingua comunitaria, cioè francese, bene in musica, arte e immagine, scienze motorie e sportive, maluccio in tecnologia, matematica e scienze. Il voto piú alto però ce l'ha in religione cattolica. Sostiene di saperne piú della prof, e spesso trasformano la lezione in un dialogo. La prof è rimasta molto sorpresa che Eva Gagliardi fosse cosí informata sulle Sacre Scritture, lei ha dovuto spiegarle che suo padre le raccontava i Vangeli fin da quando era piccola, insieme alla storia di Ulisse e di Pinocchio, Christian Gagliardi era uno studioso pubblicato sulle riviste internazionali, letto anche in America, conosceva tutto ciò che si è scritto nel mondo su Gesú Cristo, perfino le pubblicazioni di Vladikavkaz in cui uno storico locale sosteneva che Gesú era osseto e si chiamava Jošo Čyryšti. La prof papà non l'aveva mai sentito nominare ma poi si era dovuta leggere tutti i suoi articoli. Aurelia sta cercando di far pubblicare la sua biografia di Dionysius Exiguus e di quegli altri inventori del tempo – *L'anno zero*, insomma – ma le case editrici universitarie si sono viste azzerare i fondi e lo ritengono comunque un libro troppo letterario e poco accademico, mentre le altre case editrici lo ritengono troppo colto e poco commerciale. Aspetta ancora la risposta di una casa editrice dove lavora una sua amica. Ma se pure quella sarà negativa, il libro sarà pubblicato in ogni caso, nonna Margherita è disposta a pagare le spese. Eva ha letto il file, non tutto, quasi tutto. È un po' difficile. Però il concetto del tempo come percezione e volontà l'ha capito.

Cos'altro Giose non sa? A Bruxelles non andavo a messa perché Michele non è piú praticante e Sabrina è diventata buddista. Non ho ancora fatto la cresima. Non credo piú che Gesú avesse insieme natura umana e divina, sto diventando eretica. Però sono sempre cristiana. Per un po' non voglio piú festeggiare i compleanni. Non vedo l'ora di diventare maggiorenne.

Col passare dei minuti, l'umore di Eva migliora perché dal piano di sopra non è spuntato nessuno, né si è sentito alcun rumore di passi, e dopo un po' realizza che Giose ha semplicemente lasciato la luce accesa perché è uscito di corsa, appena lei lo ha chiamato. Allora un pochino, anche solo un pochino, gli importa ancora di lei.

Questa speranza riapre uno spiraglio, e dopo mezz'ora le sembra di essere sempre rimasta qui. Se lui fosse come allora, penserebbe di non essere mai partita. Ma Giose è cambiato. Nella sua barba brillano parecchi fili d'argento, e adesso porta i capelli cortissimi – forse perché ne ha pochi.

A lui Eva sembra sovreccitata ma anche molto stanca, e non ha voglia di interrogarla come un poliziotto. Vuole che si fidi di lui. Quando comincia a sbattere le palpebre e a stropicciarsi gli occhi, e lui si rende conto che sta lottando contro il sonno, perché per niente al mondo gli confesserebbe di essere sul punto di crollare, le dice che continuerà a raccontargli tutte queste cose interessantissime domani, ma ora si è fatto tardi, bisogna andare a dormire. Eva sostiene che non è vero, lei ormai va a letto quando le pare, e anche dopo mezzanotte, però lo segue al piano di sopra. Giose estrae le lenzuola dall'armadio – odorano di canfora e di umidità – e comincia a prepararle il letto nella camera degli ospiti. Ma lei protesta: vuole dormire nell'altra camera, la loro. Allora Giose le propone di dormire nel suo letto, ci andrà lui nella camera degli ospiti.

Eva non vuole che la consideri un'ospite. È venuta per

restare. Poi le torna in mente un discorso ascoltato parecchi anni prima alla televisione. Una onorevole, intervistata in quanto competente in materia – benché, occhialuta e secca come una befana, non sembrasse proprio esperta d'amore – diceva che oltre al fatto che è contro natura, gli omosessuali non devono avere figli perché li molesterebbero sessualmente. Christian aveva subito cambiato canale, ma ormai quelle parole abrasive erano schizzate addosso a loro tre come acido muriatico. Bruciavano. Corrodevano, laceravano il tessuto della loro quotidianità – le certezze, la bellezza, tutto. E non si poteva ignorarle. Eva sapeva cosa significa molestare sessualmente. Gliel'avevano spiegato, perché capisse se qualcuno le dimostrava attenzioni improprie e fosse in grado di difendersi. Si era voltata verso di loro, sconvolta. Padre, perdonala perché non sa di cosa parla – aveva detto Christian, scherzosamente. I genitori degni di essere chiamati tali non molestano i figli, con chiunque vadano a letto. I figli sono figli per tutti.

Eva non riesce a credere che Giose tenga conto dell'opinione di gente cosí. Però lui sta già spianando il lenzuolo, insacca il cuscino nella federa pulita, e lei non riesce a dirgli che ha fatto tutta questa strada perché voleva dormire addosso a lui. Sentire il suo respiro, vicino al viso, di notte. Strofinare la guancia contro la sua barba, urtare il suo braccio, posare la bocca sulla sua spalla, ficcargli il piede tra le gambe, appallottolarsi come un gatto sulla sua schiena, sentire la pelle calda contro la sua. Quell'intimità spensierata che puoi condividere solo coi genitori, o coi fratelli, o con gli amanti. Ma lei non ha fratelli e non ha piú genitori, ed è troppo piccola per avere un amante. Nessuno la bacia, l'abbraccia, la stringe forte – da tanto tempo. Nessuno può davvero toccarla.

Si lava i denti col suo spazzolino, si infila come pigiama

una vecchia tuta da ginnastica di lui, che le va larghissi-
ma, e perché i calzoni non le scivolino dai fianchi Giose li
cuce alla meno peggio usando il sewing kit che deve aver
sottratto in qualche albergo, chissà quando. Le armeggia
intorno, con l'ago in bocca e il filo tra i denti, come una
sarta. Eva sa che lui si aspetta una spiegazione. Milano è
lontanissima da qui. Le ragazzine di undici anni non viaggiano da sole. Vorrebbe mentirgli. Però a Giose non ha
mai saputo dire una vera bugia. Una cosa non detta non è
come una cosa inventata.

Cosí, dopo aver evitato l'argomento per tutta la sera, si
limita a un'allusione, prendendola molto, molto alla lontana. Io sto partecipando a un programma di volontaria-
to per il recupero dei ragazzi del carcere minorile, dice.
Lo ha ideato l'associazione di Sabrina, cioè quella di cui
Sabrina è vicepresidente. Gli scriviamo delle lettere, per
fargli sapere che la società non si dimentica di loro. Io gli
scrivo volentieri. Penso di capire come si sentono, dentro
alla cella. Il carcere è la cosa piú brutta del mondo, e bisognerebbe rinchiuderci chi l'ha inventato. Non si può vivere senza la libertà. Michele e Sabrina lo sanno che non
ci volevo restare, con loro. Si sforzano di farmi contenta,
mi trattano benissimo, se chiedo una cosa me la prendono
– mi viziano, dice nonna – mi dànno tutto quello che mi
serve, e anche di piú, ma io non mi lascio comprare. Faccio
solo finta, e aspetto. Lo sanno che voglio tornare con te.

Giose è rimasto interdetto, è sul punto di chiederle di
cosa sta parlando, ma lei non gliene dà il tempo, e si infila
docilmente nel letto. Giose rincalza le coperte e si sistema ai suoi piedi – un gesto automatico, che il suo corpo ha
memorizzato. Per otto anni si è seduto esattamente in quel
punto, e per farle sapere che era lí, le carezzava il piede
sotto la coperta. Giocherellava con le sue dita, schiaccia-

va i polpastrelli come fossero tasti di un pianoforte, fingeva di suonarla. Non le accarezza il piede. Se lo impedisce, e appoggia la mano in grembo. Poi spegne l'abat-jour e la camera piomba nel buio. Eva distingue appena il contorno del suo corpo, che si staglia contro la parete, come un'ombra piú scura. Ha paura che si alzi, e vada via, e lei ha fatto tutta questa strada, e non gli ha detto niente di importante.

Mi cantavi la filastrocca del leprotto Tutto Io, gli dice. Te l'eri inventata per me. Mi ricordo ancora tutte le parole. Ma adesso sei grande, dice Giose, e io le ho dimenticate. La casa è circondata dal silenzio. Nessun rumore, nessuna voce. Si sente solo lo sgocciolio lontano della neve che stilla dalla grondaia e il gorgoglio dell'acqua nei tubi del termosifone. Il tempo sembra sospeso. Passa appena qualche minuto, ma sembrano ore. Le ho sentite le tue canzoni, Yuma, sussurra Eva, ho guardato i tuoi video su YouTube.

Giose sospira, poi la esorta a dargli il suo parere. È un momento che prima o poi doveva arrivare. Giose sperava capitasse fra qualche anno, undici anni sono un po' pochi per giustiziare l'arte di tuo padre. Ma l'ordine cronologico della loro vita è stato completamente sovvertito. Tutto è successo nel momento sbagliato. Perciò attende la sentenza, e neanche si accorge che la sua mano cerca la sporgenza del piede di lei sotto la coperta. Tasta inavvertitamente le cinque dita.

La musica che ascoltiamo adesso è tutta diversa, risponde Eva, sincera. Però non significa che sono brutte. Poi a forza di ascoltarle ti entrano dentro. Sono molto tristi. Quando le ho scritte ero triste, spiega Giose. A vent'anni si è tristi in un modo assoluto, poi si impara che tutto è relativo, e vivere diventa una piacevole abitudine. Tu e papà non mi avete mai detto che eri famoso, osserva Eva, l'ho scoperto su internet. È stato tanto tempo fa, minimizza Giose.

Mi è dispiaciuto che le tue canzoni le avevano visualizzate solo 120, 143 persone, dice Eva. Però si può aiutarle a salire. Sai qual è il trucco? Mi connettevo tutti i giorni, per far aumentare il numero dei contatti. È vero, papà, non dico una bugia. Se vai a controllare *Disadatto* vedi che adesso sono almeno mille. Giose si morde le labbra, gli sale un groppo alla gola e finge di doverle rincalzare la coperta. Di quelle mille persone, novecento sono io, s'infervora Eva, scuotendolo per la manica. Le possiamo far diventare diecimila, centomila, cosí quando il giudice tutelare valuterà la tua situazione patrimoniale pensa che guadagni molto coi diritti d'autore. È una buona idea, dice Giose con la voce strozzata, domani ci clicchiamo sopra tutto il giorno. Adesso però chiudi gli occhi, è molto tardi.

Quando lei finalmente si addormenta, in punta di piedi scende in salotto, fruga nello zainetto rosa e cerca il suo cellulare. C'è un quaderno a quadretti, con gli esercizi di matematica – gli eterni problemi sui triangoli, i cateti, le ipotenuse, centinaia di proporzioni diligentemente risolte. C'è un mazzo di chiavi, alcuni fogli stampati da internet che riproducono i disegni di Leonardo da Vinci – anche l'Uomo vitruviano: una visione che per un attimo gli toglie il respiro. Eva non può saperlo, è impossibile, è l'unico segreto che resterà fra lui e Christian – per sempre. Poi legge che i disegni del Codice Atlantico sono esposti in una «mostra infinita», chissà cosa significa, alla Biblioteca Ambrosiana di Milano. C'è il diario, dove Eva annota i compiti a casa, e copia frasi e aforismi trovati chissà dove. Lo sfoglia in fretta, perché non ha voglia

di spiare nella sua vita, ma lo colpiscono i nomi degli autori – Auden, Kavafis, Whitman, Emily Dickinson: Eva
legge libri adulti. Poi gli viene in mente che sono i libri di
suo padre. Giose ha voluto spedirle a Milano la biblioteca di Christian. Lui non li avrebbe mai piú presi in mano.
Li aveva amati solo perché li amava Christian. Del resto
li conosce a memoria. «E là, su un lettuccio da poco prez-
zo | ebbi il corpo dell'amore, ebbi le labbra | voluttuose e
rosee dell'ebbrezza | ... che anche ora | ... dopo tanti an-
ni | ... m'inebrio nella mia casa deserta». Kavafis, per il
suo memorabile ragazzo egiziano. Anche ora, dopo tanti
anni, m'inebrio, nella mia casa deserta... C'è anche il cellulare di Eva, spento. Lo prende, s'infila la giacca a vento
e il berretto ed esce in giardino. Non vuole che lei lo senta mentre chiama a casa.

Quando rientra, ha le mani assiderate e il cuore di ghiaccio. Dio santo, non doveva andare cosí. Ha promesso a
Michele di partire domani stesso.

Alle undici del mattino, quando Eva scende al piano di
sotto – scarmigliata, con la casacca del pigiama di lui che
le casca dalle spalle – nevica ancora. Le montagne dall'altra parte della valle sono nascoste da nuvole basse com-
patte come cotone, il cielo è di un grigio uniforme, color
cenere. Giose è là fuori, che spala il viottolo. Fatica spre-
cata. La macchina è un pachiderma inerte, la neve arriva
ai mozzi delle ruote. Non si può circolare con la tormenta.
Nevicasse per sempre.

Il latte ha sapore di prato, e la marmellata è solida e
dura, con una percentuale di frutta cui Eva non è abituata. Giose non ha altro da offrirle, nel frigo ci sono solo
uova e nel freezer pagnotte e tranci di maiale surgelato.
Sulla mensola mele di marmo e arance avvizzite. Scende

di rado in paese a fare la spesa, mangia quel che avanza.
Non cucina piú, non gliene importa. Cucinare è un'attività sociale, si pratica per dare piacere agli altri, non ha
senso preparare per sé soli. Quando aveva lasciato la casa
di Christian, a Roma, e si era trasferito nel casale di suo
nonno, avrebbe voluto aprire un ristorante. Era questo il
suo progetto. Un ristoratore è socialmente piú accettato
di un musicista dimenticato che per guadagnare qualcosa
non ha trovato di meglio che comporre colonne sonore di
film porno. Gli sembrava l'idea vincente per conquistare
l'affidamento di Eva. Non un ristorante di cucina creati-
va, un posto alla buona, rustico come l'Appennino – cro-
stini di salame, olive all'ascolana, fettuccine al tartufo e
generose grigliate di carne. Aveva già pensato al nome: *Il
Cigno Nero*. Avrebbe scavato una vasca nel giardino e ci
avrebbe messo il cigno. Nero, se lo trovava. Altrimenti,
gli avrebbe dipinto le piume con la vernice. Era il suo animale preferito da quando Christian gli aveva raccontato
che il cigno nero è monogamo e fedele, ma sessualmente
indeciso, e può scegliersi come compagno anche un maschio. Ciò non gli impedisce di avere una prole. Si riproduce secondo natura, ma appena la cigna fa l'uovo glielo
sottrae, lo cova e lo cresce col suo compagno. Giose aveva
scavato la vasca con accanimento, spezzandosi la schiena e
lacerandosi i palmi delle mani sulla vanga. Poi era andato
in banca, a chiedere i soldi in prestito per avviare l'attività. Il mellifluo direttore della filiale gli aveva detto che
gli avrebbero acceso un mutuo se la madre era disposta a
ipotecare la sua casa di Terni e a dare quella in garanzia.
La madre di Giose era disposta. Era andato in Comune,
a chiedere che genere di permessi gli servivano per aprire
un ristorante. Che tipo di canna fumaria doveva instal-
lare, quali frigoriferi, quali requisiti di igiene. Tornava a

casa con montagne di carta, moduli da riempire, questionari, dichiarazioni, autocertificazioni.

In paese tutti lo avevano sconsigliato, amichevolmente. Non gliela fai, lo aveva avvisato Silvio, il proprietario del negozio di alimentari e della salumeria artigianale al quale aveva proposto un accordo per acquistare i suoi prodotti. Qui c'è movimento dal dieci al venticinque agosto, poi rivedi qualcuno solo a Capodanno. I camperisti della domenica non mangiano al ristorante. I residenti in alta valle non sono neanche duemila, e quelli veri molti di meno, comunque ci sono già tre ristoranti aperti tutto l'anno, tu sei nuovo e non sei di qui, non gli potresti fare concorrenza. Ma c'è il parco nazionale, aveva protestato Giose, le piste da sci, l'escursionismo estivo, i cervi, il parapendio, i corsi di volo, il campeggio, i turisti… le potenzialità sono enormi. Non ci magni con le potenzialità, aveva osservato Silvio. Se ti va bene, reggi una stagione e ci rimetti un fracco di soldi. Se ti va male, ci rimetti un fracco di soldi e la casa di tua madre, che a quell'età poi dove la metti? Nella casa di riposo di Nocelleto? E ti giochi pure la salute, per il dispiacere. *Il Cigno Nero* non aveva mai aperto. La buca che doveva ospitare il volatile era rimasta vuota, nel prato. Le pareti franavano. Si riempiva d'acqua piovana.

Deve parlare seriamente con Eva. A rimproverarla o rieducarla ci penseranno Michele e Sabrina, lui però deve farsi spiegare perché ha spinto un suo compagno di classe sotto la metropolitana. È stato un gesto d'impulso? L'ha offesa, molestata? Ma cosa può averle fatto, per meritarsi una punizione cosí dura? O è stato un gesto premeditato? Aveva premeditato la fuga? Ha riflettuto sulle conseguenze? Deve anche spiegarle che dovrà riportarla a Milano, subito. È indispensabile – anche se è felice che sia qui, non c'è niente che potrebbe renderlo piú felice.

Ma Eva sminuzza il pane, mastica avidamente, s'ingozza di marmellata, e tra un boccone e l'altro gli rivolge un sorriso – argentato, a causa delle placchette dell'apparecchio ai denti, e però raggiante – e le parole gli restano in gola. Non ce l'hai un ragazzo? Non stai con nessuno? ricomincia Eva, scrutandolo come se dovesse spogliarlo. Non ci posso credere! Non sei cosí vecchio, e sei ancora parecchio piacente, anche se dovresti perdere qualche chilo, ti sei un po' lasciato andare. Giose ride e non le risponde. Non è un genere di discorso che un uomo possa fare con la figlia di undici anni. Non perché non capirebbe. Perché le dovrebbe spiegare che non desidera piú vivere con nessuno. Né stabilire nessun rapporto durevole. Le occasioni capitano, perfino se ti ritiri sulle montagne. Il lavoro ti fa incontrare persone nuove. Piú giovani, piú entusiaste, piú vitali. Qualcuna magari ti piace. Il corpo continua a funzionare, e la macchina vuole nutrimento. Ma poi l'altro avanza delle pretese. E non puoi ogni volta spiegare che non cerchi niente, che l'indomani è già finita. E poi, se vuole riavere Eva, crede di non potersi permettere nessuno accanto. È un prezzo che è disposto a pagare.

E tu non ce l'hai un ragazzo? divaga Giose. Alla tua età ce le avrai già le prime cotte, il batticuore… lo chiamano il primo amore, no? Non gli vuoi telefonare? Sarà preoccupato per te. Non mi piacciono i ragazzi – afferma Eva, lapidaria. Giose si gratta la barba, meditabondo. Ecco, è l'unica frase che gli dispiace sentirsi dire da Eva. Una delle obiezioni piú irritanti che si era sentito muovere dopo la sua nascita era che la loro figlia avrebbe avuto problemi con l'identità sessuale e sarebbe stata come loro, e che gente come lui e Christian faceva figli per fare propaganda – proselitismo, come se appartenessero a una setta. Un'obiezione che Giose trovava offensiva piú di un insulto.

Sono tutti stupidi, hanno il cervello piccolo come una ghianda – aggiunge però Eva, con una malignità che lascia sospettare cocenti delusioni. Non sai mai di cosa parlare con loro. Coi ragazzi non si parla, Eva, sorride Giose. I maschi le emozioni non le fanno quasi mai passare attraverso le parole.

Ma se non ci parli, sbotta Eva, come fai a fargli capire che ti piace? Giose si rianima. Allora ce n'è uno che ti piace, birbante! esclama, con sollievo. C'era, è morto, per colpa mia, vorrebbe dire Eva. Rivede la faccia terrorizzata di Loris Forte mentre cade all'indietro sui binari, e scoppia a piangere.

La connessione internet è saltata. Giose chiama la madre, a Terni, per chiederle cosa dicono le previsioni del tempo. Bufera fino alle tre, poi si squarcia un poco, riferisce la signora Pia, citando il meteo della televisione. Ma domani dànno di nuovo dieci-venti centimetri di neve; sopra i mille metri, quaranta. La circolazione è rallentata su tutta la rete stradale, sull'A1 tra Firenze e Bologna si procede in una sola corsia. Ma perché me lo chiedi? s'incuriosisce poi. Devo andare a Milano – dice Giose, vago. La madre di Giose quando sente la parola Milano pensa ancora, per abitudine, alle case discografiche, e per discrezione non domanda altro. Le basta sapere che il figlio lavora e guadagna, si accontenta delle briciole d'informazioni che lui sbadatamente lascia trapelare. Però gli comunica che la protezione civile sconsiglia di mettersi in viaggio. Il bollettino meteorologico rallegra Giose. La natura lo protegge.

Eva vorrebbe salutare la nonna, ma Giose le fa segno che è meglio di no, dovrebbe spiegarle quello che è successo, e non è il caso, e si affretta a chiudere la comunicazione. Poi le riferisce che la nonna è stata in ospedale fino a pochi giorni fa, le hanno dovuto togliere un rene. È una cosa grave? chiede Eva, contrita. È un organo pari, gli esseri umani ne hanno due, minimizza Giose. Si sopravvive. La cosa grave è quando non ti funziona piú un organo solitario. Come il fegato, il cervello, il pancreas. E il pisello – dice Eva, maliziosa. Ma Giose stava pensando al cuore.

Scosta la tenda, e lo consola verificare che tutto è rimasto identico, come se il tempo si fosse fermato. Il cielo grigio, l'orizzonte inghiottito dalle nuvole basse, felci di ghiaccio sul vetro, il mondo ridotto a una finestra ritagliata nella neve. Non ha nessuna voglia di partire. Vuole restare in questa casa sul limitare dell'altopiano, al sicuro, con sua figlia – fingendo di non sapere niente, come se la sua presenza qui non fosse legata al gesto sconsiderato del metrò, e il bene non fosse la conseguenza di un male. Come se lei fosse semplicemente tornata a casa.

Alcuni mesi fa, Giose è tornato dall'avvocato e ha cercato di capire se può riaprirsi qualche spiraglio legale. Sa bene che non è ammesso reclamo contro il decreto della Corte d'Appello – che, anche se venuto dopo molti mesi di attesa sempre piú colma di aspettative, è stato negativo. Ma forse qualcosa si può fare. L'atmosfera sta cambiando, qualcosa si muove, ci sono stati dei precedenti incoraggianti. E poi anche lui ora è in una posizione piú solida. La solitudine lo aiuta a concentrarsi, e dall'inverno scorso lavora con una certa continuità, tanto da avere riaperto la partiva Iva. Ha anche chiesto un appuntamento a Michele, dopo il suo rientro in Italia.

Si sono incontrati il mese scorso a Roma, all'insaputa di Eva, approfittando di una incursione in giornata di Michele alla Banca d'Italia. Giose ha sondato la possibilità di trovare un accordo informale. Amichevole, ha detto, anzi fraterno. Ha chiesto di trascorrere le vacanze di Natale con Eva. Solo quindici giorni, per poter ristabilire un rapporto. Michele è stato contrario, ma non totalmente negativo. Ora no, non è il caso, sarebbe destabilizzante per Eva, ha detto, ti sta dimenticando, alla sua età il tempo scorre piú lento, due anni e mezzo sono un'eternità, sembra serena ormai, abbiamo trovato un equilibrio. La psicologa che l'ha seguita quando siamo andati in Belgio dice che il resettamento sta funzionando, non chiede piú di te, non ti vuole neanche sentire nominare. E poi questo Natale ce ne andiamo al mare, alle Maldive, abbiamo già prenotato il resort. Insomma è un discorso prematuro, lasciala crescere. Ne riparleremo.

Ma adesso tutti i suoi piani sono crollati come un castello di sabbia. Penseranno che fossero d'accordo. Che si sono sentiti di nascosto. Che l'ha istigata lui a scappare di casa. O che comunque ha un'influenza negativa su di lei. Non processeranno Eva, né Michele e Sabrina, ma lui. Lo hanno processato fin dal primo giorno – anche offrendogli la loro solidarietà e il loro aiuto. Tutti si sono sentiti in diritto di esprimere opinioni, di giudicare. Lo aspettavano al varco, dando per scontato che l'esperimento sarebbe fallito – come se Eva fosse la cavia da laboratorio di una nuova specie. Per poter dimostrare che un uomo come lui non aveva diritto alla grazia di una figlia. Invece Eva era stata la cosa piú naturale della sua vita, e l'unica che gli era riuscita veramente. Era stato un cantante notevole, ma per poco tempo, poi l'ispirazione, o il talento, o il soffio della poesia lo avevano abbandonato. Era stato un amante appassionato, ma volubile, e un compagno fedele, ma incapace di aiutare Christian a realizzare davvero se stesso. Era stato invece un buon padre. Di questo aveva certezza.

Le ore bianche che gli restano hanno il sapore delle cose rubate. Però non sembrano brevi – al contrario: lunghe, quasi interminabili. Gli tornano in mente i discorsi di Christian sulle ore disuguali, e gli piacerebbe spiegarli a Eva, ma forse è troppo presto, lei è davvero ancora soltanto una bambina. A venti passi dalla casa, nel prato, su una piazzola di cemento gettata davanti alla capanna che un tempo era stata il pollaio, rimane ancora la traccia della vernice nera con cui Christian aveva disegnato il quadrante dell'orologio a ombra. Durante i restauri, Giose non aveva voluto ridipingerlo. Ma lo gnomone, la punta dell'asta, era caduto, e nulla adesso scandisce il trascorrere del tempo. Del resto la neve seppellisce anche quella piazzola di cemento.

Giose si gode la presenza di Eva, che si aggira per la casa, i piccoli piedi infilati nelle sue enormi ciabatte di pelo, intabarrata nel suo bomberino color malva, perché il camino e i termosifoni non riescono a riscaldare abbastanza. Che apre cassetti, armadi, cassapanche, esplora il suo studio di registrazione, tocca la console, il mixer, il distorsore, i pedali, prova i microfoni, ascolta le sessioni di chitarra e tastiera. Si appropria del suo spazio, lo invade e lo trasforma. La sua presenza dona un senso a ogni cosa. Tutto è stato pensato per lei, ma lei non potrà restare qui.

Rimangono raggomitolati sul divano, lei con la testa sulle sue ginocchia, per ore, a guardare le fiamme che frizzano nel camino e la neve che turbina dietro i vetri, finché la luce diventa piú fioca, e poi scende di nuovo il buio. Parlano della scuola, delle gare di ginnastica ritmica, di niente. Il telefono di Giose vibra sette volte. Lui ha abbassato la suoneria e non prende le chiamate. Lo controlla, quan-

do lei si assenta: lo cerca Margherita Gagliardi, lo cercano Sabrina, Aurelia, un numero sconosciuto e Max, il ragazzo pugliese per il quale ha composto alcune canzoni,
e che doveva venire nel fine settimana coi suoi musicisti
per registrarle. Il ragazzo ha talento, e una voce androgina, gli ricorda vagamente se stesso alla sua età. Gli telefona dal giardino, nascondendosi dietro l'angolo della casa, per avvisarlo che è costretto a rinviare. Sono con Eva,
gli spiega, abbiamo bisogno di stare un po' da soli. Max
conosce la storia della figlia perduta di Giose, non prova
a fargli cambiare idea. Cerca solo di fissare un nuovo appuntamento. Ottiene una risposta generica. Non capisce
che intenzioni abbia, Giose. Forse non ha nessuna intenzione, nessun progetto, il suo orizzonte temporale non si
spinge al di là dell'indomani.

Piú tardi telefona anche a Michele, per tranquillizzarlo.
Michele ha visto i servizi del telegiornale sulle bufere di
neve in Italia centrale. Gli crede, capisce le ragioni della
mancata partenza, però nello stesso tempo diffida di Giose. Lo ritiene un impulsivo, tendenzialmente sconsiderato.
Crede che l'imprevedibilità sia nella sua natura di artista.
Teme un colpo di testa, un atto di ribellione. Che Giose
decida di non riconsegnare Eva. Che la porti all'estero e
spariscano tutti e due, per sempre. Non ci sono piú confini
né dogane, procurarsi un documento falso è facile, lasciare l'Europa è possibile. Chissà se l'Armenia ha ratificato
un trattato di estradizione con l'Italia. Guarda che c'è di
mezzo la polizia, lo ammonisce, ancora non sappiamo se
la famiglia del ragazzo sporgerà denuncia, è una situazione seria, non ti ci immischiare, non fare cazzate. La cosa
importante è che sia vivo, dice Giose, enigmatico. Tutto
il resto si può aggiustare.

La connessione internet va e viene, ma nel pomeriggio Eva riesce finalmente a visualizzare YouTube, e clicca su tutte le esibizioni di Yuma. Per aumentare il numero dei contatti: è molto orgogliosa della sua trovata, e Giose la asseconda, anche se non ama rivedersi – e il ragazzo bistrato con la giacca di lamé che sussurra nel microfono non ha piú molto a che fare con lui. È suo fratello minore, un ragazzo insicuro e fragile che vorrebbe proteggere, ma che non esiste piú. Nello schermo del computer affiorano registrazioni amatoriali, oscure, tremolanti, con l'immagine nebbiosa e il sonoro graffiato. Le parole delle canzoni quasi non si percepiscono. Ma con sua immensa sorpresa Eva le conosce a memoria. E vuole che lui lo sappia. Si è fotocopiata *Sei come sei*, il volume di Clessidra editore, alla Biblioteca Nazionale di Roma. Ce l'ha accompagnata Aurelia, perché i minori di diciotto anni non sono ammessi. Aveva provato a ordinarlo su internet e poi in libreria, ma le hanno risposto che è stato macerato, ed è fuori catalogo. Leggere quelle liriche era l'unico modo per sentire Giose vicino. Ogni volta che memorizzava una frase, aveva l'impressione di avanzare di un passo verso suo padre, di sentire la sua voce – quasi di toccarlo.

Canticchia, sottovoce, versi inadatti alla sua età, alla sua generazione, alla sua esigua esperienza di vita. È stonata, e quella constatazione fa sorridere Giose. Ma ciò che non si eredita, si impara. Se lei volesse, potrebbe insegnarle come si emette la voce, come si contrae il diaframma, come si rispetta il ritmo. Nella musica, la cosa piú importante è il tempo. Anche nella vita. La dedizione di Eva lo commuove e a un certo punto deve sradicarsi dal divano, dicendo che va a spaccare qualche ciocco per il camino, perché le lacrime gli colmano gli occhi.

La mattina dopo un sole malaticcio buca la coltre di nuvole basse, e si affaccia da dietro la montagna. Giose infila nella sacca una maglietta pulita, un paio di mutande
e lo spazzolino da denti. Poi entra in camera, senza bus-
sare. Eva dorme ancora, rannicchiata nell'angolo del letto in cui di solito dorme lui, dove il suo corpo ha scavato
un avvallamento nel materasso. La guancia sul cuscino, i
capelli sugli occhi. Giose esita. Nella camera indugia un
odore di shampoo al mirtillo e scarpe da ginnastica. Dunque è questo l'odore di sua figlia. Respira, dilatando le
narici – come se dovesse memorizzarlo per il futuro. Poi
si strappa dalla contemplazione e la scuote per un braccio,
con dolcezza. Lei si gira dall'altra parte e tira la coperta
sulla testa. Dobbiamo partire, Eva, le dice, mentre apre le
imposte e la luce del giorno irrompe nella stanza.

Perché non canti piú? gli domanda, stropicciandosi gli
occhi. Giose fissa il pulviscolo che danza nel raggio di sole,
assorto, e dice, piú a se stesso che a lei: ho venduto l'anima al diavolo. Crede di essere scherzoso, ma il tono suona malinconico. Mi ha offerto un patto: cosa vuoi piú di
tutto? Io te lo darò. Ma in cambio, tu mi darai la musica.
E io ho chiesto te.

Concezione

Quando nacque Eva, Giose aveva quarant'anni, tre mesi e nove giorni. Viveva al quarto piano con ascensore di un appartamento di cinque vani e soffitta annessa vicino a Santa Prassede, a Roma, e sui documenti risultava celibe. Invece nel censimento, compilato reprimendo un moto di sdegno per non aver trovato il suo caso nel formulario, risultava convivente con Christian Gagliardi, proprietario del suddetto appartamento. Non aveva nessun altro progetto se non stravolgere la sua vita e occuparsi della loro figlia. Per la prima volta da quando aveva sedici anni, Giose era infatti senza lavoro: aveva perso il suo e non ne cercava un altro. Al suo ultimo concerto, nella discoteca *Tribal* della provincia di Alessandria, si erano presentati diciannove spettatori paganti. Ma al momento della nascita di Eva erano passati due anni da quell'infausta nottata, aveva smaltito la frustrazione che il solo ricordo gli suscitava, ed era guarito anche dalla dermatite psicosomatica che da allora lo aveva perseguitato.

Non so come sia potuto succedere, si era giustificato l'organizzatore, questo è un posto dove si deve fare il filtro per tenere fuori la gente, di solito qui può esibirsi pure Pinco Pallino che fa sold out, se vengono mille persone sono già poche, la notizia del ritorno di Yuma è passata su tutte le radio, abbiamo investito molto in pubblicità. Aspettiamo un po', magari arriva qualcun altro, suggerí poi, per tenerlo tranquillo, visto che Giose si stava alterando, e aveva la fama di uno che se contrariato poteva spaccare tutto; la gente qui non è puntuale, non devono mica andare alla stazione a prendere un treno.

Nello specchio del camerino, generosamente illuminato da una cornice di faretti, la faccia di Giose aveva il colore giallognolo di un crisantemo morto. Lo assalí la sensazione che stesse per capitargli una catastrofe. Siccome negli ultimi tempi andava soggetto ad attacchi di panico, durante i quali veniva posseduto dalla certezza apocalittica della propria fine imminente, cercò qualcuno che gli raccontasse una bugia – consolante, però credibile. Chiamò il suo manager, era occupato; richiamò, era occupato, richiamò, era occupato. Alla fine gli rispose. Tentò di minimizzare. Ma la tecnica dell'eufemismo non funzionava, con Giose. Il malumore lo elettrizzava, lo disinibiva, rendendolo aggressivo come una vespa. Aveva composto i suoi pezzi migliori, *Disadatto*, *Ricorderò*, e *Ti ripudio*, proprio in quello stato d'animo. Invece di ammettere che aveva sbagliato a volersi rimettere in gioco, lui che ormai da quasi un decennio era fuori dal mercato, scarico come una pila vecchia, accusò il manager di averlo tradito, mettendolo nelle mani di un incompetente. Ho cercato di darti una chance, Giose, rispose quello, flemmatico. Il cd non ha venduto niente, lo sai. Non ci copriamo neanche le spese.

Giose diede in escandescenze. Insultò lui, la sua defunta madre e tutti li mortacci suoi. Il manager non si scompose. Lo ascoltava come il latrato di un cane di passaggio. Yuma, cioè Giose, non lo interessava: ormai non aveva piú niente da guadagnare da lui. Ma Giose non voleva che fosse l'altro a scaricarlo, ne andava del suo onore. Cosí lo prevenne. Vaffanculo te e le tue chances! urlò. Non hai difeso *Atacama*, non ci hai mai creduto, lo hai mandato al massacro. Tu ormai sei un dinosauro, colo a picco se resto con te, tu non ci capisci piú un cazzo di musica, non mi rappresenti piú, io me ne vado.

Capí istantaneamente di aver commesso un errore fatale: il manager non aspettava altro ed era sollevato di essersi sbarazzato di lui. Si accorse solo dopo aver sbattuto il cellulare sul ripiano che i musicisti della band avevano sentito il diverbio, e si rosicchiavano le unghie per non incontrare il suo sguardo. È umiliante perdere il controllo in pubblico. E una volta che è successo, non c'è rimedio. La dignità è andata.

Giose bofonchiò che voleva restare solo per concentrarsi. Si chiuse nel camerino e si scolò tre birre e una bottiglia di vodka. Passò un'ora, poi un'altra. Aspettava, non avrebbe saputo dire se un miracolo o il plotone d'esecuzione. Aspettava, succhiando caramelle al propoli per ungere le corde vocali, ruminando vocalizzi, strappandosi i peli delle sopracciglia con la pinzetta e dipingendosi le unghie delle mani con lo smalto d'oro. Applicò l'ombretto viola e il rossetto scarlatto. Si truccò esageratamente per somigliare a se stesso.

Era già l'una di notte, il concerto doveva iniziare alle ventitre. Non era arrivato nemmeno un ritardatario. Giose non voleva salire sul palco, lo costrinsero. Questione di professionalità, rispetto per il pubblico, blaterava l'organizzatore. Ma quale pubblico? protestava Giose. Era il pubblico che non rispettava piú lui. Allora l'organizzatore gli quantificò freddamente la cifra che doveva pagargli di penale, se annullava il concerto. Quell'anno, di diritti d'autore Giose aveva guadagnato quattrocentonovantamila lire. Da tre non presentava piú il 740. Era esentato per reddito insufficiente, come i pensionati sociali e i poveri. Non ho mai cantato per soldi, non sono un mercenario, si ripeteva, applicando di nuovo sulle labbra il rossetto che aveva mangiato per la tensione e che gli aveva lasciato in gola un sapore dolciastro di ciliegia. Canto perché amo la musica, perché solo quando canto sono me stesso. Mille spettatori o uno, non fa differenza. Farò il mio concerto, canterò meglio che posso. Da nove anni non incidevo un album. Non devo sprecare questa occasione. Cosí spalancò la porta del camerino, attraversò il corridoio dove un ragazzo del servizio d'ordine rollava una sigaretta appoggiato al muro e barcollando uscí sul palco.

Cantò orrendamente, e la vergogna di quell'esibizione indegna di lui non lo aveva mai piú abbandonato. Aveva la voce sorda, la bocca impastata, la gola asciutta. I laser sciabolavano, le luci stroboscopiche roteavano sull'enorme locale vuoto. Poteva vedere il pavimento, le porte delle uscite d'emergenza, la casacca fosforescente del vigile del fuoco. Per questo tenne sempre le palpebre abbassate, e i diciannove spettatori pensarono che fosse sonnambulo. Gli scappava da pisciare, e voleva concludere al piú presto. E poi era cosí sbronzo che gli si arrotolava la lingua, e le parole delle canzoni gli sfuggivano. Intonò il suo cavallo di battaglia, *Disadatto* – votato dai lettori di «Rockerilla» come la migliore canzone italiana del 1984, e nella classifica internazionale affiancata a *Smalltown Boy* dei Bronski Beat e *Relax* di Frankie Goes to Hollywood: ma dopo la prima strofa, all'inizio del ritornello, si perse, biascicò e si interruppe a metà di un verso.

Il tastierista ripeté due volte l'intro – il fido Davide aveva lasciato la musica per un onesto impiego da barelliere all'ospedale civico, ormai aveva la pancetta tumuliforme del quarantenne padre di famiglia, e infatti aveva già tre figli, ed era tornato sul palco con lui solo in omaggio al loro sodalizio giovanile; il batterista comprese al volo, pe-

stando le bacchette per fare un po' di chiasso. Ma non serví. Giose non ricordava piú quelle parole che aveva scritto a ventun anni. Esasperato, uno degli spettatori gridò:
svegliati, Yuma, ma che t'hanno fatto, l'ipnosi? Un altro
gli tirò in faccia qualcosa. Imbambolato e lento di rifles-
si, Giose neanche si scansò. Era un accendino di plastica,
rosso. Gli rimbalzò sul naso. Quando sentí in bocca il sapore ferroso del sangue, scagliò il microfono giú in pista,
mirando confusamente nella direzione da cui l'accendino
gli era piovuto addosso. Neanche quello si scansò.

Era un certo Rossi Errico, che poi lo aveva denunciato
per lesioni. Quando gli arrivò l'avviso dell'indagine in corso sul suo conto – per la seconda denuncia che si prendeva
a causa della musica – Giose voleva controquerelarlo. Ma
la notte del concerto non si era fatto fare il referto – anche perché già dall'indomani non sentiva dolore e il colpo
d'accendino gli aveva lasciato solo un antiestetico bitor-
zolo sul naso. Inoltre una volta tornato a casa si dimenti-
cò completamente di quell'episodio, legato al fallimento
piú abominevole della sua vita. Invece Rossi Errico si era
precipitato al pronto soccorso dell'ospedale piú vicino, e i
medici avevano refertato nero su bianco che oltre i quattro
punti di sutura sul cuoio capelluto il Rossi aveva riportato
un trauma cranico, per cui gli prescrivevano una settimana di riposo assoluto. Poi il perito medico legale certificò
che a causa del colpo sulla fronte il Rossi Errico andava
da allora soggetto a forti emicranie, le quali gli causavano
un'invalidità parziale ma permanente che aveva menomato
le sue capacità lavorative: quantificava il danno biologico
e i danni morali in cento milioni.

Insomma, lo avevano condannato, anche se l'entità della somma era stata ridotta alquanto dal giudice, e nel frat-
tempo erosa dall'inflazione seguita al passaggio dalla lira

all'euro. Per pagare il risarcimento senza dover chiedere soldi a Christian – al quale nulla aveva raccontato del lancio del microfono e del Rossi Errico – Giose aveva venduto la macchina di sua madre. Tanto era anziana e assicurava che non le serviva piú. Mentiva per amore del figlio, perché invece la macchina la prendeva tutti i giorni, anche se solo per andare al cimitero a mettere un fiore sulla tomba del marito, e Giose lo sapeva, ma non le impedí di aiutarlo. Qualche tempo dopo, Rossi Errico gli aveva spedito una lettera melliflua. Scriveva che quella brutta storia del processo gli dispiaceva piú del colpo di microfono in fronte, perché Yuma restava a suo modesto parere l'unico italiano venuto fuori dal punk-rock che sapesse cantare e scrivere versi non ignari di metrica. I suoi pezzi gli ricordavano la gioventú, *Disadatto* gli aveva cambiato la vita, gli aveva rivelato un orizzonte, la stessa esistenza di un personaggio come Yuma lo aveva liberato dalla prigione di un'educazione repressiva, dandogli il coraggio di vivere apertamente la sua sessualità: insomma, lo avrebbe perdonato se Giose gli avesse chiesto scusa.

Anche l'organizzatore gli aveva fatto causa, e pure quello Giose stava ancora pagando. Aveva prosciugato il conto in banca e venduto il terreno di suo padre, ovvero il pascolo della famiglia Autunno, che i maschi primogeniti si tramandavano da quando esisteva ancora lo Stato Pontificio. Il terreno dietro il casale sui monti Sibillini dove Egidio Autunno sognava che un giorno il suo unico figlio avrebbe portato in vacanza i suoi nipoti. Ma per fortuna al momento dell'atto notarile il padre di Giose era morto da dieci anni, e almeno quel dispiacere se lo risparmiò.

I diciannove spettatori che avevano pagato il biglietto per assistere a diciotto minuti diciotto di concerto, inferociti tentarono di assalire il palco: per salvarlo, i buttafuori

della discoteca dovettero fare scudo a Giose col loro corpo. La mattina dopo gli addetti alle pulizie raccolsero sul
palco monete, bottoni, lattine, bottigliette, un tirapugni,
un limone e perfino un paio di scarpe. Lo avrebbero sbranato, Yuma, perché non era piú quello che avevano amato.
   Il fatto era successo in un buco di provincia, Giose si
augurava che finisse lí. Che l'avrebbero saputo lui, l'organizzatore, il suo manager, i musicisti e i diciannove spettatori. Invece si riseppe. Il giro discografico è ristretto
come un condominio, e non meno litigioso. Lo marchia-
rono a fuoco. Yuma è un reperto archeologico, s'è giocato
la voce, è uno zombie, fuori di testa, kaputt. Non aveva
piú ricevuto un invito: non solo in televisione, dove del
resto non lo avevano mai invitato neanche prima, perché
le sue canzoni non erano adatte alla prima serata e i testi
avrebbero attirato l'attenzione del comitato a protezione
dei minori, ma nemmeno in radio, né alle sagre di paese,
alla festa di Rifondazione comunista, in un centro sociale
o in qualche festival catacombale di musicisti alternativi
al sistema. Non aveva mai piú cantato in pubblico.

   La sera del concerto Christian era a Gerusalemme. Aveva tentato in tutti i modi di scambiare il giorno della sua
conferenza, perché per niente al mondo voleva perdere la
«rentrée di Yuma». Era stato il principale sostenitore del
nuovo cd, che usciva dopo nove anni di silenzio, e Giose
sospettava che avesse perfino contribuito alle spese di produzione. Ma fra tutti i relatori del convegno interreligioso
cui inizialmente si era rallegrato di essere stato invitato,
Christian era il meno autorevole, il piú giovane e l'unico
che non avesse niente da offrire ai colleghi, e dunque il
suo intervento non venne posticipato. E Christian lavorava a quella ricerca sulla vita di Dionysius Exiguus, noto

anche come Dionigi il Piccolo, l'ideatore della cronologia
universale cristiana, da quando era ancora studente. Sulle sue prefazioni e traduzioni dal greco in latino, ci aveva scritto la tesi di laurea; sulle contraddizioni della sua
cronologia, confrontate con le nuove ricerche sulla figura
storica di Gesú Cristo, la tesi di dottorato: e ormai doveva
assolutamente annunciare l'esito dei suoi studi per assicu-
rarsi che nessun altro invadesse il suo campo o se ne appro-
priasse. Doveva marcare il territorio, come un leone nella
savana. A Gerusalemme dovette andarci.

Gli telefonò alle tre di notte, per sapere del concerto.
Giose giaceva nella sua camera d'albergo, un cesso a tre
stelle che affacciava sui binari del treno, in stato di ebete
alterazione. Aveva tentato di dare un senso alla trasfer-
ta nella provincia di Alessandria invitando in camera il
portiere di notte, uno studente con gli occhi di ghiaccio
e l'aria perversa di un seminarista, ma quello aveva fatto
finta di non capire. Impiegò parecchi minuti a realizzare
che proveniva dal suo telefono il suono stridulo che gli
trapanava il cranio.

Bocconi sul letto singolo, fissava un grumo di vomito
sul tappetino, bianco e lanoso come il pelo di un agnello.
Si diceva che se si fosse suicidato l'Italia si sarebbe ricor-
data di lui. E tutti i suoi fans, e i critici, e i discografici, si
sarebbero pentiti di averlo prima dimenticato, poi deni-
grato, crocifisso e infine abbandonato. Morendo, sarebbe
diventato una leggenda. Doveva tagliarsi le vene nella vasca da bagno. Ma non c'era la vasca da bagno, nella singo-
la numero 107. Solo la doccia, una cabina con le pareti di
plastica talmente angusta che un cliente obeso ci sarebbe
rimasto incastrato. Doveva ingoiare un flacone di pillole.
Ma non le aveva. Da quando stava con Christian non si
impasticcava piú. Non fumava piú, non tirava mai, aveva

naso, cervello e polmoni puliti come quelli di un neonato. Christian lo aveva convinto che la chimica interrompe ogni contatto vero col corpo. E per Giose era legittimo solo ciò che passa per il corpo – il sudore, la saliva, lo sperma, il sangue. Per suicidarsi aveva a disposizione una bottiglia mezza vuota di whisky di una marca infima, il cui liquido velenoso gli risaliva dallo stomaco in conati acidi. E cinque mignon di superalcolici, razziate nel misero frigobar, scolate fino all'ultima goccia e ormai inesorabilmente vuote. Non abbastanza per procurarsi un coma etilico. Doveva buttarsi dalla finestra. Ma la camera era al primo piano. E di notte non passavano treni. E forse non amava piú la musica al punto di morirne. La musica si allontanava da lui come una cometa: lo aveva sfiorato, illuminato, e ora la sua traiettoria la portava altrove e forse non sarebbe tornata. Non voleva suonare mai piú, cantare mai piú, comporre mai piú. Non c'era niente che volesse. Nemmeno tornare indietro, e svegliarsi l'indomani nella cantina di uno squat di Brixton, un loculo puzzolente di muffa e imbottito di cartoni da uovo, imbracciare la chitarra e scrivere di nuovo *Disadatto*. La rabbia, l'inconsapevolezza e l'innocenza di allora lo avevano abbandonato.

Com'è andata, Giose? insisteva Christian. Era stato lui a spingerlo a tornare sul palco – a rispolverare le sue doti di performer. Christian, col suo ottimismo della volontà e le sue teorie del cazzo. Perché gli aveva dato retta? Quelli che ti amano ti possono distruggere molto piú di quelli che ti odiano. È da loro che ti devi guardare. Un trionfo, grugní. Te l'avevo detto che sbagliavi! s'affrettò a commentare Christian, sei sempre cosí negativo, invece devi ritrovare la fiducia in te stesso, chi ti ha visto cantare dal vivo una volta non ti dimentica piú, nessuno possiede il tuo magnetismo animale, c'è ancora un sacco di gente cui piace la tua musica. Diciannove, ringhiò Giose, spietato, erano diciannove, Chris, nessuno piú giovane di me. I ragazzi non sanno nemmeno che esisto. Sei ubriaco! si stupí Christian. L'indignazione gli faceva tremare la voce. Giose vomitò tutto il resto della notte.

Cosí Christian lo portò a Budapest, come fosse un malato in convalescenza. Lo era, in effetti. Depresso, abulico, quasi disperato. Al ritorno da quel maledetto concerto al *Tribal* di Alessandria, Giose non aveva escogitato di meglio che crogiolarsi nella sua sconfitta. Passava il giorno a navigare sul web, diabolica invenzione cui si era appena convertito, leggendo i commenti offensivi che lettori e recensori avevano postato sul suo ultimo cd. Li leggeva, sghignazzava, augurava agli autori un cancro ai testicoli, un prolasso rettale, un'infezione uretrale, e poi se li sognava la notte. «Perché un artista come Yuma ha voluto infliggersi l'oltraggio di un album insulso come *Atacama*?» scriveva Baby65. «Si è venduto. Non doveva firmare con una etichetta controllata dalle multinazionali del disco». «Un'operazione commerciale fatta male e senza convinzione», sentenziava Rick. «Con un pezzo melodico forse sperava di rilanciarsi andando a Sanremo, – insinuava Etty76, – ma ha solo sporcato la sua memoria di ribelle». E infine il commento piú infamante di tutti, firmato dall'ex critico di un noto settimanale d'opinione, che nell'85 gli aveva dedicato un servizio a colori e aveva paragonato i suoi testi a quelli di Ian Curtis, e la sua voce a quella di Nico dei Velvet Underground: l'episodio aveva segnato l'apogeo della sua carriera, benché Giose avesse sempre giudicato inappropriati i paragoni e fasulla l'intervista, che centrifugando ricordi autentici e frasi estrapolate mirava a fare di lui un personaggio eccentrico, oltranzista e perciò soltanto meritevole di aspirare al ruolo di rock star. Pochi mesi prima del concerto al *Tribal*, Giose si era spinto a mendicargli una recensione sul blog che teneva sul web dopo che la sua rubrica sul settimanale era stata soppressa. Il critico non gli aveva neanche risposto, ma la recensione l'aveva scritta. «Basta un'unica parola per definire *Atacama*, – concludeva: – merda».

Christian rientrava a Roma dopo un'infernale giornata di lavoro all'università di Cassino – dove aveva racimolato un assegno di studio di durata annuale, e dove scodinzolava dietro al professore ordinario, subendo ogni sopruso affinché quello lo supportasse nell'imminente concorso da ricercatore – e lo trovava accasciato in forme scomposte sul divano, in stato catatonico. Non si rasava piú, la barba gli cresceva incolta, spinosa, nera come quella di un profeta o di un pazzo. Christian voleva andare a mangiare pollo tandoori al ristorante indiano sotto casa, e Giose si rifiutava; invitava i loro amici a cena, e Giose restava chiuso in camera. Non scopavano piú, non si toccavano nemmeno. Lasciami, gli ripeteva, tradiscimi, trovati un altro, io il futuro l'ho scaricato nelle fogne con lo sciacquone. Vattene, se vuoi, era sbottato Christian dopo l'ennesima scenata, e lasciami le chiavi di casa. Non ti chiederò di restare e non ti inseguirò. Ma se te ne vai, non tornare, perché non ti riprendo. Non sono uno che rimette insieme i cocci.

Giose non se ne andò. Il motivo piú serio è che non sapeva dove nascondersi. Da ragazzo aveva sognato di emigrare a New York, a Berlino o a Londra – l'unica metropoli in cui avesse realmente tentato di vivere, anche se aveva resistito solo ventuno mesi. E l'unico ricordo veramente piacevole che aveva riportato con sé di quel soggiorno, a parte l'amicizia con Davide il tastierista, incontrato in un locale di Camden, erano le mattinate che, prima di prendere servizio come cameriere al ristorante *Caruso*, aveva trascorso nelle stazioni della metropolitana: appostato lungo una ventosa galleria, suonava la chitarra e cantava per i passanti, inserendo fra una cover di Lou Reed e una di Patti Smith un pezzo suo; provava una gioia indescrivibile quando i suoi coetanei si fermavano ad ascoltarlo, e anche se avevano pochi penny in tasca glieli deponevano nel cappello con un sorriso, incoraggiandolo a tener duro e ad andare avanti, perché la sua musica li aveva emozionati.

Mille volte aveva maledetto di essere italiano. L'Italia gli pareva defunta da tempo, incapace di partorire idee nuove, di valorizzare i suoi artisti, o semplicemente di permettere loro di esistere. Se fossi nato a San Francisco o a Liverpool e mi fossi chiamato Jo Fall, si ripeteva, e se la mia canzone si fosse intitolata *Unfit* invece che *Disadatto*, avrei avuto tutta un'altra vita. Ma ormai si era rassegnato all'Italia – un paese che gli aveva insegnato la virtú della pazienza e inoculato l'orgoglio di sentirsi sempre all'opposizione, contro tutto e tutti, come un adolescente ribelle – e la sola idea di trapiantarsi altrove lo affaticava. Sarebbe stato come andare in esilio. E bisogna essere davvero giovani, o davvero perseguitati, o davvero ricchi, per abbandonare tutto. E lui non era nulla di tutto questo. Meno essenziale gli sembrava il fatto di amarlo, o almeno di averlo amato pazzamente, Christian.

Partirono col treno della notte all'inizio di novembre: l'università chiudeva una settimana, per il ponte dei Morti. A Budapest le nuvole lambivano i tetti e il cielo era grigio come un lenzuolo sporco. In quelle giornate buie, fredde, nebbiose, si accorsero che non sapevano piú cosa dirsi. Stavano insieme già da quattro anni. Molti per ogni coppia. Troppi per loro. Il desiderio, la gelosia, la saturazione, la lieve noia – tutto avevano già passato. Nessun sussulto sfiorandosi le mani. Toccandosi, nessuna eccitazione. Il corpo dell'altro conosciuto in ogni orifizio, il carattere sperimentato, i difetti accettati, perfino i pregi consunti. Niente di nuovo poteva ormai capitare a loro due. A Budapest facevano ogni cosa come se fosse per l'ultima volta. Ciò conferiva alle loro cene a lume di candela e alle passeggiate indolenti sotto l'ombrello una mesta dolcezza. Giose sapeva che lui e Christian sarebbero rimasti amici. Gli amanti uomini non si lasciano col rancore vendicativo che caratterizza gli etero. Non si condannano a postume e futili scenate di gelosia. Si congedano, dignitosamente, augurandosi migliore fortuna.

Budapest immalinconiva Giose. Era stata la capitale di un impero. Sopravviveva ostentando con orgoglio la sua magnificenza passata e irripetibile – sfregiata da quarant'anni di forsennata incuria. I palazzi troppo grandi si sgretolavano in attesa di un restauro che sarebbe cominciato sempre troppo tardi, i viali erano vuoti, come se la città fosse spopolata, i passanti senza sorriso. Una sera un procacciatore appostato al ponte delle Catene li abbindolò, convincendoli a partecipare a una crociera sul Danubio, che si rivelò una costosa trappola per turisti: un'ora scarsa di navigazione su un battello a vetri e cena esecrabile condita con falsa musica gitana. A bordo c'erano solo pensionati tedeschi. Sono anch'io un pensionato, si scoprí a pensare cupamente Giose. Christian ha trentun anni, gli riesce tutto, ha superato le sue crisi ed è una persona equilibrata e felice. Io invece sono un semaforo spento. Le facciate sbreccate dei palazzi di Budapest lo ossessionavano, come se fosse il suo corpo, e non la pietra, a decadere. In altri tempi quella tristezza gli avrebbe ispirato

una canzone, adesso invece si limitava a contare i capelli
che la mattina sorprendeva sul cuscino. Si tastava gli ad-
dominali, con l'impressione di essere diventato flaccido,
molle, bolso. Frugava i peli dell'inguine temendo di sco-
prirvi fili grigi. Si depilava il corpo a zero, nonostante le
vibranti proteste di Christian, che lo preferiva villoso, e
adorava religiosamente la meravigliosa aquila piumata che
gli spiegava le ali sul torace.

Il pomeriggio andavano alle terme. Le piú antiche, quelle d'epoca ottomana – per snobismo e perché tre giorni a
settimana aprivano solo per gli uomini. Gli spogliatoi erano fatiscenti, con le porte sgangherate socchiuse su corridoi decrepiti, le cupole sulle piscine erano scrostate, i
rubinetti delle docce rugginosi, le mattonelle ingiallite.
Entravano e uscivano dalle piscine a ventiquattro, quaranta e diciotto gradi, e dalla sauna umida – dove la nebbia rovente che saturava l'aria cancellava le identità, tra-
sformandoli in corpi anonimi lucidi di sudore. Alla fine,
piacevolmente indeboliti, si crogiolavano per ore immersi
nell'acqua calda, da cui si levavano spire di fumo, con la
schiena poggiata sul bordo della vasca e gli occhi fissi sulle
natiche e sulle spalle dei frequentatori solitari. Si illude-
vano che un incontro occasionale sarebbe riuscito a riac-
cendere la passione. Ma non riuscivano mai a concludere
– da quando stavano insieme, si erano votati alla monoga-
mia. Christian gli aveva detto, subito: quando non mi vorrai piú, ci lasceremo. Non concepisco un amore infedele.
Solo una volta trovarono un ragazzo di loro gradimento.
Aveva vent'anni, e gli costò meno di una cena al ristorante indiano sotto casa.

La domenica presero il tram sotterraneo per andare ai
Bagni Széchenyi. Il ragazzo, che si chiamava Gyula, ed

era l'unica cosa che Giose ricordava di lui, a parte il brutto costume da bagno e un foruncolo sulla schiena, glieli aveva raccomandati perché assicurava fossero frequentati dai veri budapestini, non da tristi turisti in cerca di culi freschi. Ma quando arrivarono all'ingresso, per qualche ragione che Giose aveva dimenticato o mai saputo, i Bagni Széchenyi erano chiusi.

Pioveva a dirotto. Hai dimenticato l'ombrello in metropolitana! lo rimproverò Christian. Tanto non l'avevo pagato, disse Giose con spavalderia, l'ho fregato alla Feltrinelli quel sabato che diluviava, te lo ricordi? La tizia l'aveva infilato nella plastica, se lo teneva stretto, e invece s'è messa a leggere quel libraccio e io gliel'ho sfilato sotto il naso. Christian non rise. Ti comporti come un ragazzino, sbuffò, mi sono rotto di farti da balia. Si trovavano nel Bosco della Città, circondati da alberi che sgrullavano aghi di pioggia gelida sulle loro teste nude. Stai diventando una zitella, replicò Giose, rialzando il bavero del cappotto.

In cerca di riparo, attraversarono quasi correndo una spianata frustata dal vento: sui colonnati e sul piedistallo al centro della piazza svettavano statue di guerrieri feroci d'aspetto mongolo, in sella ai loro cavalli. Di scultura Giose non aveva mai capito molto, forse quei bronzi erano grossolani, o kitsch. Però i guerrieri trasudavano virilità e potenza. Non fare il frocio, disse Christian, sorprendendolo a concupire il baffone con la spada in mano. Dopo quattro anni di convivenza, ancora lo offendeva la predilezione di Giose per gli atleti, i culturisti e i maniaci del leather. Poi individuò il portico neoclassico di un edificio enorme, cominciò a correre e Giose gli andò dietro. Si rifugiarono sotto le colonne come naufraghi. Era un museo. Szépművészeti Múzeum, Fine Arts.

Entriamo, disse Christian. Vacci tu, disse Giose, io me
ne torno in albergo. L'arte mi frantuma i coglioni. Dio,
quanto ti detesto quando fai il rozzo, si spazientí Christian,
e spinse la porta a vetri. Io *sono* rozzo, disse Giose. Una
volta gli piaceva, per questo. Rimase all'esterno, tra le colonne, di malumore. Continuava a diluviare, e la temperatura rasentava lo zero. Nel museo invece c'era il riscaldamento, e davanti alla biglietteria neanche un'anima. Del
resto era già tardi, i furbi turisti stanno attenti agli orari
d'apertura. Cosí inseguí Christian nell'atrio. Lasciarono i
cappotti fradici nel guardaroba, salirono il ripido scalone
di marmo e si ritrovarono al piano della pittura europea.

Giose si trascinò per quella che gli sembrò un'ora fra
sale semideserte che si susseguivano senza pietà. Christian si soffermava secoli davanti a ogni quadro, decifrava
con puntiglio le didascalie, estraeva dai contenitori i fogli
plastificati che illustravano le opere di ogni sala e li leggeva fino all'ultima riga. Cercava la Madonna Esterházy
di Raffaello, Cranach, Tiziano, Tiepolo. Giose guardava
i quadri di sfuggita, con la stessa superficiale attenzione
che avrebbe dedicato a un manifesto pubblicitario ben colorato. Non sapeva niente di arte. Si era sempre interessato solo di musica.

Quasi subito si persero. Giose aveva i calzini bagnati e
le scarpe sciaguattanti di pioggia, e il museo gli sembrò un
labirinto. Vagò fra sale, pareti e corridoi interamente tap-
pezzati di Madonne. Riuscí a pensare solo che a sua madre
quel posto sarebbe piaciuto. In camera, sul muro alle spalle del letto matrimoniale, teneva incorniciata la riproduzione di una melensa Madonna dal manto blu, che volava
verso il cielo sospinta da un nugolo di angioletti. La beata
Vergine ti protegge, gli disse quando partí per Londra a
diciannove anni, anche se tu non credi in lei. Giose non

chiamava la madre da tre mesi, e quando chiamava lei, non rispondeva. Leggeva il suo numero sul display e si limitava a lasciar squillare. Gli mancava. Ma non voleva che intuisse quanto stava male il suo amato figlio.

Poi una voce che proveniva da un altoparlante invisibile avvertí in ungherese, in inglese e in tedesco che il museo stava per chiudere: i visitatori erano gentilmente pregati di avviarsi verso l'uscita. Erano quasi le cinque. Allora Giose ripercorse in cerca di Christian le stanze del museo. La sezione dei maestri italiani, i tedeschi, i francesi, gli olandesi. Custodi arcigni lo invitavano ad affrettarsi, indicando l'orologio. Giose provava un'acuta simpatia per loro: passare la vita a sorvegliare stronzi turisti che scattano fotografie anche sapendo che è proibito, a fissare per otto ore gli stessi quadri vecchi, che magari neanche ti piacciono. Tuttavia ignorava i loro inviti. Alla fine lo trovò. Christian era seduto su un divanetto rosso, al centro di una sala della sezione spagnola. Sei tu, Giose – disse, indicandogli un quadro, nell'angolo piú tenebroso. Un sorriso inerme gli vagava sulle labbra. Quel sorriso aveva qualcosa di minaccioso. Poi Giose si voltò, e si vide.

Il quadro si intitolava *San Giuseppe con Gesú*. Ma l'uomo raffigurato, in camicia azzurro indaco, avvolto in un morbido mantello giallo, non aveva niente che facesse pensare a san Giuseppe. E neanche il bambino – ritratto con naturalezza – aveva nulla di divino, e se non avesse tenuto tra le piccole mani una corona di spine Giose non avrebbe mai indovinato che fosse Gesú. Anzi, inizialmente l'aveva addirittura scambiato per una bambina, poiché indossava una camiciola rosa. Nessuno dei due aveva l'aureola. Per lui erano solo un padre, ancora giovane, nemmeno quarantenne, coi capelli lunghi e la barba scura, insieme a

suo figlio, riccioluto e biondo. Non si somigliavano. Non
avevano lo stesso sangue. Se ne stavano seduti su un sasso, al limitare del bosco, fra gli alberi. Il padre teneva il
figlio in braccio, con dolcezza. L'amore che provava per
il bambino emanava una specie di luce, un alone dorato
che illuminava entrambi. Quel sentimento era visibile. Visibile come la firma del pittore, e la data, che dipinta sul
sasso spiccava sulla tela: 1645.

La didascalia del quadro informava: Francisco de
Herrera the Elder (1590-1656). Ma il nome del pittore a
quel tempo non gli diceva niente. In seguito Giose volle sapere tutto, di lui. Herrera aveva avuto la sfortuna di
operare nel secolo d'oro della pittura spagnola; e in vita,
e poi in morte, rimase eclissato dall'ombra di Velázquez,
Zurbarán, Murillo, Ribera. Forse non solo perché aveva
meno talento di loro. Era un tipo impulsivo, violento e ira-
scibile. Conobbe la gloria e il fango – fu anche condannato per aver fabbricato monete false. I committenti talvol-
ta rifiutavano le sue opere, e poi smisero di chiedergliele,
costringendolo a emigrare dall'Andalusia nella capitale
– dove comunque non riuscí a trovare il suo spazio. Però, o proprio per questo, era anche un artista libero, che
voleva dipingere unicamente a modo suo. La sua pittura
era contraddittoria come lui. Poteva passare dal natura-
lismo piú brutale al sentimentalismo piú languido. Era un
maestro intransigente, ma sapeva insegnare. A undici anni
per pochissimo tempo fu suo allievo Velázquez, e certo è
stato uno dei piú grandi pittori della storia, ma la sua im-
passibilità non gli ha mai permesso di dipingere un'opera
come quella dello Szépművészeti Múzeum di Budapest.
Forse Francisco de Herrera era solo ciò che deve essere
un artista, come Giose stesso era stato, e avrebbe dovuto
continuare a essere.

Volle conoscere tutti i suoi quadri. Andò in pellegrinaggio a Siviglia, la città dove Herrera era nato, dove aveva aperto la sua bottega e dove era rimasto fin quasi alla fine, e a Madrid, dove era morto. Ed era per Francisco de Herrera il Vecchio che poi Christian e Giose avevano portato Eva in Spagna, appena era stata abbastanza grande da poter trattenere dei ricordi di quel viaggio. Un giorno avevano intenzione di rivelarle che il vero luogo in cui lei era stata concepita era il Museo delle Belle Arti di Budapest, e il pittore andaluso la causa efficiente di tutto.

Francisco de Herrera credeva nel Paradiso, anche se probabilmente, a causa dei suoi numerosi peccati, non se lo era guadagnato. Cosí a Giose, che pure non credeva in un'altra vita, piaceva immaginare che un giorno loro due si sarebbero incontrati. Allora lo avrebbe salutato amichevolmente, come un familiare – un padre, forse; si sarebbe inginocchiato davanti a lui e avrebbe poggiato la fronte sulle sue mani. Herrera lo avrebbe scacciato a bastonate, come faceva coi seccatori, gli intrusi e anche il suo stesso figlio, ma lui gli avrebbe ugualmente detto grazie. Non riusciva a staccare gli occhi dal suo quadro.

Si affacciò una custode, grassa, sgarbata e bionda come una pannocchia, li invitò in malo modo ad andarsene. Ma Giose non reagiva. E Christian gli andò dietro, gli cinse la vita con le braccia e poggiò il mento sulla sua spalla. A quel punto Giose si accorse di avere gli occhi annebbiati di lacrime.

Non aveva mai visto un quadro simile. Né l'avrebbe visto fuori dallo Szépművészeti Múzeum. I pittori italiani non hanno trovato colori e sentimento per la paternità degli uomini. Solo per quella di Dio. Il loro Giuseppe è un vecchio casto e canuto, e col bambino in braccio c'è sempre la Madonna. È la maternità che celebrano, e che

li commuove. Da quella volta Giose si era sempre chiesto,
e si chiedeva ancora, come mai gli spagnoli invece hanno
trovato congeniale la paternità, e l'hanno raffigurata con
tanto trasporto. Nella stessa sala dello Szépművészeti
Múzeum c'era un altro quadro sullo stesso tema, di un
certo Antonio de Pereda di Valladolid, vissuto nello stesso
periodo di Herrera: non raffigurava Giuseppe, ma Antonio
da Padova con Gesú. I due erano su una balaustrata aperta
su un paesaggio mediterraneo di verdi cipressi e di montagne azzurre, una sorta di palcoscenico celestiale, svelati
al pubblico grazie a un angioletto nudo dalle chiappe paf-
fute che tirava di lato un sipario rosso. Circondati da un
asilo di angeli bambini, il santo e Gesú si comportavano
come se fossero soli. Antonio lo avvolgeva con tenerezza
in un panno (un pannolino?), mentre il bimbo, che sembrava avere poco piú di un anno, gli tastava il viso, come
volesse accertarsi che non lo avrebbe mai lasciato.

Giose lacrimava senza ritegno nella sala spagnola del
Museo delle Belle Arti di Budapest, guardando la felicità
inattesa di Giuseppe e del bambino. Francisco de Herrera
gli aveva strappato il cerotto dalla ferita. Lo costringeva
ad ammettere che niente gli sembrava piú sconvolgente e
desiderabile che tenere un giorno anche lui, fra le braccia, cosí, suo figlio. Un figlio che magari non sarebbe stato
suo – come Gesú non era di Giuseppe. Anche lui avrebbe
amato suo figlio, chiunque fosse, di un amore visibile come la firma di Francisco de Herrera, capace di illuminare
l'oscurità del bosco.

E invece ci aveva rinunciato. Se qualche volta, in spiaggia, in treno, in metropolitana, il suo sguardo si soffermava inavvertitamente sulla testa ricciuta di un bambino,
si voltava dall'altra parte e impediva al pensiero di salire

alla coscienza. Per questo non conosceva bambini, e non voleva frequentare neanche i pestiferi nipoti di Christian, il quale da parte sua si estasiava invece a sentirsi chiamare zio e della vita precedente, che aveva ripudiato senza esitare, rimpiangeva solo la possibilità di diventare padre. Giose aveva interrotto i rapporti con molte sue amiche, dopo che avevano partorito. Non frequentavano nessuna coppia con figli. A quel tempo nessuno dei loro amici gay pensava a generare. Anzi, alcuni erano ostili all'idea: deridevano l'aspirazione alla paternità che serpeggiava nei piú giovani – volete essere come tutti gli altri, dicevano, ma abbiamo sofferto secoli per poter essere diversi, siamo stati condannati al remo, mandati in esilio in Siberia e nei campi di concentramento, maledetti e bruciati sul rogo per questo, e non possiamo rinnegare la nostra storia. Giose si diceva d'accordo. Aveva perfino teorizzato la purezza di un amore che non si riproduce. Gli amanti non hanno figli.

Eppure non era sempre stato cosí. Da ragazzo, Giose preferiva l'impossibile. Solo se una cosa era al di là dell'orizzonte degli eventi, fuori dalla sua portata, lo attraeva veramente e riusciva a scalfirlo. Voleva essere un cantante e un poeta, pur essendo cresciuto in una casa priva di musica e di libri: suo padre, un uomo in cui non albergava la benché minima curiosità intellettuale e artistica, che non aveva mai preso in mano neanche un giornale, mai aveva ascoltato un concerto o visto uno spettacolo a teatro, lo sognava proprietario di un ristorante; e la madre barista o cameriere, purché restasse a vivere vicino a lei. Voleva migliorarsi e sviluppare le doti che sentiva di avere ricevuto come un dono prezioso, anche se non sapeva da chi, e che suscitavano in suo padre avversione e in sua madre spavento, perché intuiva che lo avrebbero portato lontano. Voleva essere se stesso, ed essere libero.

Ma piú di tutto, voleva essere l'amante di Mariani Andrea, un bestione dal collo tozzo e dall'eloquio rudimenta-
le, l'unico compagno di scuola che a sedici anni aveva già
la fidanzata, e si vantava di avere le palle grosse e il cazzo
lungo ventotto centimetri – cosa peraltro vera, come Giose avrebbe avuto modo di constatare. Uno che insegnava
ai novellini le migliori posizioni per scopare una ragazza
senza metterla incinta, inneggiava al nazismo, picchiava le
zecche comuniste che infestavano la zona industriale di
Terni e proponeva di castrare i finocchi. Pure, proprio
Mariani Andrea era stato il suo primo vero amore.

Fino ad allora Giose aveva saputo dissimulare, si era mi-
metizzato nel gruppo come un insetto stecco su una foglia:
si comportava come i compagni, partecipava alle stesse bra-
vate e quando alla fine del secondo anno di scuola decisero
di caricare una mignotta sulla Flaminia, si uní alla comitiva e fece il suo dovere. Nessuno avrebbe mai sospettato
che quel ragazzo muscoloso, ruvido stopper della squadra
di calcio dell'oratorio, concupito dalle ragazze perché aveva occhi vellutati da cerbiatto, strimpellava la chitarra,
amava la poesia a differenza degli altri coetanei primitivi
e trogloditi, e per di piú era refrattario alle loro avances,
la notte si stancava la mano sulle foto di Jimi Hendrix,
Valerij Borzov e Cassius Clay. Pure, benché sapesse che
Mariani Andrea non soltanto lo avrebbe respinto, ma anche tradito e sputtanato, un pomeriggio, quando dopo la
partita indugiò nello spogliatoio e si ritrovò solo con lui,
Giose decise di agire – indifferente alle conseguenze. Si
inginocchiò, fingendo di cercare l'accappatoio nel borsone,
e poi, con un guizzo fulmineo, con una disinvoltura di cui
non si immaginava capace, ficcò la testa fra le gambe di
Mariani e si infilò il suo uccello in bocca. Aveva un odore
penetrante di urina, e un sapore dolce. Invece di dargli un

pugno in testa, Mariani lasciò fare. Giose lo inghiottí fino
all'ultima goccia e sentí il suo sapore in gola per giorni.
Il fatto si ripeté altre due volte, innalzandolo a livelli di
beatitudine inaudita. Qualche tempo dopo, però, entran-
do in classe, sulla lavagna Giose trovò scritto AUTUNNO È
FROCIO. E da allora, quella scritta si presentò tutti i giorni.

Il suo numero di telefono cominciò a comparire nei ces-
si dei cinema della città, con la precisazione: fa pompini e
lo prende in culo. Capitava che alcuni uomini telefonasse-
ro davvero. Suo padre si stupiva che il figlio adolescente conoscesse cosí tanti adulti. Ma Giose disse che erano
proprietari di alberghi o ristoranti che cercavano camerieri
per la stagione estiva, e il padre, che davanti alla lusinga
dei soldi s'inchinava rispettoso, continuò a passargli tutte le telefonate. Giose li incontrava nelle macchine imbo-
scate in losche stradine di campagna, imparò quasi tutto
ciò che gli sarebbe stato utile e scoprí di essere attraente,
desiderato, prezioso. Ma il suo cuore l'aveva dato a Mariani – per sempre, credeva.

Un sabato sera, Mariani gli diede appuntamento al *Tenax*,
la discoteca dove ballava con la sua comitiva. Giose s'infilò la maglietta piú attillata e i calzoni che meglio valoriz-
zavano i suoi attributi, si profumò le ascelle e si presentò
– felice come una fidanzata. Ballò senza inibizioni, per la
prima volta in vita sua, attizzando le brame di tutti e scoprendo di essere nato per stare al centro dell'attenzione.
Poco prima dell'alba, appena nella toilette degli uomini
s'inginocchiò ai piedi del suo idolo, dai bagni che credeva
occupati sbucarono altre persone. Non seppe mai quante.
Un calcio lo raggiunse alla schiena, e cadde faccia avanti,
gemendo. Uno stivale lo colpí sull'orecchio, una scarpa da
ginnastica s'insinuò nella sua bocca. Poi qualcuno gli aveva tirato giú i pantaloni.

Giose non raccontò mai niente a nessuno, ma smise di
frequentare la scuola. A giugno lo bocciarono, a settembre
cambiò istituto: ne scelse uno lontano cento chilometri,
per raggiungere il quale con la corriera doveva alzarsi alle
cinque di mattina. Nel luglio successivo, dopo il diploma,
invece di fare la stagione in qualche albergo dell'Adriatico
partí per Londra. Si stabilí in una casa occupata, insieme
a un gruppo di punk tedeschi, laconici e nichilisti. Dopo
qualche settimana trovò lavoro come cameriere al *Caruso*,
un pretenzioso ristorante italiano dietro Russell Square.
Era bravo, scanzonato e di bell'aspetto, e i clienti gli lasciavano la mancia.

Col passare degli anni, però, Giose si era accorto che
adeguarsi alla realtà costava meno fatica. Forse questo si-
gnificava maturare. O semplicemente vivere. Cosí aveva
cominciato a proibirsi di desiderare ciò che sapeva di non
poter avere. Non sognava piú di scrivere una canzone da
primo posto nella hit parade, di esibirsi davanti a ottan-
tamila persone in delirio allo stadio di San Siro, andare a
letto con Davide, che per dieci anni era stato il suo tastierista, e che gli fece capire subito, né mai aveva cambiato
idea, che sarebbero andati d'accordo, e sarebbero anche
diventati amici, purché dalla loro amicizia il sesso restasse
escluso. Avere un bambino. Per fare un figlio ci vuole una
donna, e Giose non avrebbe mai sopportato di legarne a
sé una. Un'amica che il fidanzato aveva piantato sull'altare, lasciandola con un vile sms, gli aveva proposto di
metterla incinta: aveva rifiutato scandalizzato. Si era rassegnato a non sentirsi mai chiamare padre. Giuseppe di
Francisco de Herrera gli sorrideva invece, sereno e felice
da quel boschetto dove si era fermato nel 1645, e gli diceva che impossibile è solo ciò che non accade.

Quella sera, nell'albergo di Budapest affacciato sul Danubio, dove sotto l'acquerugiola scivolavano semivuoti i battelli illuminati dei turisti, dopo molti mesi lui e Christian avevano fatto l'amore. Con un trasporto e una passione che credevano spenta per sempre. E avevano deciso di trovare un modo per fare un figlio. Loro due, da soli. Senza una madre. Poiché in Italia era vietato, in un altro paese. Ci sarà pure un posto anche per noi, sulla terra. Chi dei due lo avrebbe fatto non sapevano ancora, non sembrava importante.

Amico di famiglia

La strada è un canale fra zolle di neve scomposte dal vento. È percorribile a malapena, almeno fino al casello di Orte. Il cielo è bianco, le previsioni brutte, ma Giose ha voluto ugualmente mettersi in viaggio. Eva non si è opposta. Non si cambia da tre giorni, ha le mutande luride e i capelli sporchi e non si sente nemmeno troppo bene. La assale, a intermittenza, una fitta in basso a destra, poco sopra la piega della coscia. Forse è un attacco di appendicite. Almeno, Luca lamentava un dolore proprio lí e poi si è dovuto operare d'urgenza. Della fitta, che col passare delle ore pizzica come una puntura di coltello, non dice niente a Giose. Non vuole che si preoccupi anche di questo. Però ammalarsi le sembra una buona soluzione. Dovrebbe ammalarsi quasi da morirne. Se stesse davvero male, non potrebbero negarle di esaudire il suo unico desiderio. Ai bambini leucemici anche i calciatori piú famosi regalano la maglietta firmata, qualche volta li vanno perfino a trovare in ospedale. Ringrazia il dolore, spera che non passi, accoglie con gratitudine ogni nuova fitta. Ma poiché non raggiunge un'intensità tale da farla svenire, o urlare, si dice che forse l'appendicite non sarebbe abbastanza. Dovrebbe procurarsi una ferita grave. O un avvelenamento. L'allergia alle noci? Genitori e medici le hanno sempre spiegato che non regredisce. Non è come quella al latte o alle uova, che si cura da bambini, e col tempo può sparire. Eva non sa quanto sia grave la sua. Era troppo piccola quando i suoi padri se ne accorsero, non ricorda se la reazione le procurò un'eruzione cutanea, la tosse, l'asma o addirittura uno shock anafilattico. È cresciuta sapendo di non poter mangiare certi alimenti, e non li ha mai mangiati. Forse non funzionerebbe. Ci può sempre provare.

Scendono quasi a passo d'uomo giú per la statale della Valnerina, incolonnati dietro una bisarca. Man mano che l'altitudine diminuisce, la neve sciolta allaga l'asfalto e le ruote affondano in una densa melma nerastra. I cartelli stradali indicano sessantacinque chilometri a Terni, sessanta, cinquanta, quarantacinque. La distanza, che Giose finora ha percorso senza neanche accorgersene almeno una volta a settimana per andare a trovare sua madre, si è come dilatata, e la sua scelta di trasferirsi nel casale del nonno gli si rivela – come l'hanno sempre ammonito gli amici – una specie di ritirata. Non saprebbe dire se somiglia di piú all'esilio di un guerriero sconfitto, alla solitudine del re sotto scacco matto, o all'abbandono del branco da parte di un animale ferito che vuole sottrarsi alla vista dei suoi simili.

Ma non rimpiange gli ultimi ventiquattro mesi vissuti nella solitudine dei monti Sibillini. Nello studio di registrazione che si è allestito nel casale ha ricominciato a comporre. Non per sé – esibirsi e cantare ormai non lo interessa piú, non allena nemmeno la voce. Ma per altri ragazzi, che sono all'inizio di tutto. Per Max di Trani, per Sofia di Pordenone. Comunicando quasi solo attraverso internet, ha finito per entrare in contatto con persone che vivono in altre realtà, perfino in altri continenti, ignorano le angustie del suo presente e lo considerano semplicemente un musicista. È cosí che lo ha contattato il dj Sami da Brisbane, chiedendogli il permesso di remixare *Disadatto*, per trasformarlo in un pezzo dance. Voleva usare la

versione in inglese che Giose aveva inciso per la tournée
in Olanda, e che era stata considerata da tutti un fiasco.
Non sono convincente in un'altra lingua, era stata la sua
conclusione, e nemmeno voglio esserlo. Sono un cantante
italiano. Ho sempre pensato i miei testi nella mia lingua, le
parole della mia musica dovevano essere le stesse parole
consunte con cui ordino un caffè ed esprimo i miei sentimenti, quelle della mia vita quotidiana, dei miei amori,
dei miei sogni, non volevo imitare i grandi artisti d'oltre
Manica o d'oltre oceano. Anche se mi hanno sempre paragonato a loro, come se io non avessi diritto a essere semplicemente me stesso. Ian Curtis, Brian Ferry, David Bowie
e Nico c'erano già: se io dovevo esistere, dovevo essere
Yuma. La proposta del dj Sami gli è sembrata una follia,
ma glielo ha concesso. Non ha niente da perdere, e Sami,
impertinente, entusiasta, un po' folle, gli è simpatico. Ha
poco piú di vent'anni, è un nativo digitale, ignora la cronologia: per lui il tempo è virtuale, non lineare, il passato
non esiste, la musica è tutta contemporanea. Frulla insieme le cellule sonore piú disparate, mescola i generi, clona
i refrain e campiona le voci – e la sua adesso si libra eterea
al di sopra del ritmo ossessivo del groove. Il remix ha lasciato Giose interdetto. Ogni tanto lo riascolta, si sforza
di liberarsi dei pregiudizi, non vuole sentirsi cosí vecchio
da non capire la musica di oggi: ma la perplessità persiste.
Non si riconosce. Forse perché da secoli non va a ballare,
e il suo corpo non si lascia piú trascinare dal ritmo.

Il viaggio è monotono, Eva si annoia. Da troppi chilometri davanti a sé, di là dal parabrezza, vede solo lo sportello ammaccato di un furgone, su cui l'autista ha incollato
un pannello con la cordiale scritta: TI AUGURO IL DOPPIO DI
QUELLO CHE AUGURI A ME. In passato, quando partivano

per le vacanze, Christian guidava e Giose la intratteneva cantando: faceva finta di essere la radio, che Eva accendeva e sintonizzava torcendogli un orecchio. Pretendeva le sigle dei cartoni animati e dei telefilm, non solo di quelli che guardava lei ma anche di quelli che avevano guardato Giose e Christian quando avevano la sua età – *Sandokan, Furia cavallo del West, Heidi, Capitan Harlock, Lady Oscar.* E perfino del tempo delle nonne. O canzoncine orecchiabili, che Giose pescava intatte dalla memoria remota degli anni Sessanta, quando aveva consumato il giradischi portatile, per ascoltarle, sognando di convincere suo padre a lasciare che la madre lo accompagnasse a Bologna per farlo accettare nel coretto dell'Antoniano di Mariele Ventre o almeno partecipare allo *Zecchino d'Oro*: ma Egidio Autunno non si era fatto commuovere e mai gli aveva dato il permesso. Cantare fregnacce? Esibirsi su un palcoscenico? Cose poco serie. Una perdita di tempo, che non serve a niente, perché non dà da mangiare. Non se ne parla nemmeno. E già a sei anni Giose aveva intuito che suo padre gli sarebbe stato sempre nemico, se avesse voluto essere diverso da lui. Piú di tutte, entusiasmava Eva la versione di Giose di *Volevo un gatto nero.* Cambiava stazione radio tirandogli i capelli, o vellicandogli il collo, e lui alterava la voce, passando dal timido pigolio della piccola Vincenza Pastorelli allo *Zecchino d'Oro* ai gorgheggi di una cantante degli anni Cinquanta. Giose si moltiplicava per due, dieci, venti persone. Il tempo volava, era cosí divertente.

Lo esorta a farlo di nuovo. Lo provoca, chiedendogli se ne è ancora capace. Sto guidando, mi distraggo, tenta di schermirsi lui. Eva lo scongiura di farle il perduto amore. Giose tamburella con le dita sul volante. La strada è sgombra, le ragnatele di ghiaccio sul vetro si sono sciolte, le gole tortuose del Nera e lo strapiombo di Tripon-

zo li hanno superati, le curve peggiori sono alle spalle. Si
schiarisce la voce. Ok, vienimi dietro, dice. E intona il
primo verso. Sola me ne vo per la città... Eva emette un
gridolino di approvazione. Passo tra la folla che non sa,
che non vede il mio dolore, cercando te, sognando te che
piú non ho...

All'altezza di Sant'Anatolia di Narco, Giose ci ha preso
gusto. Eva canta a squarciagola con lui, ogni viso guardo,
non sei tu, ogni voce ascolto, non sei tu, ti rivedrò, ti tro-
verò ti seguirò... Dopotutto non è cosí stonata, e riesce a
tenere piuttosto abilmente il ritmo incalzante dello swing.
Giose ha vocalizzato il suono della tromba e del sax nell'in-
termezzo strumentale, ha reso piú acuta la voce, imitato
il falsetto anni Quaranta di Nella Colombo, ripetuto due
volte cercando te sognando te che piú non ho come nella
canzone originaria, e poiché Eva applaude battendo fre-
netica le mani, a grande richiesta attacca il bis. Si sta iner-
picando sulla terza strofa – io tento invano di dimenticar,
il primo amore non si può scordar, è scritto un nome un
nome solo in fondo al cuor – e cosí non avvista il posto
di blocco. C'è un carabiniere, sul lato destro della carreggiata. Intirizzito come un pupazzo di neve, e però ligio al
dovere, quasi stoico. Giose si interrompe all'improvviso e
rallenta, ma ormai quello ha sbandierato la paletta.

La macchina si arresta in una pozzanghera, dieci metri
piú avanti. Nello specchietto retrovisore, Eva vede il carabiniere che arranca verso di loro. Ha la faccia ingrugna-
ta e il passo scoglionato di chi cerca un pretesto per sfo-
gare la frustrazione. Del resto non deve essere piacevole
starsene all'addiaccio, lungo la statale della Valnerina, con
questo freddo.

Giose abbassa il finestrino, il carabiniere chiede di favo-
rire i documenti suoi e dell'auto. Si china a controllare le

gomme. Sembrano termiche. Meglio, non deve verificare se l'automobilista ha le catene a bordo. È pieno di imbecilli che si intraversano sulle strade, in questi giorni. E un paio di catene costano meno della multa che rischiano. Giose tiene la patente nella tasca del giaccone, che ha abbandonato sul sedile posteriore. Si slaccia la cintura e scende. Il carabiniere pesta i piedi sulla neve e rivolge uno sguardo inquisitorio a Eva, che lo fissa spavaldamente. Non vuole che pensi che ha paura di lui. Giose le ha detto che Loris Forte non è morto, e con ciò si illude di non avere niente da temere da un uomo in divisa, né da nessuno.

Il carabiniere afferra con le mani guantate la patente di Giose, scruta dubbioso il diciottenne capellone che occhieggia nella fotografia sbiadita. Giose sa di non assomigliargli neanche un po', ma non è colpa sua se ogni volta, invece di obbligarlo a sostituirla, gli rinnovano la patente – che ormai, dopo piú di trent'anni di servizio, è ridotta a un cencio rosa pallido macchiato d'inchiostro. Il carabiniere si incammina verso la macchina, bastardamente seminascosta tra le fronde di un albero, nella piazzola di un ristorante. Ecco perché non l'aveva notata.

Giose preferisce non seguirlo e risale. Va tutto bene, dice a Eva, devono solo controllare chi sono, lo fanno sempre, è il loro lavoro. Ma mentre si sforza di apparire perfettamente padrone di sé, deve contrarre le mani a pugno perché lei non veda che gli tremano. Si chiede se l'altro ieri Michele e Sabrina hanno denunciato la scomparsa di Eva – prima di ricevere la sua telefonata. E se l'hanno denunciata, se si sono ricordati poi di avvisare che Eva è stata rintracciata. Nell'orologio del cruscotto i minuti scorrono lenti. Uno, due, tre, cinque.

Il naso paonazzo di freddo del carabiniere ricompare nel quadro del finestrino. Giose lo abbassa di nuovo. I

documenti della bambina, prego. Eva raccoglie lo zainetto che tiene fra le gambe, ma è un gesto inutile, giusto per
prendere tempo. Non ha documenti con sé, a che le servono, una ragazzina non va mai sola per la città. A Milano
c'è il suo passaporto, ma lo conserva Michele da qualche
parte e lei non ha scoperto dove. Michele non si fida di
farglielo custodire. Eva lo sa. Michele ha perfino costretto Luca a togliere la carta geografica del mondo in scala
1:23 000 che il cugino teneva appesa in camera da letto.
Perché una volta l'ha sorpresa a studiare i nuovi confini
degli stati dell'ex Unione Sovietica e ha pensato che stesse cercando di capire come raggiungerli. Allunga al carabiniere il tesserino magnetico del circolo sportivo dove
si allena la sua squadra di ginnastica ritmica. C'è la sua
foto, il suo nome, dovrebbe bastare. Il carabiniere legge
GAGLIARDI EVA. E guarda di nuovo la patente di GIUSEPPE
AUTUNNO. Cognomi diversi. Non sono parenti. Può scendere prego – è un ordine, non una domanda. Tu stai qui
buona, le sussurra Giose.

Eva rimane sola. Sulla strada passano bianchi camion
frigo che trasportano generi alimentari, rare automobili
col tettuccio crestato di neve, e lei non riesce a vedere
i carabinieri con Giose, perché sono dietro la macchina,
nella piazzola. Apre il cassetto del cruscotto, trova solo
il libretto di istruzioni per la manutenzione del veicolo.
Niente che possa aiutarla a distrarsi. Si volta, torce il collo, aspetta, non tornano. E se succede qualcosa a Giose,
se lo portano via. Per colpa sua. Che cosa possono fargli?
Lo mettono in prigione? Lui non ha fatto niente. Ho deciso tutto da sola. Vede Giose in manette, Giose rinchiu-
so in cella, Giose preso a calci e sputi dagli altri detenuti,
Giose condannato a starle lontano, non può avvicinarsi a
casa sua, mai piú di un chilometro. Sono cose che succe-

dono. L'ha letto sul giornale. Non controlla piú il battito del cuore. Scende.

Non lo hanno arrestato. Giose confabula col carabiniere piú vecchio, un brigadiere, forse. Le volta le spalle. Quello giovane continua a strofinare le mani, palmo contro palmo. Nonostante i guanti, sono congelate. Ha appoggiato il blocco dei verbali sul cofano della macchina. Il foglio superiore è bianco, e non sta scrivendo, non gli fanno la multa. Eva avanza a passo di carica, s'infila tra il brigadiere e Giose e si appende al braccio di lui. Non stiamo facendo niente di male, perché non ce ne possiamo andare? protesta. Le esce una vocetta lamentosa, un belato da bambina indifesa – anche se vorrebbe sembrare esattamente il contrario: un'adulta, indipendente, libera di gestire la sua vita. Stiamo tornando a Milano dai miei zii. Gliel'ho già detto, dice Giose, scompigliandole i capelli, va tutto bene, stanno solo verificando.

Il brigadiere ha il telefono di Giose incastrato fra spalla e orecchio. Non apre bocca, ascolta. Eva riconosce la voce stentorea di Michele – sí, sta dicendo, certo che lo conosce, certo che lo sa che sua nipote Eva è in compagnia di quell'uomo, tutto vero, Giuseppe Autunno è un amico di famiglia.

Giose riguadagna la macchina lentamente: non vuole dare l'impressione di avere fretta di andarsene, né di avere avuto paura di essere portato in una stazione dei carabinieri della Valnerina dove non avrebbe saputo dimostrare di non aver mai avuto intenzione di sparire con Eva in capo al mondo. Perché l'ha avuta. Ma non si processano le intenzioni. L'amore non è un reato. Il carabiniere, inebetito dal freddo, li segue con sguardo opaco. Un amico di famiglia – rimugina Eva, offesa. Un amico di famiglia!

Perché non gli hai detto la verità? esplode, sbattendo lo
sportello. Tu non sei un amico di famiglia! Giose ingrana
la marcia, preme l'acceleratore e si immette sulla statale.
Sei un vigliacco, vigliacco, vigliacco! grida Eva. Ti sta bene
cosí, sei questo per me? Dovevi dirgli che sei mio padre.
    Giose non reagisce. Nello specchietto retrovisore, in
fondo al rettilineo, il carabiniere con la paletta è ormai
piccolo come uno spillo. Quelle parole si sono incrostate
nella sua coscienza. Feriscono, offendono, umiliano. Un
amico di famiglia. Un amico di famiglia. Ecco quello che
sei. Eva si volta e, siccome ormai è certa che i carabinieri non possano inseguirli, gli indirizza una linguaccia. Io
speravo che tu venivi a rubarmi, lo rimprovera. Ancora
una volta la sua voce esce rauca, infantile, come quella di
una bambina di otto anni. Tutti i giorni a Bruxelles quando uscivo da scuola guardavo la strada. Tu non c'eri mai.
Si ruba qualcosa che non ci appartiene, Eva, dice Giose.
Io non voglio rubarti, tu sei mia figlia.

    Quando raggiungono lo svincolo di Terni, l'orologio del
cruscotto segna già le 12.26. Eva riconosce l'incrocio, le
caserme, gli edifici monumentali delle acciaierie. Propone
di pranzare dalla nonna. Siamo già in ritardo, protesta Giose. Eva insiste, basterà mezz'ora, la vuole salutare, non la
vede da tanto tempo. In realtà vuole farsi perdonare, ma
Giose non può saperlo.
    La madre di Giose abita nel quartiere dietro la super-
strada, al pianterreno di una palazzina verde pisello. Era
nuovo, e rispettabile, quando ci venne ad abitare, negli
anni Sessanta, ora è un ammasso increscioso di cemento,
lamiere, verande e balconcini requisiti da ingombranti an-
tenne paraboliche. Gli abitanti originari si sono trasferiti in zone piú confortevoli, rifluendo come il mare dalla

spiaggia e lasciando dietro di sé appartamenti bisognosi
di ristrutturazione, affittati a inquilini stranieri coi mobili scalcagnati che non hanno portato nelle case nuove e i
soffitti macchiati dalle infiltrazioni dai terrazzi. La madre
di Giose non conosce piú nessuno, i nomi sul citofono sono
esotici coacervi di consonanti. Il giardino è impolverato di
neve, la vite spoglia della pergola leva i rami al cielo come
un candelabro, e lei è lí, con le cesoie in mano, che sagoma
la siepe. Il suo giardino è l'unico curato per isolati interi.
Gli altri sono fazzoletti disadorni, discariche di biciclette
arrugginite, piantagioni di ortiche. La signora Pia del resto non ha altro da fare. Passa i giorni a zappettare le aiole
e accudire le piante, preoccuparsi per il figlio e chiedersi
a cosa serve vivere se il futuro sarà solo una ripetizione,
ma piú misera e piú faticosa, dei giorni che ha già vissuto.

Giose! Eva! trasecola, ma che ci fate qui? Giose non le
ha detto che c'era la bambina con lui, ieri. In un certo senso glielo ha nascosto. Perché? Cosa c'è sotto? Eva spinge
il cancelletto e le corre incontro con tanta foga che quasi la
placca, la fa vacillare e rischiano tutte e due di ruzzolare. Ce
l'hai qualcosa nel forno nonna? strilla, allegramente, perché
ci autoinvitiamo a pranzo! La nonna l'abbraccia, incredu-
la, lanciando al figlio occhiate interrogative. Lui scuote la
testa, come a dire: ti spiego dopo. Ma non le ha mai spiegato niente. Ha sempre temuto che non lo avrebbe capito.

La madre di Giose ha adorato la nipotina, l'unica – perché
lei non aveva avuto altri figli. Giose era arrivato quando
ormai non ci sperava piú – tardivo, prezioso e raro come
una pepita d'oro in una miniera esaurita. Lo considerava un dono della Beata Vergine, una grazia ricevuta dopo
il pellegrinaggio al santuario di Macereto. Ci era andata
ogni quindici agosto, sull'altopiano in mezzo ai monti,
per dodici anni. Si inginocchiava davanti al quadro della

Madonna, chiedendo sempre la stessa cosa: un figlio. E alla fine, era stata esaudita.

Dopo la morte di Christian, e la partenza di Eva per Milano, non aveva interrotto i rapporti coi Gagliardi. Venga quando vuole, Pia, le aveva detto magnanima la madre di Christian. Nella casa di Trequanda c'è sempre posto per lei. Cosí la madre di Giose andava a trovare Eva, in Toscana, quando lei e la famiglia di Michele ci passavano il fine settimana. Nonna Pia, che non aveva mai viaggiato, neanche quando era giovane e forte, ormai malandata e col passo tentennante trascinava penosamente la valigia lungo il binario e tutta sola si arrampicava sul treno interregionale. Eva e Margherita Gagliardi l'andavano a prendere con la jeep alla stazione di Chiusi. Quando le visite si erano diradate a causa del trasferimento in Belgio, ed erano divenute sporadiche, frettolose, la nonna Pia aveva cominciato a fare a Eva un'impressione vagamente spiacevole. Cosí rattrappita, con la pelle rugosa come un guscio di noce, il cappotto di astrakan fuori moda da secoli di una bruttezza imbarazzante e le scarpe sformate a causa delle cipolle sporgenti degli alluci, sembrava una domestica – cosa che peraltro era stata davvero, prima della nascita di Giose. A Bruxelles Eva frequentava la Scuola Europea, dove tutti erano figli di diplomatici e funzionari della Ue, e aveva imparato che le persone sono in oppure out. Nonna Pia era out. Eva voleva essere in. Non era stata affettuosa, l'ultima volta, due Natali fa, non le aveva quasi rivolto la parola, facendola sentire un'estranea, e la nonna non era piú tornata.

La signora Pia apparecchia il tavolo in salotto, anche se Giose per sbrigarsi preferirebbe mangiare in cucina. Dalla credenza resuscita il servizio buono di Ginori, e la tovaglia di lino di Fiandra. Roba di cui Giose ha dimenticato per-

fino l'esistenza. Non viene volentieri qui. Non è cambiato niente, la casa è rimasta com'era quando ci abitava lui,
bambino, adolescente, ragazzo – le tende a losanghe optical
a schermare le finestre, i divani di pelle grinzosa, i liquo-
ri semisolidificati in bottiglie di vetro senza etichetta, col
tappo pure di vetro, il vaso di fiori comprato a Sorrento,
l'anatra bianca di ceramica accovacciata sul tavolino, col
ventre cavo pieno di carte da gioco. Una volta sua madre
era una cuoca notevole, ed è stata la sua prima maestra,
ma anche lei vive sola da troppi anni e ormai ha perso la mano, le trofie sono quasi crude e crocchiano sotto i denti.

La nonna chiede alla nipote di raccontarle cosa ha fatto
tutto questo tempo. Eva dice che è diventata grande. La
nonna dice tristemente che lei invece è diventata vecchia.
Ma adesso l'aspettativa di vita si è allungata – osserva Eva,
senza rendersi conto che è preferibile non parlare del futuro con una donna ultraottantenne sofferente di diabete cronico e cui è stato appena espiantato un rene – puoi
vivere almeno fino alla mia laurea. Io studierò letteratura perché voglio fare la scrittrice. Pensavo volessi fare la
malacologa, le ricorda la signora Pia. Le ambizioni della
nipote le sono sempre sembrate smisurate, rimaneva ogni
volta stordita dalla sua determinazione. Sorpresa, anche:
lei non aveva mai avuto altra ambizione che sposare il taciturno Egidio Autunno e mettere al mondo i suoi figli.
Ma le persone sono molto piú interessanti delle conchiglie,
spiega Eva, e gli scrittori studiano le persone. La signora
Pia non ci aveva mai pensato.

Mentre tritura faticosamente le trofie durissime coi denti ballerini della dentiera, la madre di Giose non riesce a
scrollarsi di dosso una crescente inquietudine. Perché la
riapparizione di Eva la preoccupa piú di quanto la ralle-
gri. Solo lei sa quanto è stato male Giose. Glielo hanno

quasi ammazzato, quando glieli hanno tolti, il compagno
e la figlia. Solo lei sa che, dopo l'ultimo ricorso respinto,
per sei mesi Giose non è uscito di casa, a Roma; non dormiva piú, non mangiava piú, non si alzava dal letto, si era
ridotto uno scheletro. Non era nemmeno esaurimento, o
depressione – di piú, uno schianto totale, estinzione della
forza per vivere. Come un albero abbattuto dal fulmine.
Lo hanno spezzato dentro. Giose, che era il suo gioiello.
Non valgo un cazzo, mamma, le aveva detto quando finalmente lei era riuscita a convincerlo ad aprire la porta e a
farla entrare in casa. Se casa si poteva chiamare, perché il
bell'appartamento di Santa Prassede era diventato piuttosto un covile – lattine dappertutto, cartacce e batuffoli di
polvere sul pavimento, rifiuti putrefatti nel secchio, briciole di tabacco trinciato sui divani, pentole bisunte nel
lavabo, filtrini anneriti e mozziconi di sigarette, o peggio,
seminati nei vasi delle orchidee sfiorite e ridotte a stecchi,
nei portaincenso e anche nel bidet. Sono disadatto alla vita, lo sono sempre stato. Non ti arrendere, a tutto c'è rimedio, aveva cercato di consolarlo lei – rimestando nello
sgabuzzino in cerca di un aspirapolvere e del detersivo per
lavare i piatti. La cosa piú importante è la salute e tu grazie a Dio il corpo ce l'hai sano, e la testa guarirà. Giose le
aveva rivolto uno sguardo vitreo. Ha appena cominciato
a riprendersi, suo figlio.

Eva sgranocchia le trofie e ripulisce il piatto. Mangia
anche la trota, che pure ha un sapore strano di muschio e
palude e perfino la disgusta, perché adesso la fitta all'inguine è diventata lancinante, e le viene quasi da vomitare. Ma non vuole causare dispiacere alla nonna Pia. Chissà
quando la rivedrà. Non è sicura che possa vivere fino alla
sua laurea. Ha la pelle colore della cera, trasparente come
la carta velina. Sembra veramente molto malata.

Alle due si congedano. Dal cielo cadono gocce dense, un nevischio simile a chicchi di grandine. La signora Pia trova azzardato viaggiare in queste condizioni, sarebbe meglio se si fermassero a dormire qui. Eva è scappata di casa, le sussurra Giose all'orecchio, la sto riportando a Milano. Oh, madonna santa, esala la signora Pia, ma perché non lasci che se la venga a prendere Michele? Non ci finirai di mezzo tu?

Giose alza le spalle e la bacia sulle guance. Non ha mai discusso i suoi progetti con lei. L'ha sempre messa davanti al fatto compiuto. Ma lei gli è sempre stata accanto. La madre resta sul balcone, rosa dal freddo e dall'angoscia, finché la macchina del figlio non sparisce dietro l'angolo del palazzo.

Quando mancano poco piú di duecento metri al casello di Orte, Giose legge sul pannello informativo che l'A1 è chiusa fra Roncobilaccio e Pian del Voglio. I tempi di percorrenza stimati sono scoraggianti. Se s'infila in autostrada, rischia di restarci intrappolato e probabilmente non riuscirebbe ad arrivare a Milano prima di notte. E non potrebbe fermarsi a dormire con Eva in un albergo. Un uomo, una minorenne, non sono parenti. Lo segnalerebbero subito alla questura. Cosí, al bivio, invece di imboccare la rampa per Firenze, infila quella per Roma. Andiamo a casa nostra? gongola Eva. Giose non risponde. Non può dirle che l'ha affittato, l'appartamento di Santa Prassede. Ci abitano due storici del mondo antico, colleghi inglesi di Christian – resteranno fino a giugno. Lo pagano bene.

Nella stazione di servizio in cui si ferma per il pieno di benzina il piazzale è ingombro di camion inzaccherati di neve; gli autisti scalpellano i battistrada degli pneu-

matici e scrostano il fango. Eva si è addormentata con la
testa contro il finestrino e la bocca socchiusa. Il metallo
dell'apparecchio emette bagliori d'argento. Giose non
vuole presentarsi da Aurelia con la ragazzina sudicia come
una vagabonda. Aurelia l'ha sempre giudicato inaffidabi-
le. Non gli ha mai detto niente, ma nei suoi occhi leggeva
il sottinteso: un padre non si comporta cosí.

Blocca la serratura della macchina con l'antifurto e si
inoltra nell'autogrill, in cerca di biancheria, una camicet-
ta pulita, un maglioncino. Scaffali interminabili espon-
gono a prezzi rapinosi specialità gastronomiche tipiche,
o pseudotipiche, bottiglie di chianti, limoncello, gingilli
di plastica, giocattoli, dolciumi e best seller dalle coper-
tine translucide. In un cesto metallico sono ammucchiati
alla rinfusa centinaia di cd derelitti che nessuno compra
piú, e che perciò vengono offerti a prezzi irrisori. Costano meno di un cappuccino. In un altro momento Giose
si metterebbe a rovistare in quel mucchio, quasi sicuro di
disseppellire sul fondo una copia di *Atacama*. E la com-
prerebbe, per togliere di mezzo quel mostro sfortunato,
per il quale prova lo stesso affetto che proverebbe per un
figlio difettoso, considerato dal resto del mondo un errore e una disgrazia. Ma adesso non gliene importa piú, c'è
Eva che lo sta aspettando, là fuori, e col motore spento
anche il riscaldamento si arresta. Tra poco avrà freddo.
Finalmente individua delle felpe vellutate di polvere che
penzolano sulle stampelle, sopra l'espositore delle cartine
stradali. Nere, portano stampato al centro un cuore rosso,
dominato da lettere macroscopiche: I LOVE ITALY.

Ne tira giú una, nell'etichetta c'è scritto: 10-12 anni,
ma gli sembra risicata. Eva supera già il metro e sessanta. Chissà da chi ha preso il fisico longilineo e la statura
– Christian era minuto e anche la madre biologica. Sarà

l'alimentazione moderna. O sarà la sua, di statura. Giose è alto quasi un metro e novanta. Rigira la felpa tra le mani, dubbioso, quando si accorge che un uomo di mezza età lo sta fissando. È un tizio tarchiato, ben vestito, con la testa piccola calva come un mandarino. Per un attimo Giose pensa che voglia rimorchiarlo. Benché anche lui ormai possa essere definito un uomo di mezza età, ancora gli capita di essere concupito per strada. E la cosa, invece di avvilirlo, lo rincuora. Suscitare desiderio una volta era quasi tutto. Yuma! esclama invece il tizio, senza però avvicinarsi. Giose istintivamente scuote la testa e nega. Mi confonde con un'altra persona, dice, stacca la felpa 12-14 anni dalla stampella e a grandi falcate guadagna la cassa.

Il tizio resta spiazzato, ma poi Giose se lo ritrova alle spalle mentre la cassiera battaglia con la piastra antitaccheggio. Non mi posso sbagliare, dice, ho tenuto la sua foto sopra il letto, per anni, un manifesto a grandezza naturale, distinguevo pure la macchia piú scura nell'iride e il neo sopra il labbro superiore… Giose ricorda per un istante come si sentiva nel periodo in cui qualunque ragazzo poteva riconoscerlo per strada. Vulnerabile, e nudo. La notorietà lo fortificava, annientava le sue insicurezze, lo esaltava, ma lo lasciava anche indifeso. A volte non aveva voglia di essere riconosciuto, salutato, venerato – e mostrarsi sempre disponibile e sorridente gli costava fatica. Gli capitava di essere scontroso, ruvido, quasi offensivo. E poiché ciò nuoceva al personaggio di Yuma, per comportarsi in modo adeguato doveva farsi aiutare dalla chimica. Tornare un volto anonimo tra la folla era stata una degradazione – ma anche un sollievo.

Mi congratulo per suo figlio, aggiunge il tizio, alludendo alla felpa che finalmente la cassiera infila in una busta di plastica e rende a Giose, insieme allo scontrino. La capisco, sa? Siamo tutti un'altra persona, il tempo passa, si fanno delle scelte. Ma non è cambiato per niente, complimenti. E mi permetta di dirglielo, lei è veramente un numero uno.

Grazie, dice Giose, accennando un sorriso quasi cordiale, mi scusi se non posso fermarmi a parlare del passato con lei, ma davvero non sono piú Yuma. Però sono fiero di esserlo stato. Mi tolga una curiosità, insiste l'uomo. Ho sempre voluto chiederglielo, e forse non mi capiterà un'altra occasione. Che vuol dire, Yuma? Perché si è scelto quel nome d'arte? Non significa niente, risponde Giose, era nel titolo di un film americano che avevo visto da ragazzo, il nome di un posto lontano dove non sono mai stato. Il suo peso sullo zerbino attiva la fotocellula e la porta a vetri si apre, una ventata fredda gli schiaffeggia il viso. Suonava bene, Yuma, sorride Giose, uscendo dal locale. Mi faceva sognare una vita diversa.

Ma mentre attraversa il piazzale e si affretta verso la macchina si dice che non deve essere stato solo per quello. Ricorda ancora scena per scena il western intravisto, piú che visto, forse quarant'anni fa, in bianco e nero, nello schermo lattiginoso di un televisore Grundig, in una delle infinite serate che aveva trascorso con sua madre, nel salottino della casa di Terni, mentre il padre faceva il turno di notte. Lei sferruzzava un maglione, circondata da gomitoli di lana colorata, e solo il tintinnio dei ferri gli ricordava la sua esistenza, e lui teneva gli occhi incollati al video, e immaginava di essere il protagonista di quelle storie esotiche, violente, avventurose, che lo trascinavano via dalla provincia, dalla solitudine, da un futuro opaco che lo opprimeva anche se sembrava ancora distante.

Il protagonista di quel film – non aveva mai saputo il nome dell'attore che lo interpretava – si chiamava Dan Evans. Era un allevatore di vitelli proprietario di una fattoria sul bordo del deserto, impoverito dalla siccità, con due figli adolescenti e una moglie che era stata bella e cui non aveva saputo offrire la vita che le aveva promesso. Campava miseramente, combattendo con le bestie, le ristrettezze, e la delusione. Era un tizio qualunque con la faccia qualunque, senza passato e senza futuro. Aveva solo due qualità: l'onestà, che non gli serviva a niente, e una mira infallibile, anche quella inutile, perché un uomo perbene non spara alla gente. Ma in quella vita meschina irrompeva Ben Wade, un pericoloso rapinatore, che assaltava la diligenza dietro la collina del suo ranch, rubava i lingotti d'oro e ammazzava il conducente e uno dei compagni della sua banda. Ben Wade aveva il volto beffardo, delicato e insieme virile, di Glenn Ford. Era uno senza casa, senza moglie, senza figli, senza regole e senza legge. Gli piaceva l'amore di un istante, e per divertirsi un'ora con una ragazza finiva per farsi catturare. A quel punto il proprietario della diligenza rapinata offriva duecento dollari a Dan Evans per scortarlo fino a Contention City. Lui accettava, perché di quei soldi aveva bisogno. La sua missione consisteva nel far prendere a Ben Wade il treno per Yuma delle 3.10 del pomeriggio. A Yuma c'era il carcere. L'allevatore col fucile e il rapinatore in manette, suo prigioniero, erano l'uno l'opposto dell'altro, uno stava con la legge, l'altro era un criminale; però, durante l'attesa del treno, rinchiusi nella stanza di un albergo senza clienti, finivano per capirsi, e rispettarsi. Era un film quasi ipnotico: il tempo sembrava inceppato, le lancette dell'orologio sul muro camminavano lente, e il treno per Yuma sembrava non dover arrivare mai. Ma infine si materializzava. I complici di Wade tentavano di liberare il loro capo, sparando e ammazzando, ma Wade non fuggiva. Era il fuorilegge stesso che sceglieva di saltare sul treno in corsa, e

permetteva così all'altro di guadagnarsi i duecento dollari
e compiere la sua missione.

Giose non aveva mai potuto dimenticare quel film. Fin
da bambino si identificava coi banditi, i criminali, i reietti
della società. Sentiva di non avere niente in comune con gli
sceriffi, i poliziotti, i tutori della legge e dell'ordine. E ovviamente stava dalla parte di Ben Wade. Per tutto il tempo aveva sperato che riuscisse a corrompere Evans, e a farsi liberare; poi che i suoi complici assaltassero l'albergo, e
lo facessero scappare; infine, mentre il treno sbuffava una
nuvola di fumo bianco sui binari della minuscola stazione,
che sparasse in testa a quell'onest'uomo di Dan Evans, e
si mettesse in salvo, libero come il vento. Il finale lo aveva
deluso. Anche se il messaggio del film consisteva appunto in
quella scelta: può essere un eroe non solo l'uomo onesto col
fucile, ma anche il bandito – e proprio perché non fuggiva,
e saliva sul treno delle 3.10 del pomeriggio per Yuma. Take
that train, ripeteva la triste canzone del film, take that train.

Ben Wade comunque non era del tutto perduto. Sono
scappato altre volte da Yuma – diceva a Evans, sorridendo. Era certo di fuggire di nuovo. Si sarebbe inventato
qualcosa, a Yuma. Nell'ultima inquadratura il treno correva nel deserto, lasciando dietro di sé una scia di fumo,
le ruote giravano in fretta, e viva restava la speranza della
libertà. Take that train, take that train. Yuma era l'altrove,
remoto come l'orizzonte, il posto dove prima o poi tutti
fanno i conti con se stessi. L'eroe non si sottrae al destino.
Lo combatte, e se non può sconfiggerlo senza commette-
re un'azione indegna di lui lo affronta, e gli va incontro,
col cappello in testa e il sorriso sulle labbra. Giose schiaccia il telecomando e la serratura si sblocca con uno scatto. Quando risale in macchina, Eva sta ancora dormendo.

Aurelia non ha bisogno di spiegazioni. L'ha chiamata Sabrina da Milano trenta secondi dopo che la scuola l'ha informata della scomparsa di Eva. Potrebbe cercare di mettersi in contatto con te, per carità, fatti dire dove si trova – l'ha supplicata, piangendo. Al momento è irraggiungibile, il suo cellulare suona a vuoto. Aurelia ha subito provato a chiamare Eva, ma ha trovato spento. Per tutto il giorno, ha tenuto il telefono sempre accanto. Ha ricevuto le solite telefonate di lavoro, e di chiacchiera, ma ha liquidato sbrigativamente i colleghi della redazione, le amiche, la madre, e perfino il giornalista in crisi matrimoniale che frequenta da qualche mese, perché non voleva tenere la linea occupata. Alle due si è resa conto che non stava aspettando la telefonata di Eva: di piú, ne aveva bisogno. Ha sempre sperato di diventare un punto di riferimento, per lei. Non tanto sostenerla nella crescita o educarla, perché non è suo compito, ma offrirle affetto, amicizia, forse tenerezza. Aspettava spasmodicamente la telefonata, eppure sapeva che Eva invece avrebbe cercato di raggiungere Giose. Proprio perché non gli chiedeva mai di lui, nei giorni che trascorreva da lei al mare, o durante le strane domeniche che ogni tanto si infliggeva, andando a trovarla a Milano. Tacendo, Eva teneva per sé il suo dolore – ma anche i suoi progetti. Per orgoglio, o per non accettare la verità, Aurelia non ha mai voluto capirlo.

Michele e Sabrina approvavano che Eva la frequentasse, e anzi la incoraggiavano a farlo. Avevano le loro teorie pedagogiche. Sostenevano che, in mancanza di una madre, Eva aveva bisogno di essere circondata da figure femminili, nelle quali poteva rispecchiarsi e identificarsi. Donne capaci di esercitare un ascendente su di lei o di rappresentare un modello. Con Sabrina aveva un rapporto conflittuale, che col tempo era peggiorato e ormai sembrava guastato in modo irrimediabile, e la nonna Margherita era troppo autoritaria e anaffettiva. E benché Aurelia non fosse propriamente una donna modello, gli zii lasciavano che portasse Eva con sé in vacanza, senza di loro. Credevano che anche il padre sarebbe stato d'accordo. Christian aveva voluto l'ex moglie come madrina di Eva, anche se a quel tempo loro avevano obiettato, trovando la scelta di pessimo gusto. Christian non si era lasciato impressionare dalle loro proteste – non si curava affatto dell'opinione degli altri, a parte quella di Giose – e cosí era stata Aurelia a tenerla a battesimo quando infine, un anno dopo la nascita, il suo amico don Vincenzo era riuscito a trovare una parrocchia il cui titolare era disposto a sorvolare sul modo in cui era stata concepita e aveva concesso anche a quella bambina anomala il fonte battesimale. Quando Aurelia accompagnava Eva alla pista di pattinaggio o in spiaggia, tutti le credevano madre e figlia. Aurelia provava una gioia pungente, quasi dolorosa, e non si premurava di smentire.

Ho combinato un casino, le dice Eva appena Aurelia apre la porta di casa. Ma io non sono capace di porgere l'altra guancia, se uno mi fa un torto, mi voglio vendicare. Non è giusto subire sempre. Eva non puoi bombardare una città per uccidere un topo – sospira Aurelia invitandoli a entrare – le cose non si risolvono cosí. La vendetta non è giustizia. Se qualcuno ti fa un torto, la cosa piú sbagliata è fare un torto a tua volta. E poi la tua arma è un'altra. Tu sai difenderti benissimo con le parole. Eva non le dice che invece con Loris Forte le parole non le escono di bocca, le restano incastrate in gola.

Eva conosce l'appartamento di Aurelia e si dirige subito in bagno – spedita, prima che possano chiederle se si sente male. Sí, cavolo, malissimo, come se avesse ingoiato un ippopotamo. Giose rimira meravigliato le cornicette con le foto che fanno capolino tra i libri del salone. Nella piú grande c'è Christian, bianco come una mozzarella, in costume da bagno, sulla barriera corallina con un pesce tropicale tenuto per la coda, durante il loro viaggio di nozze in Australia. Non ci sono i numerosi fidanzati che Aurelia ha avuto dopo la separazione e poi dopo il divorzio. E che aveva immancabilmente presentato all'ex marito – forse per ostentarli, sperando di suscitare in lui un barlume di pentimento, o un rigurgito di gelosia, o piuttosto per chiedere la sua approvazione. Giose non ha mai capito Aurelia, la psicologia femminile gli sfugge. Le donne sono contorte, complicate, profonde. Lui si considera elementare, trasparente come una goccia d'acqua.

Si scusa con Aurelia per questa invasione, le spiega degli inquilini inglesi nell'appartamento di Santa Prassede. Non mi disturbate per niente, assicura Aurelia, per me potete fermarvi quanto volete, hai visto che casa grande mi sono comprata? Non so nemmeno che m'è venuto in testa, non mi servono davvero tutte queste stanze. Mi ci perdo. Poi ride, con quella sua risata a gorgoglio, un po' forzata. Christian avrebbe voluto che Giose mantenesse i rapporti con lei. Ma non ne è stato capace. Non la chiama mai. Ormai nemmeno Aurelia lo chiama piú. Non gli è stata vicina nella sventura. Lui pensa che adesso sono pari.

Aurelia avvisa Sabrina che Giose ed Eva sono da lei. La tranquillizza, tutto bene, stanno bene, arrivano a Milano domani. Il ragazzino nega, riferisce poi a Giose, a bassa voce perché Eva non possa sentirla, dice di essere caduto da solo. E lo hanno interrogato due volte. È molto strano. Le telecamere della stazione non aiutano a chiarire la dinamica. Quella che inquadrava la zona della banchina dove è avvenuto l'incidente era spenta per manutenzione.

Dei testimoni nessuno si è voluto sbilanciare. Una donna prima ha sostenuto che lo ha spinto Eva, poi che non era sicura, non ha confermato, non se la sente di accusare una ragazzina di undici anni di un delitto cosí grave. La stampa non ne ha quasi parlato, grazie a Dio, è uscito solo un trafiletto nella cronaca locale – incidente, hanno scritto. Quelli della metropolitana non volevano montare un caso, hanno già tanti guai. I compagni di classe non hanno visto niente. Sabrina spera che la scuola abbia una buona assicurazione, che non mettano di mezzo le professoresse, sono molto brave, è un'ottima scuola.

Non so che pensare, commenta Giose. Tu che idea ti sei fatta? Ti aveva detto qualcosa? Della nuova scuola, intendo, dei nuovi compagni, di questo Loris. Eva non si confida, dice Aurelia. Non è una ragazzina chiusa o introversa, per niente. Ma parla sempre d'altro. Giose crede di riconoscere la tecnica difensiva delle seppie e dei calamari – sollevare una nuvola scura, per rendersi invisibili e scampare il pericolo. Ma forse è qualcosa di ancora piú istintivo, e naturale. Se il vento increspa la superficie del lago, non si può piú vederne il fondo. Le chiede se Eva le abbia fatto leggere i suoi romanzi. Sí, certo, si affretta a confermare Aurelia, appena li finisce me li manda per e-mail. Dice che sono il suo lettore numero zero. Scrive veramente bene, è quasi impressionante. Ma non c'è niente che aiuti a capire cos'ha dentro. Non sono personali, cioè Eva non sceglie come protagonista una ragazzina italiana della sua età. Non parla del suo mondo. Si inventa storie fantastiche, con donne extraterrestri, piratesse, maghe, ancelle romane, regine dei tempi di Hammurabi. Mi piacerebbe leggerli, dice Giose. Dovresti chiederlo a lei, risponde Aurelia, non è che li fa leggere a tutti.

La pioggia scrosciante crivella i vetri delle finestre. Fra mezz'ora sarà già buio. Eva armeggia nel bagno di Aurelia, grande quanto una camera da letto, illuminato come un camerino di teatro da un'arcata di lampadine che incorniciano uno specchio a parete. È un bagno da rivista di arredamento, ipertecnologico, il lavabo sembra un abbeveratoio, e la vasca a conchiglia, piazzata al centro della sala, una piscina a livello. Eva non capisce come funziona l'interruttore per smorzare la luce né come si aprono i rubinetti dell'acqua. Non ci sono manopole. Fruga nell'armadietto, rovescia una pila di asciugamani. Si arrampica sullo sgabello, tenta di aprire l'anta del soppalco, ma non ci arriva. Il sangue è filtrato dalle mutande e ha formato una macchia a forma di rosa nel cavallo dei jeans. Non è rosso vivo e non sembra neanche sangue, ma ruggine. Però in quel punto non può essere altro. Se sta seduta non si vede, ma in piedi sí. E la felpa che le ha comprato Giose non è abbastanza lunga. Dovrebbe togliersi i jeans, ma non ha ricambio. E non le va di spiattellare questa cosa ad Aurelia. È troppo intima.

E poi è rimasta scombussolata. Non se lo aspettava cosí presto. Nella II B già due compagne hanno cominciato ad avere le mestruazioni – dicono che sia per colpa degli estrogeni nella carne, anche se lei veramente la carne non la mangia quasi mai perché Sabrina è diventata vegetariana e l'odore del sangue le ripugna. Ma lei è un anno avanti, le compagne hanno anche dodici mesi di piú. A Martina sono venute in classe, si è macchiata la gonna e tutti l'hanno presa in giro, si vergognava neanche si fosse cagata addosso, ci ha pianto una settimana. L'ha presa in giro anche lei, e vorrebbe non averlo fatto. Solo quando ti ritrovi dalla parte del bersaglio ti rendi conto quanto male fanno le pallottole.

Il ciclo è una scocciatura tremenda, una specie di punizione che si sono meritate le donne – cosí almeno lamenta
Sabrina, ed è tutto ciò che Eva sa in proposito. Preferisce ancora ignorare che gli esseri umani sono dotati di organi riproduttivi e credere che l'amore sia un turbine, la
passione un fuoco, e che i bambini li porti la cicogna. Si
vergogna se vede un nudo in un film e appena un personaggio comincia a spogliarsi freme. La fitta all'inguine si
è placata, ma un flusso caldo e appiccicoso sgocciola adesso tra le gambe. Si chiede che cosa significa veramente, e
a cosa serve. Ma la imbarazza parlare di ciò che attiene ai
genitali, e del resto non saprebbe con chi farlo.

Cavolo, è impossibile che nel bagno di una donna non
ci sia un pacco di assorbenti, deve cercare meglio. Esplora di nuovo l'armadietto vicino allo specchio. Pinzette,
forbicine, dentifricio, latte detergente, bastoncini per le
orecchie, crema contorno occhi, crema antirughe, crema
idratante nutritiva al ginseng, crema notte, maschera di
bellezza, pettine, spazzola, forcine, mollette, campionci-
ni di profumo, sali del Mar Morto, smalto per le unghie
– arancione, perla, blu, rosa antico – dischetti di cotone
biodegradabili, limette, pennelli per il trucco. L'arsenale
di ogni donna. Assorbenti no. Poi individua una scatola,
posizionata con discrezione sotto il lavabo, vicino al secchio della spazzatura. Tamponi interni, misura normal.
Ne estrae uno, è avvolto nel cellophane, sembra una sup-
posta. Non saprebbe mai come infilarlo, né dove. Sa tutto
dell'orifizio bucco-anale delle conchiglie, e del suo corpo
ha una conoscenza a dir poco approssimativa. Quando le
è spuntato un pelo là sotto l'ha tagliato con la forbicina
delle unghie, inorridita. Dovrebbe scendere a comprare
degli assorbenti esterni al supermercato, ma Giose e Aurelia non la lascerebbero andare da sola. Una ragazzina

di undici anni non è libera, è come se vivesse in una prigione con le pareti di vetro.

Asciuga col getto caldo del phon le mutande umide – col risultato che nel bagno si diffonde un odore acre di ferro, cotone strinato e sanguinaccio cotto. Poi le imbottisce di batuffoli struccanti e da dietro la porta chiusa a chiave chiede urlando ad Aurelia se le presta un paio di leggings neri, si vorrebbe mettere un po' carina in questa sua ultima sera di libertà. Dice proprio cosí, e sente che là fuori, in corridoio, Aurelia vacilla, come se l'avesse colpita in fronte con una sassata. La parola libertà ha prodotto l'effetto voluto. Ti riporta a casa, Eva – dice Aurelia senza troppa convinzione. Sa che Eva non la considera la sua casa, quella di Michele e Sabrina. Un deposito, forse, o una stazione. Loris Forte è stato solo la scintilla, ha sempre progettato di scappare per tornare da Giose.

Eva socchiude appena uno spiraglio nella porta e afferra i leggings. Si sfila i jeans chiazzati di ruggine, li appallottola e li spinge coi pugni finché non riesce a comprimerli nello zainetto. Si guarda di sfuggita nello specchio. Ha le gambe piuttosto tornite, non è magra come una modella. Il pediatra diceva che lei ha le ossa forti, dipende dalla costituzione. La struttura fisica è ereditaria. A Eva non piace sapere da chi si ereditano i geni. Odia le scienze e piú di tutte la genetica. A lei piace pensarsi fabbricata da una costola dell'uomo, come la prima Eva, di cui porta il nome. O come Atena, estratta perfettamente formata e già armata dal cranio del padre Zeus. O come Venere, nata dalla spuma del mare fecondato dal seme di un dio. Adora la Bibbia, pagine ricche di parti sorprendenti e miracolosi – donne sterili che figliano a novant'anni, donne in menopausa che restano incinte, vergini ingravidate dallo spirito santo. E la mitologia classica, meglio se raccontata da Ovidio. Maschi che portano avanti la gestazione cucendosi il feto in una coscia, ninfe inseminate dalla pioggia, dal sangue sgocciolato dai testicoli, da una nuvola. Gli Ebrei e i Greci erano molto inventivi. Gli italiani del XXI secolo sono cosí limitati.

Tutto bene? le chiede Giose quando si riaffaccia in salotto. Pensavo ci fossi cascata, dentro alla tazza. Ti ci devi abituare – scherza Aurelia, che per fortuna non ha capito niente – le donne ci passano le ore, in bagno a farsi belle, non è vero? Eva annuisce, compiaciuta. Donne.

La facciata concava della chiesa chiude la piazza come una quinta teatrale. È costruita sulle rovine del tepidarium delle terme romane, e si ritrae quasi con sussiego dagli edifici tardo ottocenteschi che la circondano. Sospinta dal vento, la pioggia elude la protezione dell'ombrello di Aurelia – un fragile schermo di stoffa rossa che tende a scoperchiarsi e che Giose sorregge goffamente sulle loro teste. Le goccioline gli luccicano fra i capelli come paillettes d'argento. Attraversano la strada quasi correndo, per schivare gli autobus e i pullman turistici che ruotano intorno alla fontana delle Najadi. Il monumentale portone di bronzo scolpito da Igor Mitoraj è accostato, e Giose si affretta a entrare, temendo che la chiesa stia per chiudere. Sul battente interno, un cartello avvisa che nei giorni feriali le messe in Santa Maria degli Angeli si tengono alle ore diciotto. Mancano pochi minuti, i fedeli – in numero sorprendentemente esiguo – stanno prendendo posto nelle panche del presbiterio. Le chiese di Roma sempre vuote, o profanate da turisti in bermuda e vegliarde in canottiera, hanno sempre messo Giose a disagio. Ci entrava soltanto insieme a Christian. Lui veniva a cercarci il silenzio. Altrove, a Roma – diceva – tutto è rumore, e caos. È l'unico posto dove posso restare solo con me stesso.

Dall'organo, nel coro, già sgorga la musica. Una voce angelica aleggia nell'immensa navata, estesa quasi come un campo di calcio, in cui le persone si disperdono come briciole su una tovaglia; ma Eva non riesce a individuare il cantore. Né saprebbe dire se è un uomo o una donna. Vieni, la esorta Giose, prendendola per mano, abbiamo poco tempo.

La conduce in fondo alla navata e le indica qualcosa, in basso, quasi sotto le sue scarpe. Sul pavimento, nella semioscurità brilla una lunghissima riga d'oro, che parte all'inizio del presbiterio e corre in diagonale nel braccio destro del transetto. Una ringhiera protegge la riga, e i numeri incisi nel marmo che la circondano, e impedisce ai visitatori di calpestarli. Giose non dice nulla, lascia che lei osservi i riquadri a tarsie colorate – che da un lato e dall'altro, a grande distanza, s'intervallano sul pavimento. Allora Eva capisce. Sono i segni dello Zodiaco. Muovendosi su e giú lungo la riga d'oro riconosce l'Acquario, i Pesci, il Leone, il Cancro, individua perfino la nera sagoma dello Scorpione, quasi infrattato sotto la base di una possente colonna. Deve esserci anche il suo segno, Libra: ma non è sicura di averlo trovato. Nel riquadro di marmo non figurano i soliti piatti della bilancia in perfetto equilibrio, ma due strani oggetti piú simili a casse armoniche di liuto, appesi a un giogo che pare trafitto da un coltello: su essi s'aggrovigliano i rossi fili di quelle che sembrano nappe di una tenda. Una lapide appesa sulla parete spiega che questa è la meridiana costruita da Francesco Bianchini e inaugurata da Clemente XI il 6/10/1702: serví a regolare gli orologi di Roma fino al 1846.

Eva non sa cosa sia una meridiana, e Giose le spiega che è un orologio solare. È un peccato che sia cosí tardi. Avrebbe dovuto portarla qui di mattina, il momento è passato. Ma domani a mezzogiorno chissà dove saranno.

Non qui, comunque. Del resto anche domani pioverà. Le indica un minuscolo foro che si apre poco sopra un pilastro corinzio, a venti metri d'altezza. Il suo nome scientifico è foro gnomonico. I raggi entrano da lí, spiega, e disegnano sul pavimento una ellisse di luce. In un punto diverso, lungo la meridiana, a seconda della stagione. L'ellisse piú bella e piú grande si forma vicino al solstizio d'autunno, in dicembre. A un certo punto, il suo asse si sovrappone perfettamente alla riga d'oro. Allora sappiamo che il sole ha raggiunto il punto piú alto della traiettoria. Eva pensa che il solstizio d'autunno è vicino e fissa il foro sulla parete, ma nessuna luce filtra, il metallo e il marmo rimangono opachi nella penombra.

Mi hai sempre chiesto di raccontarti come ci siamo conosciuti io e Christian, e la prima cosa che abbiamo fatto quando ci siamo messi insieme, dice Giose. Beh, è questa. Avevamo dormito a casa sua, che poi è diventata la nostra, lui mi ha svegliato, mi fa, alzati, che ti voglio far vedere una cosa, e mi ha portato qui. Poi mi ha insegnato che a Roma ci sono tante meridiane, sulle facciate delle chiese barocche, dei palazzi del Rinascimento, e alcune sono molto piú antiche. Le costruivano già i Romani. Ma questa era la sua preferita. Quel Bianchini che l'ha costruita era uno studioso di Verona. Assomigliava a tuo padre: coltissimo, erudito, curioso di tante cose – la storia, l'astronomia, la politica. Poi un papa lo chiamò a Roma e gli chiese di costruire la meridiana perfetta, per sapere sempre che ora fosse, e in quale giorno cade la Pasqua. Forse ti ricorda un altro che tuo padre amava molto, il monaco scita, Dionysius Exiguus. Tuo padre era affascinato dall'arte di calcolare il tempo. I cronologi, gli gnomologi erano i suoi eroi. Una volta non c'erano gli orologi, sai, gli uomini erano cacciatori di ombre. Era l'ombra a rivelare le ore.

Quella domenica noi eravamo qui, e lui mi ha indicato la meridiana, e ha cercato di spiegarmi come funziona. Purtroppo io non posso farlo per te, sono una bestia in matematica e astronomia. Però mentre tuo padre si affannava a svelarmi il segreto dell'ellisse, ho capito che non mi stava parlando di equinozi e solstizi, del foro gnomonico e della longitudine, ma di sé. Ciò che studi, che ti appassiona, è la parte piú privata e intima della tua vita. Ho capito che Christian mi stava chiedendo di condividerla con lui, la vita. Era una specie di dichiarazione. Io gli ho detto di sí – è la nostra chiesa, questa. Lui sognava di sposarsi con me qui dentro, a mezzogiorno, quando la luce del sole disegna un'ellisse sulla meridiana d'oro – l'istante perfetto, in cui ogni cosa è dove dovrebbe essere. E in un certo senso lo abbiamo fatto. Siamo rimasti qui, dove siamo adesso tu e io, e abbiamo aspettato che il raggio di sole penetrasse dal foro e disegnasse l'ellisse sulla meridiana, era incredibile, una figura geometrica perfetta, ma impalpabile, immateriale, e si muoveva come se qualcuno stesse scrivendo con una matita di luce, e in quel momento mi sono emozionato come non m'era mai capitato prima, e poi siamo rimasti non so quanto a guardare la luce che scivolava sul pavimento. I minuti passavano, ma il tempo non era piú lo stesso per noi. Non sarebbe mai piú stato lo stesso. Ci siamo detti cosí che non ci saremmo mai lasciati.

Perché è tanto importante misurare il tempo? chiede Eva, gli occhi fissi sulle colonne di numeri enigmatici che corrono a destra e a sinistra della meridiana, mentre il prete prende posto all'altare e inizia a celebrare la messa. Christian voleva disegnare il tempo, risponde Giose. Per sapere sempre dov'era. Ma non intendeva il tempo reale. Il tempo interiore, il suo. Il nostro. Voleva catturare le ore perfette, ed essere al posto giusto in quel momento. Capisci?

Eva annuisce. Quando era piccola, le sarebbe piaciuto che suo padre Christian ogni tanto smettesse di scrivere, tradurre testi latini e decifrare papiri, rintanato nello studio, e venisse a guardare i cartoni con lei e con Giose, in salotto. Lei voleva chiamarlo, ma Giose glielo impediva: dovevano lasciarlo lavorare in pace. Stare con una persona che scrive significa amare quello che scrive, qualunque cosa sia. Suo padre pensava che avrebbe potuto passare del tempo con lei in futuro, una volta concluso il suo libro, ma si sbagliava. Però davanti a quella striscia di metallo d'oro, che luccica nella penombra di una chiesa senza tempo, Eva si rende conto che anche se avesse saputo che stava per morire, Christian avrebbe continuato a ricamare la storia di Dionysius Exiguus e annotare parole. E lo trova giusto.

Riguadagnano il vestibolo. Il cantore, chiunque sia, si inerpica su note sempre piú acute – e la musica celestiale dell'organo risuona nella volta altissima della basilica come nel vuoto. L'ombrello di Giose sgocciola sul marmo una riga di pioggia. Come hai capito che eri innamorato di lui? gli chiede Eva. È una domanda un po' ardita da fare a tuo padre, ma Eva ha le sue ragioni. E Giose non parla mai di Christian, solo pronunciare il suo nome lo colma di una ulcerante nostalgia. Però risponde. Gli fa piacere che Eva voglia sapere di loro. Che per lei siano ancora qualcosa, insieme. Non potevo stargli lontano – dice, sorridendo. Volevo toccarlo, baciarlo, abbracciarlo, in qualunque momento, e dovevo quasi legarmi le mani, perché sai, non ci potevamo abbracciare per strada, noi due. La gente non lo accettava, forse non lo accetta nemmeno adesso. E non avete mai litigato? indaga Eva. Un sacco di volte, sorride Giose. Ma non ci hai mai sentito perché lo facevamo di nascosto. Ma litigato davvero, a morte? insiste Eva.

Giose non capisce. No, mai, risponde. Bisticci senza importanza. Se io mi ero dimenticato di pagare una bolletta e avevo fatto scattare la sovrattassa, se lui aveva cancellato i messaggi per me nella segreteria telefonica, chi doveva scendere a comprare il latte, io avevo prestato a un amico un libro che invece non doveva uscire dalla sua biblioteca, lui usava la mia biancheria perché considerava una perdita di tempo andare alla Rinascente a comprarsi un paio di mutande nuove, io ti avevo fatto mangiare il gelato e tu avevi avuto il mal di pancia... Cose cosí – minime, quasi infime. Dopo qualche anno che stavamo insieme, le differenze fra noi si sono attenuate, e abbiamo cominciato ad assomigliarci. Siamo diventati come strumenti musicali accordati sulla stessa tonalità. Io restavo la chitarra, e lui il pianoforte, ma suonavamo la stessa musica, non so se riesco a spiegartelo. Ci piacevano gli stessi film, detestavamo le stesse persone, ci capivamo anche solo guardandoci. La vita dell'uno orbitava intorno a quella dell'altro e ne traeva forza, e luce. Suppongo che l'amore sia questo.

Giose si sforza di non pensare troppo spesso a Christian. Gli riserva un pensiero la sera, quando spegne la luce. Nel buio, ha l'impressione di averlo accanto, e allora senza bisogno di parlare gli racconta ciò che ha fatto nel corso della giornata, gli chiede se gli piace la musica che sta scrivendo, immagina le sue risposte. In realtà non lo sente piú lontano di quanto fosse quando era in un'altra città, o anche solo in un'altra stanza. Ma quando si sveglia, e l'altra metà del letto è gelida, o quando infila le chiavi nella toppa e spalanca la porta e la casa è muta, prova come un senso divorante di vertigine. Gli manca la sua voce sottile, la lingua morbida, le mani bianche sulla pelle, l'odore. E piú di tutto gli manca il tempo. Gli anni passano, Eva cresce, lui stesso sta cambiando. Invece

Christian è sempre identico, cristallizzato nell'istante in cui si è interrotto. E non saprà mai cosa significa vivere mutilato della parte migliore di te. Gli torna in mente vivida, indelebile e sorprendente come allora, la sensazione che aveva provato quella prima domenica con lui, a Santa Maria degli Angeli. In tutte le sue storie amorose, Giose aveva sempre sofferto la mancanza di reciprocità. Gli uomini e le donne sono stati progettati per combinarsi, sono complementari, si ispirano una passione transitiva. Gli uomini sono simmetrici, e la simmetria non consente vuoti da colmare. Tutt'al piú spigoli da sovrapporre. Invece, chino sulla meridiana d'oro, aveva pensato che Christian era il suo opposto, come la metà di se stesso.

Papà, lo riscuote Eva, avvicinando la bocca al suo orecchio, adesso dobbiamo trovare una farmacia perché mi devi comprare una cosa. Giose non fa domande, combatte col ricordo di Christian e con l'ombrello che non vuol saperne di riaprirsi e quando lo fa sembra un imbuto, coi raggi storti che puntano beffardamente verso l'alto. Nella piazza le insegne degli alberghi e del cinema, dei negozi e della metropolitana sono tutte illuminate, e la pioggia si aggruma nella luce dei proiettori, impalpabile come una ragnatela d'argento. Vagano assorti, lei con le mani aggrappate al suo gomito, lungo la buia via Cernaia, sulla quale incombe l'ombra nera delle Terme di Diocleziano, e fra gli edifici oscuri dei ministeri, un isolato dopo l'altro, finché non riconoscono la croce verde, che brilla come un semaforo all'angolo di un palazzo.

Eva si dirige spavalda verso lo scaffale degli assorbenti per signora, acquista due pacchi comfort da tredici – senza sapere se sono della misura giusta per il suo flusso stento. Giose paga alla cassa, e la farmacista non nota che quell'uomo massiccio e barbuto che compra assorbenti da donna è visibilmente turbato. Quando escono di nuovo in strada sotto la pioggia, mette il braccio sulle spalle di Eva. Sa che dovrebbe dire qualcosa, chiederle quando è successo, farle un discorso. È un passaggio importante nella sua vita di donna. È già una donna, Eva – sembra appena ieri che l'ha presa per la prima volta fra le braccia. Potrebbe dirle anche solo questo. Ma teme di rovinare il momento. Che gli escano di bocca parole solenni e banali. Alla fine, la cosa piú importante è che lui sia qui – adesso. E che lei abbia voluto che lo sapesse. È un dono – che nessuno potrà portargli via. E camminano in silenzio tra schizzi e pozzanghere finché non trovano la fermata dell'autobus.

Aurelia li invita in un'osteria al portico d'Ottavia, nel cuore dell'antico ghetto, dove sostiene che fanno la frittura di carciofi, baccalà e cervello migliore di Roma. Paga lei, e non si discute. Ha insistito per andare a cena fuori, anche se come al solito non ha prenotato, non è di quelle persone che si ricordano dei dettagli. E quando il caposala le dice che non c'è un tavolo libero, si stupisce, protesta, mortificata, e insiste, e quasi si offende, e li costringe ad aspettare mezz'ora davanti al bancone, finché una famigliola di turisti non paga il conto, e loro due invece di infastidirsi si meravigliano che riesca a vivere cosí, preoccupandosi solo dell'essenziale, improvvisando il resto, senza programmare niente, istante per istante.

Si è sbiancata la faccia con la cipria di riso e delineata la bocca col rossetto color corallo, si è inguainata in un miniabito di lana arancione, la falda del cappello di velluto sistemato di sbieco sui capelli ramati le oscura gli occhi di giada verde: Eva le invidia l'eleganza eccentrica e le piacerebbe imitarla. Ma con l'apparecchio ai denti, e la faccia da bambina, sarebbe solo ridicola. Le scarpe pitonate di Aurelia avranno un tacco di almeno dodici centimetri, e combinate con le gambe a stuzzicadenti la fanno somigliare a una cicogna. La gente si volta a guardarla. Sembra un'attrice, e infatti lo è. Giose invece ha ancora addosso il maglione ispido di lana cruda e la camicia a quadri da montanaro che porta da tre giorni, e quando Eva si siede a tavola e si toglie il bomberino malva svela la felpa dell'autogrill col cuore rosso e sopra la scritta I LOVE ITALY. Loro tre, insieme, sono disuguali come i pezzi di una scacchiera.

La frittura è effettivamente strepitosa, ed Eva si estasia ad assaggiare il cervello. Il suo programma televisivo preferito è *Bizarre Foods*, di Andrew Zimmern, sul canale Discovery Travel, e non ne perde una puntata, anche se finisce tardi: ha visto il simpatico conduttore mangiare scorpioni fritti e testicoli di toro, labbra di pecora, retto di capra, sperma di tonno, cavallette, vermi, squame di pesce al limone, polipi vivi, ratti alla brace, occhi di pecora arrosto e altri orrori. Sempre curioso, entusiasta, con un sorriso indistruttibile sulla faccia. Perciò in confronto il cervello fritto alla giudia le sembra piú banale di un ossobuco. Si scioglie in bocca come crema, e ha un ottimo sapore. Forse fa anche diventare piú intelligenti. Aurelia nota che la ragazzina è di buon umore. Da quando Giose le ha detto che Loris Forte non è morto, Eva si è come sgravata dal peso del rimorso e non sembra rendersi conto della enormità del suo gesto. In sostanza, è felice di stare con Giose e del resto non si cura. È talmente evidente.

Dimmi un po' – inizia, maliziosa – è carino quel Loris? Macché, protesta Eva, storcendo le labbra in una smorfia di spregio. Ha gli occhiali spessi come culi di bottiglia, ed è pure strabico. Ahi, ahi, allora è carino… ride Aurelia, anche Venere era strabica! Lo strabismo è un segno di bellezza e nobiltà. Dall'altra parte del tavolo, Giose le lancia

un'occhiata divertita, incoraggiandola a proseguire. Eva
non ha voluto spiccicare una parola, su Loris Forte. Ma
forse lui non ha saputo trovare il tono giusto, bisogna saper fare le domande per ottenere risposte. È un merluzzo,
si sfoga Eva, non sa ballare, non sa suonare, non sa leggere, non sa neanche fare i temi, se non gli correggessi l'or-
tografia sarebbe sempre insufficiente. Gli scrivi i temi? si
stupisce Giose. È seduto nel banco accanto a me, spiega
Eva, poi si morde le labbra. Non doveva dirlo. Non vuole
parlare di Loris, basta, lo ha cancellato.

Però le torna in mente il giorno in cui per la prima volta è entrata in II B. L'anno scolastico era già iniziato, ma
i suoi documenti non erano in regola, e lei si è presenta-
ta dopo una settimana. Erano tutti seduti, i banchi a ferro di cavallo intorno alla cattedra, si è sentita un'intrusa.
O peggio, come una valigia che passava nella macchina a
raggi X dell'aeroporto. Ventiquattro paia di occhi la esa-
minavano. Le scarpe, i vestiti, la pettinatura, le gambe,
il naso, la faccia – tribunale riunito, sentenza immediata.
Non racchia, neanche figa – strana. C'è in lei qualcosa di
sfuggente, singolare. Eva ha ricambiato gli sguardi. Sapeva di doversi mostrare indifferente, altera. Solo ostentando disprezzo poteva guadagnarsi rispetto. Se fosse sembrata debole o vulnerabile, il branco l'avrebbe dilaniata.
La professoressa Landini l'ha invitata a entrare. Esa-
minava i banchi, chiedendosi dove inserire la nuova alun-
na. Non è stata informata della sua situazione familiare.
Sa che è orfana, e vive con gli zii. Ciò le ha raccomandato
di dire anche Michele. La Landini non vuole commette-
re errori, la classe è turbolenta, ma non problematica, la
scuola è frequentata da figli di professionisti, il quartiere
è prestigioso. Vicino a Morgana Ferrari? La biondina piú

gentile della classe, la sua prediletta? Ma come separarla
da Caterina? Non può premiare cosí chi si comporta bene
e ha l'animo buono. I ragazzini si sono ingobbiti sui banchi. Tremavano al pensiero di dover cambiare posto per
lei. Al secondo anno, ognuno aveva già scelto i suoi amici. Alla fine la Landini aveva sacrificato Sacchetti, il piú
indisciplinato della II B. Era convinta di fare un favore
all'occhialuto e mite Loris Forte, spostando quel prepotente che gli dava il cattivo esempio e lo stava guastando.

Eva aveva sistemato lo zainetto sotto la seggiola e Loris aveva farfugliato un impercettibile ciao, continuando
a scarabocchiare sul quaderno. Non frasi o lettere, però.
Geroglifici, ghirigori, labirinti di segni. Fino alla ricreazione non si erano rivolti la parola. Si spiavano, sospettosi. La classe leggeva a voce alta un brano dell'antologia.
Una frase per uno, un alunno dopo l'altro. Ma quando era
arrivato il turno di Loris, la professoressa l'aveva salta-
to. Eva aveva impiegato una settimana a capire che Loris
Forte era dislessico. A decifrare una pagina ci impiegava
mezz'ora. Eva aveva pensato con sincero dispiacere che
quello di Loris fosse un difetto tristissimo. Se le avessero
tolto i libri, la sua vita sarebbe stata infinitamente povera. Pensò che poteva leggerglieli lei.

Ma Loris non glielo aveva mai chiesto. Non era mai capitata l'occasione, e lei non aveva saputo crearla. All'uscita di scuola se ne andava con la sorella, che frequentava il
liceo nell'istituto accanto. Una ragazza bionda sempre in
tiro, che non l'aveva mai degnata di un saluto. Eva non
sapeva neanche dove abitasse. Dividevano solo le ore di
lezione. Lei guardava la cattedra, davanti a sé, ma con la
coda dell'occhio vedeva lui. Occupava l'angolo destro del
suo campo visivo: grande, statico, gli occhiali che a intermittenza saettavano un bagliore. Non riusciva a valutare

se anche Loris potesse vederla. A ricreazione, lui si fiondava a raggiungere i maschi. Solo una volta, durante un temporale, si erano seduti sullo stesso gradino, sotto la tettoia dell'aula magna. Lui le aveva offerto un chewing gum. Lei gli aveva chiesto se conteneva noci o residui di noci e poi l'aveva masticato lo stesso. A novembre aveva cominciato a riscrivergli i temi. La Landini se n'era accorta, ma aveva fatto finta di niente e non gli aveva aumentato il voto. Fra una campanella e l'altra si scambiavano qualche mozzicone di frase. Parlava sempre Eva, perché Loris era silenzioso come un muro. Però ascoltava con attenzione, guardandola dritto negli occhi. E lei gli aveva confidato il suo segreto. Non sapeva ancora che nel momento in cui lo affidi a un altro, il segreto non ti appartiene piú, e diventa suo. Può farne ciò che vuole – cioè confidarlo a sua volta a qualcun altro, e finisce sempre per farlo.

La notizia che lei non avesse una madre ma due padri aveva scioccato Loris. Ci si arrovellava, non si capacitava come fosse possibile. Inoltre quella di Eva gli sembrava una mancanza tristissima. Loris adorava sua madre. Al padre, invece, non sapeva mai cosa dire e temeva l'arrivo della domenica, quando pensando di farlo contento si costringeva a passare il pomeriggio con lui, e si ritrovavano nella tribuna dello stadio fra gente forsennata a guardare una partita di cui in realtà a nessuno dei due importava niente. Avere due padri invece che uno solo sembrava a Loris un incubo terribile. Eva aveva finito per confessargli che non sapeva dove fosse il suo secondo padre. E poi si era azzardata e glielo aveva proposto. Se vado a cercarlo, ci verresti con me?

Erano in palestra, durante l'ora di educazione motoria. I compagni lanciavano il vortex, loro due si erano attardati nello spogliatoio, acquattati fra i cappotti come congiurati.

Pioveva, e dalle scarpe dei compagni si spargeva un odore
di topo morto. Eva invece si era inondata di profumo. Da
qualche tempo, lei che aveva sempre disprezzato i trucchetti
seduttivi delle femmine, ogni mattina se lo rovesciava sulle mani, sul collo e sul petto dalla boccetta piú costosa di
Sabrina. Gliel'aveva quasi finita. Il respiro di Loris Forte
sapeva di gomma americana. Ma quando ci vuoi andare?
aveva chiesto Loris, allarmato. Presto, gli aveva risposto.
Sacchetti rientrò nello spogliatoio, cercava l'asciugamano. Li scoprí subito. Rimase fulminato, come se avesse
preso la scossa. Vieni fuori Talpa, aveva ordinato a Loris,
se stai troppo vicino alla fogna le esalazioni potrebbero
ucciderti. Ho la maschera antigas, aveva risposto Loris,
imbarazzato. Lei non aveva colto l'allusione. Ancora non
aveva afferrato che Sacchetti sapeva già tutto.

Non puoi andare a cercarlo da sola, è pericoloso, aveva
bisbigliato Loris. E poi aveva aggiunto, con la voce talmente bassa che lei non era sicura che l'avesse detto davvero: ci vengo. Eva aveva creduto di essere sua amica,
fino all'altro ieri, alla stazione Pasteur della linea rossa.
Invece Loris l'ha rinnegata. Per mancanza di coraggio. O
paura, forse. Ma di chi? Degli altri? Di lei? Di se stesso?
Loris è un traditore.

Per me Loris è il contrario di come deve essere un ragazzo
– afferma sicura, rivolgendo a Giose uno sguardo mielato.
Giose sí che sa cosa è l'amore. Ed è ancora cosí bello. Tu
non lo trovi bello, Aurelia? le chiede. Oddio, non userei
questo aggettivo! risponde Aurelia, tentando di metterla
sullo scherzo, e poi non è il mio tipo, dovresti saperlo che
preferisco gli intellettuali tormentati e nevrotici. Perché
non lo sposi? azzarda Eva. Non sul serio – precisa subito,
a scanso di equivoci – per finta. Come fanno i novanten-

ni con le badanti straniere, per dargli la cittadinanza italiana. Le coppie sposate possono adottare. Cosí Giose mi può adottare. Dammi la cittadinanza italiana.

Aurelia per un istante si chiede se sia un'idea di Giose, ma l'imbarazzo che gli imporpora il viso la induce a pensare senz'altro di no. Non ci si sposa per finta, Eva, le dice seriamente. Qualcuno si sposa perché ci crede, che sia un sacramento, qualcun altro si sposa perché vuole firmare un contratto davanti alla società, ma è comunque un impegno importante, e nella vita è forse la cosa piú importante. Giose è una persona onesta, e io lo apprezzo per questo. È un suo diritto, stare con te. Un diritto non si baratta con un imbroglio, o un sotterfugio. È importante che tu lo capisca.

E poi tuo padre ti ama veramente, aggiunge, perché Eva non sembra convinta del suo ragionamento. Ti ricordi la storia del giudizio di Salomone? C'è un bambino conteso, e due donne che dicono entrambe che quello è loro figlio, e Salomone non capisce quale delle due dice la verità e quale mente. Cosí per mettere fine alla questione sentenzia: allora dividetevelo a metà e fa prendere la spada. La falsa madre avrebbe fatto tagliare a pezzi il bambino, perché non fosse né dell'una né dell'altra; la vera madre grida di non ucciderlo e di darlo piuttosto all'altra – era disposta a sacrificare se stessa, per amore del figlio.

Ma la storia non finisce lí, si accalora Eva, perché quando Salomone capisce quale donna dice la verità, è a lei che riconsegna il bambino. È lei la madre, dice. Che cosa prende di dessert questa bella ragazzina, li interrompe il cameriere, che li ha scambiati per turisti ai quali propinare la galanteria confidenziale dei romani. Il tiramisú? Il crème-caramel? La millefoglie? Giose finge di dover studiare il menu. Teme che Aurelia gli legga sul viso che invece lui

ci ha pensato eccome, a quell'imbroglio. E lo ha dissuaso
dal metterlo in pratica non l'onestà, o l'eventualità per lui
piuttosto oscena di dover fingere almeno per un periodo di
vivere con lei, di dormire con lei, e magari anche di andarci
a letto, ma il fatto che si sarebbe rivelato inutile. All'ufficio della circoscrizione, dove è andato a informarsi sulle
procedure dell'adozione di un minore, gli hanno spiegato
che innanzitutto ci vuole una coppia con tre anni di matrimonio alle spalle, oppure il matrimonio e tre anni di convivenza dimostrabile con certificati di residenza, bollette
della luce, utenze intestate a entrambi e altre stronzate.
E lui e Aurelia non avrebbero potuto dimostrare alcuna
convivenza, e anche sposandosi subito avrebbero dovuto
aspettare. E poi non è automatico. Diventare genitori non
è un diritto, è l'interesse del minore la sola cosa che conta.
Ci sarebbero state le sedute con gli assistenti sociali e gli
psicologi, prima di poter avere l'idoneità all'adozione. E
probabilmente gliel'avrebbero negata: c'era la sua convivenza ultradecennale con Christian, una vita intera passata
ad amare gli uomini e a non nasconderlo. L'ha scritto nelle canzoni, l'ha pure dichiarato nelle interviste. Era solo
un progetto chimerico, coltivato nei giorni piú disperati.
Uno dei tanti. Con la mente, ha percorso tutte le strade.
Ma nessuna poteva riportarlo da Eva.

    Te l'hanno mai detto che hai gli occhi di un colore incre-
dibile – osserva il cameriere, sfilando il menu dei dessert
dalle mani di Eva – cos'è, verde? Topazio, specifica Eva,
cangiante, certe volte è marrone, certe volte giallo, certe
volte verde. Come quelli di tua madre, nota il cameriere
accennando ad Aurelia. Non posso avere i suoi occhi perché non è mia madre, lo smentisce Eva, con puntiglio. Io
non ho una madre. Tutti ce l'hanno, obietta il cameriere,
perplesso. Tecnicamente, risponde Eva, sarcastica. Il ra-

gazzo sbircia ora lei, ora Aurelia, senza capire. Giose scalcia il piede di Eva sotto il tavolo. Smettila, bisbiglia, non
fare sempre cosí. Non c'è bisogno di dirlo a tutti. Eva è
sempre in guerra, scudo al fianco e lancia in resta, contro
i mulini a vento. Bisognerebbe convincerla ad appendere
le armi al chiodo. Ma non desisterà, finché non avrà vinto
la sua battaglia. Come può vincerla, da sola. Aurelia svuo-
ta il bicchiere e se ne riempie un altro. Ha bevuto troppo e
il pinot le alleggerisce la testa. Forse lo avrebbe sposato,
Giose, anche se sarebbe stata una menzogna, o un imbroglio. Se solo avesse saputo ignorare le sue convinzioni, e
limitarsi a realizzare i suoi obiettivi. Lei però non ha mai
saputo porsi degli obiettivi. Ha sempre creduto che le
cose che devono accadere, accadranno, con naturalezza,
senza forzarle – al momento giusto. Le sarebbe piaciuto se
Eva fosse stata sua figlia. Ma è andata cosí.

C'era stato un momento, quando i costi proibitivi delle agenzie americane li avevano scoraggiati, in cui Christian aveva chiesto a Giose di valutare l'ipotesi di coin-
volgere Aurelia. Voleva un figlio, già quando era ancora
sposata con lui, e in seguito con piú determinazione ancora. Ed era proprio questa sua idea fissa che le rendeva
difficile trovarsi un compagno – perché appena cominciava a uscire con qualcuno, la terza volta gli chiedeva se gli
sarebbe piaciuto avere un bambino, e quello spaventato
si dileguava, scomparendo senza riguardi. Aveva appena
compiuto trentadue anni, la sua sveglia biologica trillava,
sentiva che il momento era venuto, il corpo era pronto.
Secondo Christian, Aurelia avrebbe accettato di fare un
figlio, anche se avrebbe dovuto dividerlo con loro. Giose
disse sinceramente che avrebbe preferito l'altra soluzione, ma non si sentí di impedire a Christian di tentare. Si

chiese con quale spudorato coraggio avrebbe proposto di dargli un figlio a una donna che aveva lasciato spezzandole il cuore. Ma Christian quando aveva uno scopo, cercava solo di raggiungerlo.

Una sera, mentre passeggiavano sotto i platani di Prati dopo aver visto tutti e tre insieme il film *Querelle de Brest* al cineclub Labirinto, a una retrospettiva su Fassbinder, Christian aveva iniziato a dire che lo avevano stufato i film e i libri che proponevano una visione maledetta dell'omosessualità, i cui protagonisti erano senza scampo, condannati all'infelicità, alla punizione e perfino alla morte. Comunicavano un'idea ormai datata, rancida, esaurita, anche artisticamente. Voleva l'happy end. Voleva una commedia, qualcosa che rispecchiasse la condizione contemporanea dell'omosessualità liberata e vissuta senza sensi di colpa. E a un tratto, con un'abile contorsione semantica, aveva dirottato il discorso sui genitori gay. L'amico sudafricano di un loro amico – forse se lo ricordava anche lei, Stan, lo avevano ospitato a Roma due anni prima – aveva avuto un figlio col compagno, in India. Meglio avere due madri o due padri che nessuno, meglio nascere piuttosto che no, aveva commentato Aurelia, mostrandosi inaspettatamente favorevole. Christian e Giose si erano scambiati un'occhiata d'intesa.

C'è una cosa però che trovo inaccettabile, aggiunse Aurelia. Non perché sono retrograda, ma perché retrograda, al contrario, è l'idea che questo modo di generare presuppone. Cioè che si possa considerare il corpo di una donna come una macchina, una specie di fornace dove inserire la materia. È l'idea che del corpo delle donne hanno avuto gli uomini per secoli. I filosofi piú misogini, i preti piú fanatici. Dicevano che solo il seme del maschio serve davvero alla riproduzione, solo il seme è portatore di forma e possiede il principio attivo della vita. Mentre la donna è un elemento passivo e inerte, un contenitore. E poi forse non è solo questo. Il corpo è l'essenza di una persona, non è un vestito o un laboratorio, è un tempio. Non si può noleggiarlo, non si può comprare la vita.

Molta gente lo noleggia – disse Christian, infastidito – milioni di uomini noleggiano le puttane senza che ciò gli causi il minimo imbarazzo. Ma tu non lo faresti mai, si insospettí Aurelia, scrutandolo come volesse decifrare le sue intenzioni. Tu lo troveresti immorale. Che c'è di immorale? intervenne Giose, il corpo è l'unica cosa che uno possiede. Ognuno è proprietario del suo. Io quando stavo a Londra e non avevo un soldo, sono andato al Museo di Storia Naturale, e mi sono venduto lo scheletro per duemila sterline. Quando morirò, gli scienziati del museo avranno il diritto di dissezionarmi e di mettere sotto vetro in formaldeide il mio cervello e i miei coglioni. Spaventerò i visitatori del XXI secolo. Tu ti sei venduto una cosa senza valore, disse Aurelia, perché non credi nell'immortalità e nella resurrezione della carne. Non ti venderesti un pezzo del tuo corpo. Veramente ho venduto il culo a un cliente del ristorante *Caruso*, disse Giose con noncuranza. Un notaio di sessant'anni. Mi ha pagato bene, coi soldi mi ci sono comprato la chitarra elettrica, e con la chitarra ho composto le mie canzoni. Non me ne sono mai pentito.

L'ipotesi Aurelia era subito caduta. Non le avevano detto nulla dei loro progetti. E quando ritornarono in Italia con Eva lei rimase traumatizzata. Tra tutti i loro amici e conoscenti, fu quella che la prese peggio. Lo considerò, da parte di Christian, l'unico tradimento davvero imperdonabile. Solo dopo tre mesi era venuta a vedere la bambina, e anche se Giose sperava che si fermasse poco, e che si trattasse di una visita formale, di cortesia, in fondo era la figlia del suo ex marito, Aurelia era rimasta quasi due ore, incantata dalle dita minuscole della piccola, dalle orecchie rosee, dalla sua bocca sdentata, dai suoi occhi offuscati. È troppo bella, Christian, diceva, mi sembra un miracolo. Si offrí di fare da baby-sitter a Eva, se loro volevano prendersi una serata da soli, per rifiatare. In quel periodo lavorava saltuariamente. E le giornate, in attesa di una telefonata che non arrivava mai, cominciavano a sembrarle impervie, come dovesse scalare una parete a mani nude. Giose preferí evitare. Non riusciva a immaginare cosa provasse Aurelia per la loro bambina. Amarezza. Rancore. Invidia, forse.

Poi ci fu la catastrofe. Giose era solo con Eva, perché Christian era dovuto andare all'università: i cinque mesi di congedo obbligatorio a stipendio intero che gli spettavano come unico genitore e padre di figlia senza madre, erano scaduti. Ma intendeva usufruire del congedo parentale facoltativo per altri quarantacinque giorni. Il suo caso inedito inceppava la routine burocratica, si era dovuto fermare a Cosenza per chiarimenti e non sarebbe rientrato per la notte. Eva aveva pianto fin dal momento in cui Christian era uscito di casa – per ore, tutto il giorno; aveva rifiutato il cibo, scansando il biberon e sputandogli il latte sul maglione, e pianto, e rifiutato il cibo, e pianto, e Giose non sapeva piú cosa inventarsi per calmarla. Non sapeva se una bambina di cinque mesi possa avere una crisi isterica – ma quella ci somigliava molto. Un corpicino di pochi chili emetteva un pianto acuto, insistente, lacerante – penetrava il cervello come una sirena d'allarme che nessuno riesca a disinnescare. Giose non voleva ammettere di sentirsi inadeguato, come invece sapeva di essere. Passò dall'affanno allo sconforto, dall'angoscia alla frustrazione – non sei capace, cosa credevi, di poterle fare da madre? sei patetico – dal timore di impazzire all'indifferenza vendicativa – ah, non vuoi mangiare piccolo rospo? peggio per te, la vedrai.

In preda al panico, aveva chiamato tre volte il pediatra, il quale si era fatto ripetere i sintomi e la temperatura: la Tachipirina teneva bassa la febbre, il respiro era regolare, l'emissione di urina e feci costante, dunque solo un'influenza leggera, niente di allarmante. Ma non smette di piangere! gemeva Giose. Il pediatra gli aveva raccomandato di stare tranquillo, e di non andare inutilmente a intasare il pronto soccorso. È proprio negli ospedali che i neonati si prendono le malattie. Il loro sistema immunitario ancora in formazione è permeabile. Giose aveva consultato sua madre, chiedendole consiglio su come calmare la piccola, che pareva torturata da lame di fuoco, ma in modo generico, senza spiegarle la drammaticità della situazione. La signora Pia aveva comunque sentito nel telefono il pianto furibondo di Eva, e gli aveva suggerito di scioglierle qualche pastiglia di valeriana nel biberon. Ma sei pazza! aveva esclamato Giose, indignato, come se la madre gli avesse proposto di avvelenarla. Anche tu eri così, disse serafica la signora Pia. Urlavi come un ossesso, come se ti volessero scuoiare, io ti davo la valeriana, e dormivi fino alla mattina, e quando ti svegliavi bello riposato, ti era passato tutto. Mamma, erano altri tempi, la rimproverò Giose. Voi non stavate così attenti alla salute dei bambini. La signora Pia avrebbe voluto dirgli che bisogna lasciar fare la natura – la natura trova sempre un modo. Ma pensò che lui non avrebbe capito.

Così Giose non le diede la valeriana e non riuscì neanche a farle ingoiare qualche goccia di tisana al finocchio e alla camomilla. Eva gliela rigurgitò invariabilmente sul maglione. Alle undici di sera era stremata, il viso violaceo contorto dal pianto, digiuna da ore. Dalla bocca spalancata nell'urlo le colavano rivoli di bava biancastra. Il termometro certificava che la febbre stava salendo. Giose non sapeva piú come chiedere aiuto. Tuttavia si era ormai rassegnato a presentarsi al pronto soccorso, aveva predisposto l'ovetto sul tavolo e stava imbalsamando Eva nelle coperte quando il citofono emise una pernacchia. Era Aurelia. Passavo qua sotto – disse in tono frivolo, come si trovasse lí per caso, per non fargli capire che invece veniva a controllare la situazione sapendo che Giose era solo – dormivate? Eva urlava, come se Giose la stesse scuoiando. Non ebbe bisogno di rispondere.

Aurelia era una donna ansiogena e stressante, almeno lui l'aveva sempre considerata cosí. Si chinò sulla neonata, e rimase impressionata dal musetto congestionato e dagli occhi gonfi, ridotti a due fessure tra le palpebre. Constatò che bisognava assolutamente placarla – farla mangiare, e poi dormire. Non ci sono riuscito, confessò Giose. È come impazzita, ci vorrebbe l'esorcista. Perché ti senti nervoso e spaventato, e non padrone della situazione, sentenziò Aurelia. Lo sento perfino io come ti batte il cuore – invece devi farle capire che sei tu che comandi il gioco.

Giose non le disse che la sua conoscenza della psicologia infantile era approssimativa, e che una bambina di cinque mesi non è un cane. Ma trovava irritante che una donna senza figli pretendesse di insegnare a lui cosa fare. Gli sembrava che il suo atteggiamento di sicurezza quasi sprezzante sottintendesse una superiorità di genere. Non poteva accettarlo. Non la toccare, disse, non ti conosce, la spaventi. Aurelia ritrasse la mano dal viso di Eva. Solo in seguito Giose capí che Aurelia non si sentiva affatto sicura, né guidata da un innato istinto materno. Ma ostentava l'una e l'altro per non sentirsi inutile come una ruota bucata e scoppiare a piangere.

Eva urlava, si contorceva, e tutti e due pregavano che il suo comportamento folle non fosse il prodromo di un attacco di convulsioni. Giose sapeva, teoricamente, ciò che doveva fare se l'infausta circostanza si verificava. Glielo avevano insegnato i pediatri, le infermiere, i libri che lui e Christian si erano studiati rigo per rigo. Spogliare la neonata in crisi convulsiva, passarle un asciugamano bagnato fra le ginocchia, rompere la fiala, aspirare il liquido con l'ago della siringa, togliere l'ago, sostituirlo col sondino di caucciú, infilarle nell'ano il microclistere di diazepam e tenerle strette le natiche per non farglielo evacuare subito. Ma l'idea di infilare nel culetto della sua bambina la peretta rettale lo faceva tremare. Non ne sarebbe mai stato capace.

Dài, riprendila in braccio, disse Aurelia, sforzandosi di mantenere un tono di voce tranquillizzante. Rimettiti sul divano, io riscaldo il latte e tu riprovi a darle il biberon. E non ti sentire in colpa, va tutto bene, capita di andare in tilt quando il neonato ti pianta una crisi cosí e sei da sola. Le mie amiche me lo hanno raccontato. Poi finisce.

Cosí Aurelia si accampò nel salotto, e per distrarlo si mise a recitargli il monologo di Ljubov´ nel *Giardino dei ciliegi*, che stava imparando a memoria per un provino nel quale riponeva grandi speranze. «Ho sposato un uomo che non ha saputo far altro che debiti... è morto di champagne: beveva come una spugna... la mia sfortuna ha voluto che m'innamorassi d'un altro... diventai la sua amante – e subito, proprio nello stesso tempo, la prima punizione! all'improvviso qua sotto, nel fiume, annega il mio bambino – e io via, via, abbandono tutto, scappo all'estero...»

E mentre lei gesticolava – via per sempre, per non tornare mai piú – e gli volteggiava intorno con movenze felpa-
te, quasi danzando, con quelle gambe da fenicottero, Eva
la seguiva con lo sguardo, ipnotizzata, e approfittando di
quell'allentamento di tensione Giose riuscí finalmente a
cacciarle in bocca la tettarella del biberon, e a non far-
gliela risputare. Rassicurata dalla voce calda di Aurelia, o
forse assaporando la vittoria nella guerra che aveva fatto
a Giose, Eva succhiò tutto il liquido, ruttò sonoramente,
cacò, e infine si addormentò beata sulla spalla di Giose.
Da allora lui aveva provato un ineffabile rispetto per la
moglie di Christian.

Il taxi si ferma sotto la sede della radio. Aurelia bacia
Eva e Giose sulle guance e raccomanda di chiamarla appena arrivano a Milano, ma di non svegliarla, domani,
quando partono. Farà tardi. Conduce un programma ra-
diofonico, la notte. Cinque giorni la settimana, in diretta,
con le chiamate degli ascoltatori e musica, a intervalli di
dieci minuti. Musica di nicchia, non commerciale: opera,
etnica, fado, sufi trance, canti di cori mongoli a cappella.
Non è proprio ciò che sognava come attrice diplomata
all'Accademia, con una spiccata propensione per il teatro
shakespeariano e i ruoli da regina, ma è meglio che fare la
speaker in un documentario sui licaoni. Inoltre il programma va benissimo, ha un pubblico selezionato di ascoltatori
fedeli e dura già da quattro anni. Il problema sarebbe l'orario, perché comincia alle ventitre e va avanti fino alle tre
di notte. Se avesse una famiglia non potrebbe conciliare
le due cose. Quando aveva ventiquattro anni, non si poteva permettere una famiglia a causa del suo lavoro nomade
e della precarietà economica. A quarantaquattro, quando
non è piú nomade, né teme la precarietà economica, può

permettersi una famiglia, e non ce l'ha. La vita andrebbe vissuta all'incontrario.

Giose promette che non faranno rumore. Ti sta benissimo questa tintura di capelli, le dice Eva con entusiasmo sincero, sei proprio una diva cosí. Aurelia pensa malinconicamente che allora si vede, che è una tintura. Tornate quando volete, dice. Anzi, non me le lasciate all'ingresso, tenetevele le chiavi di casa, aggiunge, mentre è già sul marciapiede, in bilico sui tacchi troppo alti, il cappotto che svolazza scoprendo le magrissime gambe velate nelle calze trasparenti, la mano premuta sul cappello perché la tramontana che spazza la strada non glielo porti via. Eva la saluta sventolando la mano. Poi, quando Aurelia sparisce nel palazzo della radio, poggia la testa sulla spalla di Giose e si riappropria di lui. Il contatto col suo corpo le comunica un arcano benessere. Giose è tiepido e saldo. Sa ancora di cenere e legna. Il taxista ingrana la prima e guida lentamente, lasciando che i semafori gialli diventino rossi. Risale il Lungotevere, supera il Palazzetto dello Sport e l'Auditorium e si ferma sotto casa di Aurelia.

Somigliava a lei? gli chiede, mentre nell'atrio tutto marmi e specchi aspettano l'ascensore. Giose capisce subito a chi si riferisce Eva. No – le dice – no, per niente. Aurelia sembra sempre sul punto di volar via. È una persona che sembra fatta d'aria e di vento. L'ascensore si deposita al pianterreno, e la porta automatica si apre, con un fruscio. Lo specchio sulla parete di fronte restituisce la loro immagine, e li colpiscono come fantasmi quei due – l'uomo barbuto e la ragazzina con l'apparecchio ai denti che si guardano come se cercassero qualcosa che hanno perso. Non andiamo a Milano, dice Eva, infilandosi per prima nella cabina. Portami in Armenia.

Gestazione

All'inizio di aprile partirono per Yerevan. Avevano calcolato di raggiungerla in cinque giorni – sei se la Toyota di Christian, in verità appena sottoposta a revisione, aveva un guasto, o se impattavano in qualche imprevisto doganale. Guidavano a turno, tre ore per uno. Christian contava di giustificare in qualche modo la sua assenza dall'università senza dover chiedere un congedo straordinario per motivi di salute – ma in ogni caso era d'accordo col suo amico medico Francesco che, se il soggiorno si prolungava, gli avrebbe certificato una mononucleosi infettiva. Non temeva di attirare su di sé la sfortuna: non era superstizioso. Avevano nascosto nella sacca della biancheria un rotolo di banconote da centomila lire pari a dieci stipendi di Christian. Ma mentre attraversavano l'Adriatico, e poi l'Epiro, la Tessaglia e la Macedonia, diretti verso una città sconosciuta il cui nome da settimane assaporavano come una promessa, non nominarono mai il bambino. Avevano paura di immaginarlo. Era un sogno troppo fragile, che una parola di troppo poteva danneggiare, e far svanire come un miraggio sulla sabbia.

Quando il traghetto attraccò nel porto di Igoumenitsa, Christian gli disse che gli sarebbe piaciuto riprendere le ricerche della tesi, e scrivere un libro su Dionysius Exiguus. Una biografia letteraria, alla Savinio, un saggio narrativo di filologia del tempo. Ma non avrebbe scritto solo del monaco scita. Anche di altri cacciatori di ombre. Gente che ha inventato clessidre ad acqua, calendari lunari e stellari, orologi di sabbia o di luce. Gli artisti del tempo. Che ne pensi, Giose? Voglio intitolarlo *L'anno zero*. Era stato il bizzarro argomento di conversazione del loro primo incontro.

Giose era stato invitato al concerto di chiusura di un festival punk-rock, in un capannone industriale alla periferia di Modena. Non c'era molta folla, forse cinquecento spettatori, però esigenti e competenti. Giose aveva cantato per ultimo, intorno alle due di notte. Solo tre canzoni, perché quelli erano gli accordi con gli organizzatori. Del resto, anche se ne aveva scritte almeno cinquanta, solo tre erano sopravvissute alla fine degli anni Ottanta. Le altre stavano sparendo, come se non le avesse mai composte. Era stato comunque un bel concerto, il pubblico aveva pogato come ai vecchi tempi, saltando e spingendo, qualcuno aveva cantato con lui e tutti lo avevano fischiato rumoreggiando – il che, in quel contesto, equivaleva a una salva di applausi. Alla fine, mentre si struccava nella roulotte parcheggiata dietro il palco, il ragazzo del servizio d'ordine lo aveva avvisato che un fan voleva il suo autografo. Non sembrava pericoloso o esaltato, e non aveva in mano oggetti contundenti. Che doveva fare? Lo lasciava passare?

A Giose non capitava piú molto spesso. Stava sparendo anche lui, come le sue canzoni. Disse al ragazzo di far entrare il fan. Si immaginava un alternativo con un teschio sulla maglietta, o la giacca di lamé, con gli occhi bistrati e il rossetto, nostalgico del glam-punk e del rock gotico, com'era lui stesso. Invece nel riquadro della porta si affacciò un tizio che sembrava un impiegato di banca, o uno studente fuori corso di fisica. Ti stavo aspettando da dieci anni, disse, fissandolo negli occhi. Potevi venire prima,

sdrammatizzò Giose, io ho già suonato a Modena. No, non
potevo, disse lo sconosciuto. Non gli porse una foto, un
cd o il biglietto del concerto da firmare. Rimase sulla soglia, imbarazzato, il pomo d'Adamo che vagava inquieto
su e giú, come dovesse deglutire in continuazione per lu-
brificarsi la gola, le mani ciondoloni lungo i fianchi. Mani affusolate, bianche, curate come quelle di una donna.
Non disse altro. Presentarsi nella roulotte doveva essere
stato uno sforzo sovrumano, che aveva esaurito tutte le sue
energie. Però lo guardava dritto negli occhi, con la sfron-
tatezza di cui solo le persone molto timide sono capaci.

Giose lo valutò con piú attenzione. Capelli corti, color
castagna, taglio fatto da un barbiere senza pretese, nessun profumo, tranne forse un deodorante da supermercato. Occhiali revival anni Cinquanta con la montatura nera
di celluloide. È un intellettuale. Del tipo ascetico. Camicia bianca, pullover, pantaloni con la riga. Non segue la
moda, la disprezza. Spalle strette, gracile, muscoli zero.
Non pratica attività fisica. Poco testosterone. Naso aquilino da aristocratico, bocca sottile, labbra ben disegnate,
occhi neri come acini d'uva. La fede d'oro all'anulare. Da
anni non va a letto con un uomo.

Mezz'ora dopo erano seduti sui divanetti rossi dell'unico
locale aperto dopo le due di notte da quelle parti, un night
club frequentato da imprenditori in cerca di compagnia
bionda e slava. Giose non aveva mai provato attrazione
per un maschio poco virile. Mai per un uomo magro ed ef-
feminato. Però, mentre nella roulotte contemplava le sue
mani bianche, e la fede luccicante che gli imprigionava il
dito, aveva deciso che si sarebbe portato in camera questo Christian – cosí gli aveva appena detto di chiamarsi.
Per piegare la sua prevedibile resistenza, aveva deciso di
farlo ubriacare. Christian però si era rivelato astemio, e

nel night club era stato Giose a bere. Parecchio, perché il giovane presunto fan, cosí forbito, colto e intelligente, gli incuteva soggezione, cosa cui Giose non era abituato, né preparato. Christian sorseggiava una Coca-Cola e parlava di argomenti stranissimi come la misura del tempo, la gnomonica ovvero lo studio delle ombre, la rivoluzione siderea e la vera data di nascita di Gesú Cristo. Giose non aveva mai sospettato che qualcuno potesse dedicare anni di studi a un argomento cosí astruso. Però quel ragazzo – che poi proprio ragazzo non era, aveva già ventisette anni – ne parlava come se per l'umanità conoscerla fosse questione di vita o di morte. Con la stessa passione con cui Giose avrebbe potuto parlargli del riff di chitarra di *Cocaine*. E quella passione lui la riconobbe, e la rispettò. Cosí lo stette a sentire, sforzandosi – nonostante l'alcol che cominciava a frizzargli nel cervello – di capire che cosa diavolo stesse dicendo.

Non esiste il tempo assoluto. Non è una realtà, un fluire universale, indipendente dai sistemi di riferimento. Il tempo è percezione. E anche volontà. Come un colore esiste solo per l'occhio che lo registra, cosí un attimo, un'ora o un giorno esistono solo in rapporto agli eventi che li definiscono. Non esistono nemmeno le ore. In passato esse avevano durate diverse, a seconda della stagione. I romani le chiamavano horae inaequales, è latino, vuole dire ore disuguali. Se questa ora che stiamo passando insieme ti sembra lunga come al solito, la ventiquattresima parte del giorno, penso che non ci vedremo piú. Io inseguo le ore disuguali. Giose chiese al cameriere di portare un'altra bottiglia.

Anche gli anni esistono solo in rapporto agli eventi che li definiscono. Se ti chiedo in che anno sei nato, mi rispondi una cosa che non è falsa ma non è vera. Se ti chiedo in che

anno è nato Cristo, non lo sai. E non per tua ignoranza. I
Vangeli non ne parlano, e accennano solo di sfuggita agli
eventi della storia contemporanea – come il censimento che
porta Maria incinta e Giuseppe a Betlemme. Giose annuí,
anche se non aveva letto il Vangelo, e a parte le superfi-
ciali lezioni di catechismo per la prima comunione non gli
era mai capitato neanche di prenderlo in mano. Insomma,
sappiamo solo che nacque sotto Augusto e morí sotto Ti-
berio. E questa data di nascita epocale che ha iniziato il
tempo di tutti noi – noi occidentali e cristiani intendo – è
soltanto una convenzione: viviamo in un'ipotesi.

In che senso? chiese Giose, che non sapeva se mostrarsi interessato o no, e cosa avrebbe giovato di piú al suo
progetto di seduzione. Nel senso che è stata proposta
nel sesto secolo da uno scrittore, intellettuale e filosofo
orientale venuto a stabilirsi in un monastero di Roma:
Dionysius Exiguus, cioè Dionisio il Piccolo, o l'Esiguo.
Si scelse questo cognome, disse Christian, lusingato dalla
sua attenzione, per rispetto di Dio: un uomo è una manciata di polvere, nulla a confronto con l'eternità. Dionisio
l'Esiguo aveva studiato a Tomi, la città dove venne esiliato da Augusto il poeta Ovidio, ti ricorderai. È una coincidenza affascinante. Giose annuí, vergognandosi di poter
sembrare a Christian una persona ignara dell'esistenza del
poeta Ovidio. Dionisio l'Esiguo comunque nemmeno ha
mai saputo che la datazione che lui dopo mille calcoli aveva proposto per la nascita di Gesú era stata accolta in tutto il mondo cristiano. A quel tempo era morto da secoli.

Che sfortuna, commentò Giose, sinceramente dispiaciuto
che lo scrittore non avesse conosciuto il suo successo po-
stumo. Era sensibile, a queste cose. Ogni volta che finiva
in classifica il disco di un cantante morto, se la prendeva con gli acquirenti. Brutti stronzi, li malediceva, perché

non lo avete comprato quando era vivo? Gli avete negato
l'unica gioia che riempie il cuore di un artista.

Non c'è bisogno di attraversare gli oceani, il deserto
o il cielo per essere degli esploratori, disse Christian. Si
può rivoluzionare il mondo anche guardando una macchia
di umidità sul muro, una stella nel telescopio o sprofon-
dando dentro una sola parola, nella cella di un monastero o seduti alla scrivania. Dionysius Exiguus si seppellí
nei calcoli e nelle carte, e fece una scoperta che cambiò il
mondo. Ma non visse abbastanza per accorgersene. Come Galileo Galilei. O Cristoforo Colombo. Cercava una
cosa, ne trovò un'altra. E morí prima di sapere che tutti
gli altri lo avevano seguito. Il fatto è che per Dionysius
non aveva importanza, se gli altri avrebbero accettato la
sua idea o no. Lui andò avanti, mi segui? Sí, disse Giose,
perplesso, penso di sí.

Dionysius aveva stabilito che Gesú è nato nell'anno uno.
Calcoli successivi hanno dimostrato che sbagliava, ma questo te lo racconto magari un'altra volta. Il nostro calendario passa dall'anno 1 avanti Cristo all'anno 1 dopo Cristo.
Non c'è l'anno zero. Lo zero era un numero che gli europei
non conoscevano ancora. Pensa te, si stupí sinceramente
Giose, non lo sapevo. L'anno zero, gli aveva spiegato Christian, trionfante, lo hanno dimenticato. Quell'errore non
potrà mai essere corretto, e rende la nostra cronologia – il
tempo in cui viviamo, insomma – un arbitrio, un'ipotesi.
Una fantasia. Viviamo in una realtà immaginaria. Eppure
l'anno zero esiste. Non qui – da qualche parte. Non so se
mi capisci, ma è in quel tempo che a me piacerebbe vivere.

E piú parlava, piú Giose voleva baciargli la bocca color lampone, sbottonargli la camicia, leccargli i capezzoli
e portarselo a letto – e già se lo vedeva, gracile, pallido e
ossuto, sotto di lui. Quando Christian fermò la macchina

davanti all'albergo in cui dormiva con la band, Giose gli
propose di salire nella sua camera. No, rispose Christian,
con fermezza. Io ti conosco, perché ti ascolto dal tuo primo disco. La tua voce mi ha detto tutto di te. Tu invece non mi conosci, e io non voglio essere per te quello di
Modena. Scarabocchiò un numero sul conto del night club
(aveva pagato lui l'esosa somma, senza battere ciglio). Se
ti va di rivedermi, chiamami.

E ora, mentre guidava verso Yerevan, Giose aveva l'impressione di correre verso l'anno zero, perché loro due lo
avrebbero trovato – avrebbe vissuto con Christian e il loro futuro figlio in quell'anno, fatto di ore disuguali, che
gli altri uomini hanno mancato.

Giose ricordava ogni parola che Christian aveva pronunciato lungo la strada per Yerevan, e nulla della strada
stessa, degli autogrill, dei ristoranti, degli alberghi in cui
si erano fermati a dormire, in Grecia, in Turchia e poi in
Georgia, perché il confine fra l'Armenia e la Turchia era
chiuso e dovevano aggirarlo salendo a nord, con una de-
viazione di quasi trecento chilometri che da Kemalpaşa,
costeggiando il litorale desolato del Mar Nero, li portava
a Bat'umi e da lí ad Akhaltsikhe e altre cittadine georgia-
ne dal nome impronunciabile. Aveva l'impressione di aver
viaggiato dentro un sogno.

Yerevan dista piú di tremilatrecento chilometri da Roma. Fino a poche settimane prima Giose non sapeva nemmeno dove fosse, l'Armenia. La geografia l'aveva impa-
rata seguendo il ritmo della musica. Conosceva Brixton
per i Clash, la Jamaica per Bob Marley, il Portogallo per
Amália Rodrigues, Manchester per l'house. L'Armenia
è un paese che sento affine, aveva osservato Christian.
Gli armeni hanno sempre dovuto lottare per il loro di-

ritto a sopravvivere, si sono adattati alle circostanze piú sfavorevoli e hanno resistito a ripetute catastrofi. Sono un popolo mite, paziente e fiero. Hanno miniato manoscritti e creduto nei libri e nella cultura quando in Europa c'era ancora la barbarie, hanno dato al mondo chiese, monasteri, santi e misticismo. Inoltre sono cristiani. Anzi, sono stati i primi a fare del cristianesimo la religione di stato. L'attaccamento alla loro fede gli ha impedito di omologarsi quando hanno cessato di esistere come nazione e poi di lasciarsi corrompere da settant'anni di ateismo sovietico. Giose si era limitato a osservare che l'armeno piú famoso del mondo è un cantante, Charles Aznavour – e ciò gli bastava.

Avevano scartato le altre possibilità. Negli Stati Uniti le agenzie organizzavano tutto, inclusi viaggio e soggiorno. Le migliori operavano in California. Firmavi un dettagliatissimo contratto con la Gds, la madre surrogata, e ti tutelavi da ogni futura rivendicazione. Non esisteva alcun rischio legale, né di mancata consegna del neonato. Potevi avere contatti con la surrogata durante la gravidanza e assistere al parto, oppure rivederla solo dopo la nascita del bambino. L'unico inconveniente era il prezzo richiesto: stratosferico. Si partiva da centomila dollari, e alcune agenzie pretendevano anche il doppio. Senza contare le spese vive. Ma erano agenzie collaudate, e vantavano già migliaia di nascite, con clienti di ogni nazionalità che arrivavano da tutto il mondo. Inoltre un passaporto americano un giorno poteva essere utile a loro figlio. È costoso come accendere un mutuo in banca per comprarsi casa, aveva osservato Giose. Potrei vendere il monolocale al Giglio, aveva meditato Christian. E intanto farmeli anticipare da mio padre. Sarebbe scocciante, perché dovrei spiegargli a cosa mi servono, e ci toccherebbe sorbirci qualche predica, lui la riterrebbe una cosa contro natura. È antiquato, pensa che ciò che non si è fatto in passato non si potrà fare mai. Però alla fine cederebbe, la sua frivolezza gli impedisce di prendere qualcosa sul serio, gli sembrerebbe quasi un'avventura, e poi non ha mai lesinato sui soldi.

Christian era piú comunista di un nordcoreano. Alle elezioni votava il candidato che propugnava la patrimoniale e la tassa sulle rendite finanziarie. La ricchezza della sua famiglia gli era sempre sembrata colpevole, e aveva cercato di sbarazzarsene scegliendo la filologia classica: professione poco remunerativa e senza prospettive di arricchirsi sulla pelle dei poveri. Aveva sempre detestato i ricchi, compreso se stesso, quando era un ragazzo di buona famiglia. Inoltre gli sembrava scandalosa l'idea che solo i ricchi possano permettersi di avere dei sogni e di realizzarli. Perciò, se Giose gli avesse proposto di rapinare una banca per pagare l'agenzia e la Gds, l'avrebbe fatto senza rimorso.

Ma se non erano andati in America, non era stato per questo. Giose aveva sempre avuto paura di volare. Nemmeno nel 1987, quando il manager riuscí a organizzargli un tour in Olanda, prese l'aereo. Raggiungeva le città dei concerti in macchina, o sul furgone, viaggiando tra gli strumenti e gli attrezzi di scena. Anche per quello non aveva mai suonato negli Stati Uniti. Dopo il successo della sua performance al festival Oltranza di Rotterdam lo avevano invitato a dare un concerto in un club di New York. Il manager giurava che sarebbe stata la svolta della sua carriera: Yuma aveva una fisicità maschia alla Jello Biafra dei Dead Kennedys e una voce androgina alla David Bowie: con un po' di carnevale e un adeguato battage pubblicitario poteva sfondare nel mercato americano. Gli propose di iscriversi a un corso per superare

la fobia dell'aereo, li organizzavano anche a Fiumicino
– oppure poteva andare da uno psicologo, era disposto
a pagargli le sedute. A quel tempo era il miglior cliente
della sua scalcinata agenzia, e lo coccolava come un figlio. Ma Giose non ne aveva voluto sapere.

Se avessero scelto la Gds in California, sapeva di dover
calcolare tredici ore di volo, da fare almeno sei volte in un
anno – per il contatto, il contratto, l'impianto e la nascita. Sempre se la surrogata restava incinta al primo tentativo. Per lui la prospettiva di quel volo sull'oceano e sui fu-
si orari degli States era terrificante. Cosí avevano escluso
la California, e anche Boston, e il Canada – il paese che
piú sarebbe piaciuto a Christian. I canadesi hanno i pregi degli americani e degli europei senza averne i difetti,
diceva. Sono dei norvegesi piú informali, piú socialisti e
spesso con la pelle colorata. Con un programma di scambi
universitari internazionali aveva trascorso un semestre in
Canada – gli sarebbe piaciuto andare a vivere a Toronto,
a Vancouver o a Montréal.

Per le stesse ragioni avevano scartato l'India. Stan,
l'amico sudafricano di un loro amico, aveva avuto il figlio
a Mumbai. Era stato soddisfattissimo del trattamento e gli
aveva suggerito la clinica, lo studio legale, perfino l'interprete disposto ad accompagnare lui e il compagno tre volte dalla surrogata durante la gravidanza. L'unico inconveniente dell'opzione India era la lentezza della burocrazia,
ma i medici erano bravi, e tutti parlavano inglese. Però
anche se Mumbai è piú vicina di San Diego o di Toronto,
era sempre raggiungibile solo per via aerea.

Allora erano stati costretti a esplorare le possibilità in
Europa. Le leggi erano ambigue, restrittive oppure ostili.
In alcuni paesi dell'Est la surrogacy era praticabile anche
dagli stranieri e legale, ma solo per coppie sposate. In altri

era piú o meno tollerata – illegale ma praticata al mercato nero. Trovarono agenzie disposte ad aggirare la legge.
Ma Giose e Christian non volevano avere un figlio come
se commettessero un reato. Volevano trovare un paese che
non li considerasse due criminali e due clandestini. Cosí
avevano scelto l'Armenia.

La prima volta si fermarono due giorni. L'agenzia era
ospitata in un condominio di tufo a tre piani dell'epoca
di Stalin, in un viale nel centro di Yerevan. La facciata
color rosa salmone era traforata da dozzine di finestre,
tutte uguali. Nel cortile interno, ingombro di detriti, un
ciabattino riparava scarpe rotte. Sulle pareti della sala
d'attesa, appiccicate con le puntine, c'erano fotografie
di neonati sorridenti. C'erano anche cartoline con scritto «grazie» in varie lingue. Nessuna, però, in italiano.
Christian e Giose erano i primi. Dopo, c'erano andati in
tanti. Ma non lo dicono. Sono cose eversive, che non si
possono raccontare.

La titolare, una pingue armena-americana, fu cortese e
professionale. Capí che il maschio aitante, Giose, nonostante la barba, i capelli lunghi e l'aspetto da motociclista, era
un emotivo sentimentale, mentre quello piú giovane, con
gli occhiali e l'aria da intellettuale, Christian, era un pia-
nificatore, che teneva a bada il nervosismo e le emozioni,
e cercava di non farsi sorprendere dagli eventi. Li mise a
loro agio spiegando in dettaglio le condizioni, le garanzie.
Christian aveva già consultato un avvocato, sapeva cosa
chiedere. Mrs Zovighian aveva una risposta per tutti i loro dubbi. Siamo una filiale giovane, disse, ma la casa madre di San Francisco è collaudata da anni, non abbiamo
mai avuto nessun problema. Andrà tutto bene. Se avete
fortuna, festeggerete il Capodanno diventando genitori.

Avete tutto il tempo per prepararvi. Un figlio sconvolge-
rà la vostra vita, sapete. Giose sorrise, e posò la mano sul
ginocchio di Christian. Christian gliela strinse con violenza. Poi la titolare squadernò sulla scrivania il catalogo
delle donatrici. Disse che stava allestendo il database, ma
non era ancora operativo. Li lasciò soli a sfogliarlo. Chi-
ni sull'album, col cuore in tumulto, e le mani intrecciate,
Giose e Christian rimasero in quell'ufficio finché calò la
sera. Scegliere una madre si rivelò l'impresa piú difficile
di tutta la loro vita.

Delle donatrici potevano sapere tutto – età, tratti so-
matici, educazione, condizioni sanitarie, malattie pregres-
se, operazioni subite, perfino livelli di Fsh nel sangue.
Tranne il nome. Questo non potevano saperlo, né allora
né mai. Le variabili avevano un prezzo. Le donatrici di
categoria B (senza diploma o con diploma alle scuole superiori) costavano meno. Le donatrici di categoria A, con
laurea o master, due volte tanto. Piú anni avevano, piú
erano economiche. Ma nessuna superava i trent'anni. E
comunque l'Armenia non è l'America. Anche un ricercatore di filologia classica disposto a vendersi le proprietà
di famiglia e un cantante disoccupato possono permettersi un figlio.

Scelsero una donatrice di venticinque anni, alta un metro e sessantatre, peso cinquantuno chilogrammi, gruppo
sanguigno A, occhi e capelli neri – perché il bambino as-
somigliasse a entrambi almeno un poco. A Giose il titolo
di studio della donatrice era indifferente. Non aveva imparato a scuola a scrivere versi. A scuola aveva imparato
solo rudimenti di diritto e tecniche amministrative di una
struttura ricettiva e di scienza e cultura dell'alimentazione,
il che in sostanza si riduceva a saper cucinare un soufflé,
reggere tre piatti con una mano sola e gestire la brigata di

un ristorante. L'italiano e la storia erano considerate materie superflue per i ragazzi dell'istituto alberghiero che un giorno avrebbero dovuto fare i camerieri o gli chef, come se la poesia e la memoria fossero un lusso dei privilegiati. Il diploma di «tecnico dei servizi di ristorazione» l'aveva preso per dare una soddisfazione a sua madre. Ma per Christian era essenziale che la donatrice fosse laureata e con master specialistico: gli sembrava una garanzia di alto quoziente intellettivo. Io voglio che mio figlio sia intelligente, diceva. È l'unica cosa che conta. I difetti fisici si possono correggere, la bellezza si acquista con la personalità. Solo la stupidità non è operabile.

Giose si era chiesto molte volte, in seguito, perché una ragazza di venticinque anni con laurea e master avesse venduto i suoi ovuli alla clinica di Yerevan. Ovviamente per soldi. Ma per farne cosa? Per mantenere la famiglia? Per avviare un'azienda? Per comprarsi una macchina? Per sposarsi? Gli piaceva pensare che fosse stato per questo – per potersi permettere di avere figli suoi, un giorno, e crescerli nell'agio che a lei era stato negato. Non gli era mai venuto in mente che potesse non essere vero, e che la donatrice non avesse né laurea né master.

Il giorno dopo firmarono il contratto e incaricarono l'agenzia di selezionare la portatrice. Mrs Zovighian assicurò che entro dieci giorni gli avrebbe inviato nella casella di posta elettronica le schede con le caratteristiche psicofisiche delle surrogate. Durante il loro breve soggiorno, non erano mai riusciti a vedere l'Ararat – la montagna sacra degli armeni e di tutti i cristiani, essendosi arenata sulla sua vetta l'arca di Noè, e un po' anche dei Greci, visto che secondo alcuni (altri sostenevano si trattasse del monte Elbrus) era l'Ararat la rupe del Caucaso dove era stato incatenato Prometeo, colpevole di avere portato agli uo-

mini il fuoco della conoscenza. Ne avevano intuito la base
della piramide – immensa a dominio della pianura che si
estendeva ai piedi di Yerevan – ma la cima era rimasta
sempre avvolta in una coltre di nuvole. Mentre andavano al garage a ritirare la macchina, Christian continuava
a voltarsi, sperando che il vento sgombrasse la cima, ma
l'Ararat rimase un fantasma. Gli armeni hanno scelto come simbolo della nazione una montagna che ormai non fa
piú parte del suo territorio, osservò Christian, aprendo lo
sportello. Li capisco. L'identità è qualcosa che va al di là
di un confine. Forse sanno semplicemente che è tuo anche
ciò che non ti appartiene, disse Giose.

In città la neve si stava già sciogliendo, e si sbriciola-
va sotto i loro passi. Sui pendii delle colline emergevano
chiazze di terra bruna e di erba secca, ancora schiacciata
dal peso dell'inverno. Una soffice peluria affiorava tra i
cespugli, sui rami scheletriti spuntavano i primi germogli.
Dobbiamo dire una preghiera, disse Christian, dobbiamo
spiegare a Dio perché stiamo facendo questo. Giose pensò
che era meglio se Dio non lo sapeva, però non disse niente. Non era cattolico e non aveva mai capito come facesse
Christian a conciliare la sua fede con la sua vita. Lui era
andato a catechismo perché ci andavano tutti, e all'oratorio perché i maschi giocavano a calcio e lui non voleva
essere diverso.

Invece di dirigersi a nord, verso il confine georgiano,
deviarono a oriente, e costrinsero la macchina ad arram-
picarsi sulle alture scoscese della periferia, attraversando
quartieri popolari fitti di altissimi casermoni lesionati dal
terremoto di svariati anni prima o soltanto dall'assenza di
manutenzione. Dopo essersi persi piú volte, e aver tentato
invano di farsi indicare la direzione da passanti che cono-

scevano solo il russo, imboccarono una strada secondaria martoriata di buche, l'asfalto squamato da una ragnatela di crepe o consunto come il ricordo di un'altra epoca. Bordeggiarono per chilometri uno stretto canyon in fondo al quale rumoreggiava un torrente, e dopo un'infinità di curve – che misero a dura prova lo stomaco del passeggero – sbucarono al monastero di Geghard. Uno degli edifici sacri piú antichi del paese, costruito nel iv secolo – anche se poi gli arabi lo avevano distrutto. Geghard in armeno – spiegò Christian – è la lancia che trafisse il costato di Cristo. La reliquia l'avevano conservata là dentro per molto tempo. Nel recinto di mura, con le sue geometrie essenziali e le dimensioni ridotte, i tetti spioventi e la cuspide conica sul tamburo, il monastero sembrava un giocattolo. Tutt'intorno, scavate nella montagna, si aprivano come buie spelonche le celle di preghiera dei monaci. L'interno, immerso in un'oscurità mistica, era un dedalo di colonne, cappelle, tombe, animali fantastici ricamati nella roccia. Sul fondo di una pozza d'acqua prodigiosa brillavano monete d'argento. In chiesa l'aria sapeva di cera. Azzurri nastri d'incenso e di fumo si attorcigliavano verso la cupola. Sta succedendo, succederà, disse Christian. Dio benedici l'Armenia e anche noi. Accese tre candele davanti a una croce di pietra.

Giose lo lasciò a recitare le sue preghiere, e ad assistere alla suggestiva, ma per lui interminabile, liturgia armena, e uscí. Dietro il monastero, oltre il ponte, sulla riva del fiume, dai rami degli alberi e dei cespugli pendevano fazzoletti e stracci sfilacciati, stinti dalle intemperie. Sfogliò la guida, incuriosito. Diceva che li lasciano i pellegrini, esprimendo un desiderio. Si avvererà. Il vento lo porterà fino a Dio. Giose si frugò istintivamente in tasca, ma non aveva il fazzoletto. E la valigia era rimasta nel

cofano della macchina, giú al parcheggio. Tastò coi polpastrelli la sciarpa di cachemire color albicocca che portava avviluppata intorno alla gola. Gliel'aveva regalata
Christian per il compleanno. Era un capo prezioso, e le
era affezionato. Si guardò intorno, ma non c'era nessuno. Si sfilò la sciarpa dal collo e la annodò accuratamente al tronco di un albero.

Tornarono a Yerevan il mese dopo. Il cielo era blu co-
balto, la campagna verde, e la cima dell'Ararat, bianca di
neve eterna, dominava la città dall'alto dei suoi cinquemi-
la metri. La videro dal primo all'ultimo giorno, aleggiare
nella foschia – salda, possente, inviolabile. Passarono ore
nello studio legale per limare le clausole dell'accordo. Lí
incontrarono la surrogata. Non parlava inglese né francese
né nessuna altra lingua a loro comprensibile. Era riserva-
ta, bassa e paffuta, con enormi seni un po' flosci. A Giose tornarono in mente le surrogate che lavoravano come
indipendenti e che mettevano annunci su internet. Lui e
Christian li avevano visionati con cura. Gli Stati Uniti sono la patria del libero mercato e le indipendenti offrivano
una soluzione piú abbordabile delle costose agenzie. Ciao
mi chiamo Sally, si presentava una, sto cercando una coppia da rendere felice. Diceva di aver già coronato il sogno
di due famiglie, una messicana e una giapponese, e di non
vedere l'ora di trovarne un'altra. Allegava la sua foto: una
sana ragazza americana, con gli occhi blu e il sorriso da
barbie. Hello, sono Thea, si reclamizzava un'altra, bionda
e burrosa, ho appena partorito e sono pronta a ricomin-
ciare, adoro essere incinta, contattatemi. Alcune surrogate tenevano a sottolineare l'aspetto romantico del loro
mestiere, si presentavano come missionarie della cicogna,
desiderose di distribuire la felicità di cui avevano goduto e

che agli aspiranti genitori era negata; altre erano piú venali
e vantavano le percentuali di successo dei loro ovuli negli
impianti precedenti. La signora Shabanian non sembrava
né una messaggera del cielo né un angelo custode. Giose
avrebbe potuto trovarsela davanti, nella coda alla cassa del
supermercato, e non l'avrebbe nemmeno guardata.

Anche lei avevano scelto fra una decina di candidate.
In verità per la portatrice avevano seguito parametri unicamente biologici. Zoologici, aveva osservato Christian.
Non cercavano una donna, ma una femmina. La surrogata
aveva trentun anni, due figli suoi e ne aveva portato uno
l'anno prima per una coppia sterile. Gravidanza al primo
impianto.

Ci avevano pensato, avevano cambiato opinione varie
volte, ma alla fine avevano deciso di non avere contatti
con la signora Shabanian e con la sua famiglia durante la
gravidanza. Una complicazione emotiva che temevano di
non saper fronteggiare. Dal sollievo del marito, il nasu-
to signor Ardziv, che la scortò alla firma del contratto,
e che non la lasciò un istante, capirono che anche loro
preferivano cosí. L'uomo si offrí di accompagnarli a fare
il matagh, dopo la nascita del bambino. È una tradizione
millenaria, e bisogna rispettarla. Bisogna fare il sacrificio di ringraziamento, fuori dalla chiesa che avete scelto,
sgozzare un vitello, o una pecora, una capra, una mucca,
un gallo, quando un desiderio viene esaudito. Siccome
tutti e due si mostrarono sbigottiti e riluttanti, il signor
Ardziv fece sapere che a procurare la vittima, a farla be-
nedire e a metterle il sale in bocca ci avrebbe pensato
lui. Però la gola doveva tagliargliela il padre. La donna si
chiamava Anghín – che significa senza prezzo. Quando
la titolare dell'agenzia glielo spiegò, a entrambi sembrò
un nome augurale – perché senza prezzo era il loro figlio.

Avevano deciso che il primo tentativo di fecondazione l'avrebbe fatto Giose, il secondo Christian. Il terzo, chissà. Il contratto con l'agenzia prevedeva infatti tre tentativi. Poi avrebbero dovuto versare una nuova quota. Con uno sconto del quaranta per cento sulla somma. Ma l'eventualità appariva remota. In casi come il loro, con fornitori giovani, sani ed entrambi possessori di sperma di buona motilità, con spermatozoi di forma normale, dai movimenti vivaci, rettilinei e progressivi, come garantivano i loro spermiogrammi, l'agenzia vantava una percentuale di successo del novanta per cento.

Andarono a deporre alla clinica di prima mattina. Lo facciamo insieme? bisbigliò Giose. Non so se è previsto, disse Christian. Temeva di abusare dell'ospitalità degli armeni. Gli sembrava sorprendente che in un paese conservatore, che si riscopriva tradizionalista dopo la crisi seguita alla dissoluzione dell'Urss, ed evidentemente povero, nonostante i primi segni di ripresa, nessuno li giudicasse. Qualunque cosa pensassero, i medici, gli avvocati, le donne, gli interpreti, tutti davano l'impressione di tifare perché riuscissero subito ad avere il loro figlio. Per ricambiare, lui e Giose facevano di tutto per non dare nell'occhio. In strada, nei ristoranti e in albergo, si comportavano come fratelli. Avevano preso una camera con due letti – del resto si erano imposti cinque giorni di astinenza per non disperdere inutilmente lo sperma. Seduti nella sala d'attesa, aspettarono il loro turno discosti, senza neanche guardarsi, come fossero due compagni di sventura e non due compagni di vita. Pellegrino come loro, con la stessa ansiosa speranza scolpita sul viso, c'era anche un etero, con la fede all'anulare. Forse la moglie aveva subìto un'isterectomia. Si ignorarono. Entrarono in cabine diverse, ognuno col suo contenitore di plastica in mano. Una specie di bic-

chiere, tozzo, azzurro, col tappo rosso. Mentre si slaccia-
va i jeans, Giose si chiese quanto deve farne un uomo per
non sembrare un cazzo bazzotto ai dottori. Devo riempir-
lo tutto? E se ne faccio poco? Quel pensiero lo ammosciò.
Se lo trovò in mano ridotto a un mignolo.

La cabina era poco piú grande di un ascensore, ma
provvista di riviste pornografiche per stimolare l'erezione. Donne e uomini nudi, organi genitali squadernati in
primissimo piano, adatti a ogni tendenza sessuale. Giose
apprezzò la sensibilità dei dottori. Ma lo disgustò l'idea di
concepire suo figlio masturbandosi sulla fotografia di uno
stallone professionista. Chiuse gli occhi, pensò a Christian,
e attivò la mano. Eiaculò in quattro minuti, e per la fretta
maldestramente metà lo schizzò fuori. Gocce di liquido
cremoso e opalescente colavano sul bordo del contenitore. Dovette pulirlo col kleenex. Il dottore incamerò il suo
sperma e lo spedí in laboratorio senza commenti. Se non
è abbastanza lo rifaccio, bisbigliò Giose, sfoderando un
sorriso da predatore, non è un problema per me, riesco anche cinque volte di seguito. Il dottore, un uomo sulla set-
tantina che probabilmente aveva lavorato quarant'anni in
un ospedale sovietico e si era ritrovato con uno stipendio
irrisorio dopo l'indipendenza, era abituato alle vanterie
grottesche dei clienti occidentali. Il successo non dipende
dalla quantità di sperma, disse, ma dalla concentrazione
e dalla vitalità dei suoi spermatozoi. Può riempirci pure
una bottiglia, ma se soffre di necrospermia o di teratosper-
mia non le servirebbe a niente. Consideri che là dentro ce
ne saranno almeno sessanta, settanta milioni.

Per tutto il viaggio di ritorno attraverso l'Armenia, la
Georgia, la Turchia, la Grecia e infine l'Italia, Giose aveva pensato ai suoi sessanta milioni di spermatozoi. Ba-
stavano a popolare una nazione come l'Italia. Si sentiva

un dio. Ne aveva sessanta milioni, e per avere un figlio
gliene bastava uno. Uno solo.

Mentre Christian faceva il pieno al distributore, Giose si
sgranchí le gambe muovendo qualche passo lungo la strada.
Tutto pareva in abbandono. Il villaggio, le case coi tetti di
lamiera, le macchine agricole arrugginite e senza piú ruote. Di fronte a lui si ergeva il rudere di un edificio – una
stalla, una fabbrica o forse un kolchoz. Un palo della luce,
di legno, sottile come una matita, era inclinato pericolosamente. Ma proprio là in cima c'era un nido, di dimensioni
ragguardevoli, e assai piú grande del palo stesso, al punto
che lui si chiese come facesse a restare in equilibrio. E là
sopra, ritto sulle altissime zampe rosse, c'era un uccello
dal becco lungo come il naso di Pinocchio: scrutava l'orizzonte, sospettoso. Giose non ne aveva mai visto uno dal
vero, prima di allora, ma non poteva sbagliarsi. Tornò di
corsa alla macchina, gesticolando eccitato per richiamare
l'attenzione di Christian, che però stava discutendo col
benzinaio, il quale sosteneva di avergli già dato il resto.
Quando finalmente poté indicargli il nido installato sul palo della luce, l'uccello era volato via, o si era accovacciato,
e non si distingueva piú. Era una cicogna.

La Zovighian comunicò poi che con lo sperma del donatore Alpha – Giose – erano stati fecondati quattro embrioni di qualità A, la piú alta, due B, discreta, e uno C,
scadente. Lo sperma del donatore Beta – Christian – era
stato surgelato. Come prevedeva il contratto, per volontà loro e della famiglia di Anghín, per evitare ogni rischio
alla salute della donna, ne avrebbero trasferiti solo tre Alpha A nella portatrice. Pensa se ci vengono tre gemelli!
commentò Christian. Sarebbe una cosa agghiacciante. Io
sarei contento, disse Giose. Sono figlio unico, mi piace-

rebbe metter su una famiglia numerosa. Quindici giorni
dopo arrivò una e-mail dalla clinica. Nessuno dei tre embrioni aveva attecchito.

Il secondo tentativo lo fecero a giugno, dopo la fine dei
corsi all'università e prima della sessione di esami. Nuovo
viaggio, nuovo contratto, nuovo incontro frettoloso con
la nuova portatrice nello stesso studio legale convenzio-
nato con l'agenzia. Giose aveva dimenticato il suo nome.
Aveva due figli suoi, era un'insegnante. Piú stagionata di
Anghín – anche se l'età della portatrice non conta molto,
gli avevano spiegato. Parlava un inglese scolastico ed efficace. Disse a Christian che era contenta che il padre del
futuro bimbo fosse un professore, un collega, insomma:
se lui voleva andare a trovarla durante la gravidanza, sarebbe stata ben felice di ospitarlo. L'esperienza l'avrebbe
arricchita emotivamente. In casa aveva una stanza libera,
aveva mandato i figli a studiare a Mosca, qui per ora non
c'era futuro, ma lei era ottimista, le cose sarebbero mi-
gliorate. Bisogna credere nella vita. Abitava a Vanadzor,
una città industriale, nel Lori. Potevano approfittare di
questa occasione per esplorare l'Armenia. Ci sono tanti
monasteri da visitare, e paesaggi incontaminati, foreste
e montagne, oltre all'Aragats, e anche se non abbiamo il
mare, abbiamo il lago di Sevan: l'Armenia è bellissima. E
vostro figlio in fondo questo paese ce l'avrà nel sangue,
sarà sempre un po' armeno.

Giose disse a Christian che poteva tornare dalla donna anche senza di lui. In aereo, facendo scalo a Mosca o a
Vienna sarebbe arrivato in poco piú di sei ore. Ci poteva
venire anche solo il fine settimana. Sí, ci andrò, disse Christian. Voglio godermi la gravidanza, lei mi piace, sembra la
persona giusta. Mi abituerò meglio all'idea di essere padre.

Ma nemmeno gli embrioni di Christian si impiantarono. Forse non è destino – commentò, pensieroso. Forse è una cosa sbagliata, Giose.

Passarono sei mesi. Mrs Zovighian li tempestò di messaggi e telefonate, per sapere quando volevano tornare per il terzo tentativo. Christian traccheggiava. Ho da lavorare, è da marzo che non scrivo una riga, ho rinunciato al convegno ad Avignone perché non avevo la testa per preparare l'intervento, non penso ad altro che a questo figlio, stiamo diventando isterici, non voglio rovinarmi la vita per questa storia, è assurdo. Ti stai facendo condizionare, osservò Giose. Sai che tutti ti disapproverebbero e ti stai facendo venire i sensi di colpa. Hai paura.

Non è paura, disse Christian, mi faccio delle domande. Io credo nell'uguaglianza. Tutti devono avere gli stessi diritti e le stesse opportunità. È una vita che lotto per queste cose. Ma invece mi sono incaponito a mettere al mondo un figlio che parte disuguale. Non avrà le stesse opportunità degli altri bambini. Gli mancherà sempre qualcosa. Non può mai essere completo chi è costretto a dimenticarsi di sua madre. E io non voglio danneggiare un altro essere umano per rendere felice me stesso.

La felicità è un diritto, disse Giose. E poi nessuno ha le stesse opportunità. Ed è meschino ridurre la questione della disuguaglianza al sesso dei genitori. I bambini sono tutti disuguali. Alcuni hanno il privilegio di essere amati, altri no. Alcuni sono educati alla libertà, altri sono schiavi della guerra, della dittatura o del fanatismo religioso. Chi nasce a Vanadzor non ha le stesse opportunità di chi nasce a Milano. Chi nasce nero non è bianco. Chi nasce malato non nasce sano, chi nasce povero nasce svantaggiato. Tuo padre è pieno di soldi, e ti ha iscritto al liceo classico. Ti ha dato la macchina, la casa, la sicurezza, la cultura. Mio padre guadagnava quattrocentomila lire al mese e mi ha iscritto all'alberghiero. Se non avessi saputo cantare, sarei cameriere in un ristorante di Londra. Ma io non ci credo che tutto è scritto alla nascita, altrimenti la vita non avrebbe significato. I figli non appartengono a chi li mette al mondo, non sono l'appendice dei genitori, sono individui. E se uno non può scegliersi i genitori può scegliersi i maestri. Non è l'uguaglianza la cosa che conta nella vita, ma il suo contrario. È ciò che ci rende diversi dagli altri che può salvarci. Ognuno deve trovare il suo destino. A nostro figlio non mancherà niente. Tu e io lo faremo felice, e sarà tutto ciò che potremmo fare per lui.

Una notte Giose sognò di dormire, nello stesso letto in cui dormiva davvero, e di essere svegliato da un vagito lontano. Flebile, però insistente, come il miagolio di un gatto. Si alzava, ricordandosi che era passata l'ora della poppata, correva nella stanza dove nella realtà c'era la lavatrice, ma che lui e Christian avevano davvero progettato di trasformare nella cameretta del bambino. Si chinava sulla culla, per calmare il neonato, essendo però consapevole anche nel sogno di non poterlo sfamare e di avere dimenticato il biberon da qualche parte. Ma la culla era vuota, il vagito si trasformava in un lamento disperato, lui cercava il bambino per tutta la casa, che non era piú la loro casa, ma un corridoio interminabile come quello di un grande albergo, tutte le porte erano chiuse e lui avanzava lungo il corridoio, senza riuscire a identificare la stanza giusta, e senza mai raggiungere il neonato, il cui pianto diventava sempre piú assordante. Si svegliò di soprassalto, madido di sudore, oppresso da una tristezza sconfinata. Se tu rinunci – disse a Christian, mentre gli preparava il caffè – io vado avanti da solo. Per me nostro figlio già esiste, solo che non è ancora nato.

La terza volta era gennaio. I valichi erano chiusi, la strada interrotta, dovettero aspettare la fine della tormenta in Georgia, in una pensione affollata di camionisti turchi, che li fissavano con ostilità quasi bellicosa. Poi affittarono un pullmino Uaz, una specie di cingolato dai sedili duri come massi, privo di sospensioni, guidato da un armeno taciturno che per tutto il tragitto non pronunciò nemmeno una parola. A Yerevan infieriva l'inverno, ai lati delle strade i mucchi di neve erano piú alti delle macchine, le montagne sempre invisibili nella nebbia. Firmarono il contratto con la madre surrogata nel solito studio legale. Ormai l'avvocato li conosceva bene, «i bei ragazzi italiani», come li chiamava. Si era perfino comprato su internet i dischi di Giose. *Disadatto* è un gran pezzo – gli disse, canticchiando il refrain – era degno di avere miglior fortuna.

La surrogata aveva ventisette anni, quattro figli di nove, otto, cinque e tre anni, seno maestoso, naso importante, una criniera di capelli ricci e gli occhi immensi, color petrolio. Era vedova. Ciò costituiva un'eccezione, perché l'agenzia non accettava donne sole, che avrebbero potuto rivelarsi psicologicamente instabili. Ma la famiglia la sosteneva in questa sua scelta, e cosí era stata inserita nel database. Si presentò col padre, il signor Sarghis, un vecchio coi baffi malandrini e l'aria torva di un bandito del Caucaso. Sembravano molto poveri. Le scarpe screpolate del vecchio li misero a disagio.

La scheda delle caratteristiche psicofisiche diceva che la surrogata non aveva mai avuto malattie, viveva a sud, nei dintorni di Sisian, aveva partorito i quattro figli naturalmente e li aveva allattati. Indossava un maglione a collo alto, verde militare, e un paio di stivali di feltro. Si alzò dalla poltrona e gli andò incontro – seria, tesa, come dovesse sottoporsi a un esame, o a un interrogatorio. Con grande sorpresa di Giose, che in quattro viaggi non aveva ancora incontrato nessuno della sua statura e si era abituato a sentirsi come Gulliver nel paese di Lilliput, era alta e solida come una colonna. Stringendo la sua mano, Giose aveva provato una strana sensazione, come una scossa elettrica. Seppe che l'avrebbe rivista.

Lei firmò le carte, con una grafia perentoria. L'agenzia li aveva avvisati che non l'aveva mai fatto prima, si era iscritta alla lista delle portatrici da poco. Vi possiamo invitare a pranzo? chiese Giose al padre quando si ritrovarono in strada. Gli sembrava di conoscerla da tempo. Il signor Sarghis borbottò qualcosa all'interprete. Grazie, tradusse quella, molto gentile da parte vostra, ma vuole portare subito alla clinica la figlia per iniziare le terapie, ha lasciato i bambini da un parente. Spero di riuscire a far nascere vostro figlio, farò tutto quello che posso – disse lei, in un francese melodioso che li sorprese. E poi fece una cosa che li lasciò stupefatti. Sorrise. Gli armeni non sorridono mai.

Ci tiene davvero, è perfetta, è lei la madre, sussurrò Giose nell'orecchio di Christian. Non ti fare abbindolare dai suoi begli occhi, tentò di disingannarlo Christian, è il suo lavoro, se lo tiene nove mesi prende i soldi, altrimenti non ci guadagna quasi niente. E non penso sia piacevole bombardarsi di ormoni e poi farsi siringare nell'utero l'embrione di una sconosciuta e di un uomo che hai visto cinque minuti in vita tua. Sembra un grumo di catarro. Dio quanto sei prosaico, protestò Giose. È meraviglioso, invece, sembra quella pietra preziosa, come si chiama, lo zaffiro stellato. Sono un filologo, replicò Christian, a te piace mettere il mondo in versi, io preferisco attenermi alla realtà e non farmi illusioni. È un lavoro duro, fisicamente e psicologicamente, in fondo affitta un pezzo del suo corpo, e non una mano o una gamba, ma la parte piú intima che ha, deve essere un po' come prostituirsi. Cazzo, no! esclamò Giose, non è cosí, è proprio il contrario. I soldi non bastano a spiegare la natura delle persone, devi avere la vocazione a fare qualcosa per gli altri, a dare tutto te stesso, e lei ce l'ha.

Rimasero sul marciapiede, davanti a un negozio di ferramenta, con le mani affondate nelle tasche dei cappotti, guardando quella donna che si allontanava verso l'incrocio, seguita come un'ombra dal padre – alta e scura, coi capelli ricci che spuntavano sotto il berretto di lana e ondeggiavano sulle spalle.

E fu lí, in un viale spazzato dal vento, fra le macchine in sosta impennacchiate di neve, mentre passavano sobbalzando catorci di Lada, piccoli pullman stipati di passeggeri e filobus coi finestrini anneriti dalla fuliggine. La verità è che il terzo tentativo volevano farlo tutti e due. E che non riuscivano a scegliere. Ne avevano parlato mille volte, ma la razionalità di Christian si scontrava con l'istinto di Giose. Christian era giunto alla conclusione che siccome le leggi italiane non consentivano di scrivere i loro due nomi sui documenti, era meglio che il padre biologico fosse lui. I conti correnti erano intestati a lui, come la casa di Roma, e i suoi genitori avevano delle proprietà che un giorno il loro figlio avrebbe potuto ereditare. La tenuta di Trequanda era stata valutata qualche miliardo da una cordata di inglesi che volevano comprare un oliveto in Val d'Orcia. Inoltre lui adesso era ricercatore e aveva uno stipendio fisso, e nessuno poteva piú toglierglielo, avrebbe

avuto la pensione, poteva prendersi il congedo a stipendio
intero per la paternità, e assentarsi senza perdere la retri-
buzione se il bambino si ammalava o doveva andare dal
pediatra. Giose obiettava che proprio questo era il punto: Christian lavorava all'università, e sfortunatamente
non nella sede di Roma, ma in quella fine del mondo di
Cosenza, e almeno finché non bandivano un concorso da
associato e non riusciva a trasferirsi piú vicino, cosa che
poteva verificarsi chissà quando, il lavoro lo costringeva
ad assentarsi tre giorni a settimana. E poi c'erano le ricerche, che magari avrebbe abbandonato nei primi anni
di vita della creatura, per godersi la sua crescita, ma poi
le avrebbe certo riprese, sarebbe tornato a studiare manoscritti copti al Cairo e codici bizantini a Oxford, perciò di
loro figlio nel quotidiano si sarebbe occupato soprattutto
lui. Lo avrebbe accompagnato dal pediatra, all'asilo, e poi
a scuola. Potevano nascere questioni burocratiche, e insomma era meglio che il bambino avesse il suo cognome.
Già se lo immaginava: Eva Autunno, oppure Donato
Autunno. Come suonava bene.

Cominciò a nevicare. Fiocchi grandi come bottoni scen-
devano sul marciapiede, la strada scompariva sotto il tappeto bianco, il traffico si stava diradando. Dovevano de-
cidersi. Allora Giose si frugò nelle tasche e tirò fuori una
manciata di monete. Valuta turca, georgiana, armena.
Scelse la moneta da un euro. Era lucida, nuovissima, perché circolava da neanche sette giorni. Non avevano avuto
ancora l'occasione di usarla. Era come un talismano. La
promessa dell'inizio di un'epoca nuova. Gli sembrò giusto
cosí. Su un lato, c'era il numero 1 – con la carta geografica
dell'Europa. Sul rovescio, l'Uomo vitruviano del disegno
di Leonardo da Vinci, inscritto nel cerchio e nel quadrato, riflesso del cosmo infinito, in equilibrio fra il cielo e

la terra, la materia e lo spirito. L'emblema del sogno ri-
nascimentale, il piú audace e prometeico che sia mai stato
concepito: l'uomo come misura di tutte le cose.

Giose scelse il numero 1, Christian l'uomo di Leonardo.
Christian preferí che la moneta la lanciasse Giose. Credeva nel destino – in quella concatenazione di eventi che
si potrebbe anche chiamare provvidenza. Giose sorrise e si
disse d'accordo. Ma non per quello. Aveva sempre avuto
fortuna al gioco.

La moneta roteò, un guizzo di luce d'oro. Ricadde sul
marciapiede, urtò la gomma di una macchina, rimbalzò
sul parafango, rotolò nel rigagnolo. Si chinarono, simul-
taneamente. Christian trattenne il respiro. Un fiocco di
neve copriva il metallo, Giose lo strofinò col guanto. E
apparve l'uomo di Leonardo.

Erano tornati in Italia da nove giorni quando arrivò
l'e-mail da Yerevan. Potevano procedere col bonifico. Il test
è positivo, l'embrione ha attecchito, la portatrice è incinta.

Non andarono a trovarla, durante la gestazione. Le loro
finanze erano prosciugate, la somma ricavata dalla vendi-
ta del monolocale al Giglio si era già ridotta di due terzi
e dovevano escogitare qualcosa per rimpinguare l'esiguo
patrimonio in vista della nascita del bambino. Inoltre avevano avuto l'impressione che il signor Sarghis non avrebbe
approvato. A Giose quel vecchio torvo e baffuto ricordava
suo padre, ed Egidio Autunno non sarebbe mai riuscito
ad accettare una cosa simile. Quando infine aveva capito
che Giose non si sarebbe mai sposato con una donna, gli
aveva detto, con voce aspra e affilata come una lama: mi
dài il dispiacere piú grande della mia vita, non perché ti
piacciono gli uomini, sono affari tuoi, e non mi importa.

Ma sapere che morirò senza nipoti è come aver vissuto per niente. Giose l'aveva odiato, quel padre silenzioso, retrogrado, avaro, un po' brutale, che aveva sempre tentato di estinguere i suoi sogni e di trasformarlo in un piccolo borghese gretto come lui. Ma quelle parole gli avevano fatto sanguinare il cuore.

Dopo ogni controllo, come previsto dal contratto, la portatrice mandava all'agenzia e l'agenzia ai genitori in attesa i risultati delle analisi del sangue, e poi le carte sottili e lucide delle ecografie – che fotografavano la vita sottomarina nel suo corpo. Imbuti neri striati di grigio, nei quali si intravedeva confusamente quella che a Giose sembrava una forma pulsante come una nebulosa galattica e a Christian un germe, un girino, una larva di lombrico. L'ecografia piú leggibile Christian l'aveva incorniciata e sistemata sulla scrivania del suo ufficio nel dipartimento di Filologia classica, al secondo piano della facoltà di Lettere e filosofia dell'Università di Cosenza. Però voltata verso l'interno, perché era ancora un loro segreto. Fino a quel momento, nessuno all'università sapeva niente della sua vita privata, o dei suoi orientamenti sessuali, e tutti ignoravano l'esistenza di Giose. Dopo la nascita del bambino, avrebbe dovuto dirlo – se non altro perché era obbligato a chiedere il congedo per paternità e intendeva sfruttarlo fino all'ultimo giorno. Non riusciva a immaginare quali parole avrebbe usato, né cosa avrebbero detto i suoi colleghi e i suoi studenti. Lui era un ricercatore, non uno stilista o un personaggio dello spettacolo. Si considerava, ed era considerato, una persona normale.

Alla dodicesima settimana, cinque minuti dopo aver riconosciuto le mani, i piedi e la testa del figlio nell'ecografia, Christian telefonò all'agenzia, disse che anche se non era previsto dal contratto voleva fare un regalo alla por-

tatrice: potevano chiederle che cosa le sarebbe piaciuto?
Mrs Zovighian cercò di convincerlo che non era il caso. La
donna era già pagata per il suo lavoro. Ciò avrebbe creato
un precedente. Christian insisteva. Voleva creare positivi-
tà attorno alla gravidanza, in modo che la donna trasmettesse il suo benessere al bambino. L'agenzia fece sapere
che lei avrebbe gradito un cavallo. Le era appena morto il
suo. Un pastore non può stare senza cavallo.

Un cavallo! Te l'avevo detto che non lo fa solo per soldi,
disse Giose, lei è diversa. Si vede che è veramente povera,
commentò Christian, non le è venuto in mente niente di piú
costoso, non ha capito che poteva chiederci molto di piú.
Io la coprirei d'oro, andrei a pescarle la luna in fondo al
mare. Le regalarono il cavallo.

Quando arrivò il felice risultato dell'amniocentesi, Christian invitò a cena il fratello, la madre e il padre. Falco
Gagliardi venne, anche se le medicine che prendeva per
rallentare l'invecchiamento delle cellule cerebrali gli causavano improvvisi vuoti di memoria. Giose aveva pensato di non farsi trovare. Non voleva essere coinvolto in una
discussione familiare, sapeva che i Gagliardi non erano
mai stati entusiasti di lui. Prima di conoscerlo, Christian
era un giovane posato e rassegnato, che aveva sposato la
fidanzatina storica, con cui si era messo insieme in prima
liceo, quando entrambi avevano sedici anni. Che era cresciuta con lui, ed era diventata una donna intelligente e
comprensiva, e avrebbe accettato anche le sue infedeltà
maschili – di cui, nel corso di colloqui sofferti e spruzzati
di lacrime, l'aveva messa a conoscenza. Perché lo aveva
scelto, lo amava cosí com'era, e voleva solo stargli accanto.
Invece Christian l'aveva piantata da un giorno all'altro,
rivelando subito ai Gagliardi che adesso aveva un uomo, e

finalmente aveva trovato il compagno della sua vita. Giose
non se la sentiva di biasimarli.

Christian voleva invitare anche Aurelia, che frequentava ancora gli ex suoceri, e che lui continuava a considerare, nonostante il divorzio, parte integrante della famiglia. Giose glielo proibí, perché era certo che Aurelia
– nonostante ciò che aveva detto sotto i platani di Prati
piú di un anno prima – sarebbe stata disposta a partorire
il figlio di Christian. Christian si offese all'idea che Giose non volesse essere presente al momento dell'annuncio.
È nostro figlio, non il mio, non lo avrei mai fatto senza di
te. Sei l'unico con cui ho desiderato fare un figlio. Cosí
Giose rimase ad accogliere i Gagliardi.

Aveva cucinato come se fosse lo chef di un ristorante
d'alta cucina. Allestí un menu degno di un banchetto di
nozze. La madre di Christian, l'altezzosa Margherita Gagliardi, si complimentò con lui in modo esagerato. Giose
capí che il suo entusiasmo sottintendeva un invito a tornare al suo antico mestiere: non digeriva l'idea che Christian lo mantenesse, mentre era stata ben felice quando
il figlio aveva mantenuto Aurelia, la quale, dopo un esordio promettente e qualche scrittura in compagnie di nome subito dopo il diploma all'Accademia, era rapidamente
finita a recitare in teatri d'avanguardia dove non guadagnava neanche abbastanza per pagarsi l'albergo durante
le tournée. Poi si ingorgò in una lamentazione interminabile, stizzita per i mutamenti climatici e il riscaldamento
globale del pianeta, che esponeva le piante alle malattie:
doveva combattere con la rogna, la lebbra, la fumaggine,
la tignola, la verticilliosi, non si finiva mai, l'annata scorsa per la produzione delle olive era stata pessima, e questa
non si annunciava migliore. Se non vendeva la proprietà a
un'immobiliare, che avrebbe trasformato la collina in un

alveare di villette a schiera, era solo per amore degli alberi.
Giose aveva sempre sospettato che la madre di Christian
preferisse gli ulivi alle persone.

La cognata, Sabrina, piluccava svogliata i formidabili
spaghetti all'aragosta di Giose, perché era a dieta. Parlava poco, non si faceva notare, era una donna che mirava
all'inesistenza. Il fratello, Michele, sproloquiò dei figli, che
fra l'altro vedeva assai poco perché lavorava ogni giorno
fino alle dieci di sera: a sette anni il grande, Valerio, faceva prodezze alla scuola di vela, a cinque il piccolo Luca
era già perfettamente bilingue, mandarlo all'asilo americano era stata una scelta vincente. Christian mormorò
nell'orecchio di Giose che se un giorno lui avesse afflitto
allo stesso modo gli altri con le lodi del figlio, gli dava il
permesso di frustarlo. Lo farai, rise Giose, già so che sa-
rai insopportabile.

Vi dobbiamo annunciare una cosa, disse Christian con
solennità mentre Giose tagliava il dolce e stappava lo champagne. Oddio, scoppiò a ridere il fratello, non sarà che vi
sposate! Non sopravvivrei a una carnevalata simile. Meglio, sorrise Christian. Aspettiamo un bambino. Lo champagne andò di traverso a Michele, e gli schizzò fuori dal
naso. Sabrina prima esclamò: che bello! Dio quanto sono
contenta! poi si accigliò, e chiese, preoccupata: ma siete
sicuri? Ci avete pensato bene? Non siamo pronti, il paese
non è pronto, avrà un sacco di problemi. Il padre chiese,
con tono frivolo, ma come avete fatto? La madre li guardò tutti e due scuotendo la testa e concluse: voi siete completamente pazzi.

A sua madre, Giose non disse niente finché alla fine di
settembre non partí per Yerevan. La chiamò dal taxi che
li portava all'aeroporto. Le aveva promesso che sarebbe

andato in Umbria il fine settimana: lei compiva gli anni
– anche se lui non ricordava nemmeno quanti. Non vengo domenica, mamma, devo andare a Yerevan, una cosa
urgente che non posso rimandare. Yerevan? E dov'è? In
Asia, cioè in Armenia, è la capitale. Che ci vai a fare cosí
lontano, Giose? A prendere mio figlio, le disse.

Si aspettava che svenisse, o che le prendesse un infarto. Un maschio? gli chiese invece, tranquilla come se le
avesse comunicato di avere un raffreddore. Non lo so, non
ho voluto saperlo, le rispose – infastidito dal fatto che il
taxista aveva ascoltato la conversazione e gli gettava occhiate maliziose e maligne dallo specchietto retrovisore.
Se è maschio non lo chiamare Egidio, gli disse la signora
Pia, prima di riagganciare. Le madri sono sempre capaci
di sorprenderti.

Partivano con l'aereo, perché dovevano arrivare al piú
presto, la portatrice non stava bene, aveva avuto delle com-
plicazioni, si temeva una trombosi, o peggio, la gestosi:
l'avevano ricoverata in clinica, dovevano farla partorire
tre settimane prima del previsto. Dio, fa che il piccolo non
muoia, ripeteva Giose mentre correvano verso l'imbarco,
col cuore in gola. Fa che non muoia lei. Non credeva in Dio
e neanche nel Gesú Cristo che occupava – vivo e morto,
storico e leggendario – i giorni di Christian, ma pregò per
suo figlio e per lei mentre volava verso Monaco, mentre
accoccolato in una poltroncina aspettava la coincidenza
per Yerevan, e per tutte le quattro ore durante le quali il
suo aereo si era tuffato nelle nuvole, sobbalzando pericolosamente sui venti occidentali, aveva sorvolato decine di
confini e si era inoltrato nella notte. Quasi non si accorse
di essere sospeso nel cielo a diecimila metri d'altezza, né
ebbe paura, o ansia, o panico. Guardava l'oscurità, fuori
dall'oblò, e pensava a lei, e al bambino, e si sarebbe butta-

to nel vuoto senza esitare se fosse servito a salvarli. Fu la prima volta in cui capí cosa significa essere genitore. Che la tua vita è sua, e lo sarà sempre.

Giose aveva parlato solo tre volte alla donna che aveva partorito Eva. Non sapeva di preciso dove abitasse, non sapeva che cosa ne avesse fatto dei loro soldi, non l'avrebbe vista mai piú. Eppure gli capitava quasi ogni giorno di pensare a lei, sperava che fosse felice, e sulla faccia della terra non c'era persona che gli fosse piú cara. Le era grato come a sua madre.

Eva nacque all'alba, mentre loro ritiravano i bagagli all'aeroporto. Pesava due chili e novecento grammi. I dottori comunicarono che era perfettamente formata. Respirava senza bisogno di macchinari. Nella culla della nursery, tra le coperte, una bambola raggrinzita, una testa nera di peluria, la pelle rosa come l'interno di una conchiglia. Tremendamente piccola. Potete prenderla in braccio, li esortò l'infermiera. Poi capí che erano due imbranati, che non avevano la minima idea di come si maneggia un neonato, e gli spiegò come sorreggerle il collo. L'avevano sollevata con cautela, e non sapevano se piangere o ridere. E avevano pianto e riso, come due idioti, senza riuscire a fermarsi – perché solo in quel momento si resero conto che era vera, e che era loro.

Voglio andare a salutarla, forse si è svegliata dall'anestesia, disse Giose mentre si infilavano nell'ascensore. Ma perché? protestava Christian, starà malissimo, è un momento intimo, la mettiamo in imbarazzo, aspettiamo che arrivi la Zovighian dall'agenzia. Giose alzò le spalle e si avviò lungo il corridoio di ginecologia. Dalle stanze con le porte spalancate, dove intorno a puerpere coi neonati attaccati al seno si affollavano nonni, mariti e figli, proveniva un brusio concitato, voci, scoppi di risa, allegria. La stanza numero 3 era in fondo, con la porta chiusa. Bussò, nessuno rispose.

Era sola, supina, con gli occhi chiusi e una smorfia di sofferenza sulle labbra, piú bianca delle pareti e delle lenzuola. Che ignoranti, non le abbiamo portato neanche un mazzo di fiori, bisbigliò Giose. Lei aprí gli occhi. Non li riconobbe subito. Ma forse era ancora annebbiata dall'anestesia.

Vous avez été merveilleuse, vous êtes notre ange, balbettò Christian, in francese perché la titolare dell'agenzia gli aveva spiegato che la portatrice era emigrata in Francia dopo l'indipendenza, ci aveva vissuto col marito alcuni anni ed era rientrata solo quando lui era morto. Que pouvons-nous faire en échange? Je suis sérieux, y a-t-il quelque chose dont vous avez besoin, que vous désirez? Vous voulez que votre fils aîné aille faire des études à Paris? Vous voulez vous installer avec lui, avec toute la famille? Nous vous aiderons. Je vous en prie, n'ayez aucune crainte, n'hésitez pas à nous faire part de vos désirs: Giose et moi nous voudrions vous faire un cadeau aussi important que celui que vous nous avez fait.

Je veux Arsen à mes côtés, disse lei, voltando la testa. Arsen era il marito.

Registrano la nascita della bambina. Eva Gagliardi, figlia di Christian Gagliardi. Sul documento lei non figura, come da contratto. Il suo nome non è importante. Perché non è niente per la bambina. Come Giose. Si chiamava Maryam Melikian. Mentre aspettano che l'ambasciata rilasci alla piccola il passaporto, per poterla portare in Italia una volta trascorsi i venti giorni che la renderanno abbastanza forte da affrontare il volo, tornano in clinica

a trovarla. Vorrebbero farsi una fotografia con lei e con
la bambina. Un giorno le spiegheranno chi è la donna che
l'ha messa al mondo, e forse lei vorrà vederla.

Il contratto prevedeva che allattasse il neonato col co-
lostro i primi giorni, per fornirgli le difese immunitarie di
cui avrebbe avuto bisogno. Però già dal secondo giorno il
signor Sarghis si è installato nella sua stanza e la sua presenza li imbarazza, sicché saltano le prime poppate e si ri-
presentano la sera. Lei sta allattando, la schiena poggiata
alla spalliera del letto, le braccia bianche a sorreggere la
neonata, minuscola, premuta contro il seno. Giose e Christian circondano l'infermiera, dall'altra parte della stanza,
che sta scrivendo su un quaderno il numero di pasti che
dovrà fare la neonata, ogni quante ore, e la quantità di latte artificiale che ogni volta dovranno somministrarle. Poi
gli ricorda l'importanza decisiva, vitale, del ruttino dopo
il pasto. Annuiscono, hanno memorizzato. L'infermiera
osserva dubbiosa la barba di Giose, gli suggerisce schiet-
tamente di raderla, potrebbe irritare la pelle della piccola,
le madri qualche volta hanno i baffi, poverette, ma certo
non hanno la barba! Contrito e imbarazzato per non averci
pensato da solo, Giose assicura alla donna che si taglierà la
barba appena rientra in albergo. Christian sorride, anche
se gli dispiace. La barba di Giose è il primo sacrificio che la
figlia gli impone. Comincia a rendersi vagamente conto
che ne verranno molti altri.

Poi l'infermiera li invita ad andarle piú vicino, la presenza dei genitori in queste prime ore di vita è essenziale, la piccola deve riconoscere il loro odore, altrimenti
poi non accetterà il latte da loro. Esitando, temendo che
se non lo farà sua figlia morirà di fame per sua colpa,
Giose riguadagna il letto. Intravede una tetta rosea come una pesca matura, solcata da un reticolo di vene az-

zurre, l'areola grande come un petalo, il capezzolo ritto
e scuro. La neonata lo afferra con le labbra protese, suc-
chia, avida, le palpebre semichiuse, le manine contratte
a pugno, in uno stato di evidente beatitudine. Maryam
fissa la parete davanti a sé.

Tornano altre volte. C'è sempre qualcuno, non sono mai
soli con Eva e con lei. Devono insegnargli proprio tutto.
Come si cambia un pannolino. Come si infila un biberon
in una bocca cosí piccola e con quale inclinazione devono
tenerlo. Come si incoraggia il fondamentale ruttino. Come gestire le colichette. Come coccolarla senza scuoterle il
cervello. Ascoltano, annuiscono. Si sentono degli studenti
alla lezione di anatomia. Anche il signor Sarghis ascolta,
lo sguardo penetrante fermo su di loro, non capisce una
parola. Niente fotografia, dice Maryam quando finalmente Christian trova il coraggio di chiederglielo. Ha posato
la Nikon sul tavolino. Lei sembra molto scossa. Non so se
me ne voglio ricordare, aggiunge.

Lasciano la stanza in preda a una paura senza nome.
Non può piú cambiare idea, tenta di rassicurarlo Christian. Non ha mai potuto cambiare idea, pensa Giose. Il
signor Sarghis è uscito sulle scale, fuma una sigaretta pe-
stilenziale. Vorremmo regalarle un fuoristrada, gli fa dire Christian dall'infermiera. Il signor Sarghis ci pensa su
qualche istante, si alliscia i baffi. Poi scuote la testa e dice
di no. Il pascolo è molto scosceso, una zona impervia, non
c'è neanche una pista. Un cavallo era quello che serviva. È
stato apprezzato. Bisbiglia ancora qualcosa e l'infermiera
traduce: non devono preoccuparsi. Nessun ripensamento,
nessun ricatto, siamo gente d'onore. Maryam consegnerà
la bambina il giorno previsto dal contratto. A Giose dispiace che il signor Sarghis abbia pensato che Christian
volesse comprarli.

Quando è pronto l'appartamento che l'agenzia ha messo a loro disposizione, vicino all'ufficio, nello stesso condominio rosa a tre piani, nel centro di Yerevan, quando ritengono di aver imparato abbastanza dalle lezioni teoriche delle infermiere, quando si sentono capaci di cambiarle il pannolino, di darle il latte col biberon e di capire se ha bisogno d'aiuto, vanno a prelevare la piccola. Festosi, terrorizzati, in preda all'euforia e insieme al panico. Lei sta per lasciare la clinica. Una valigia di plastica cinese ingombra l'ingresso della stanza. È pallida, gonfia, stanca. Eppure a Giose sembra bella in modo straziante. Vorrebbe abbracciarla, ma si trattiene. Nella stanza aleggia un odore pungente di cacca, latte, talco e crema idratante. Lei rimbocca la coperta intorno al corpo della neonata, le sfiora la fronte con le labbra, e la bacia – con una tenerezza piena di pudore e di ritrosia. Poi la mette fra le braccia di Giose. Quelle di Giose, anche se non ha tirato lui, l'uomo di Leonardo.

Mangia tanto e dorme poco, gli dice, è molto vivace, e prepotente, mi ha fatto stare male dal primo all'ultimo giorno, e mi ha tirato tanti calci, dovrai avere pazienza con lei. Ce l'avrò, risponde Giose.

Poi non riesce a trattenere un sospiro e gli chiede: ma come ti chiamerà? Non si possono avere due padri! E allora lui capisce che per tutti questi mesi Maryam si è chiesta come potranno formare una famiglia l'italiano barbuto e il giovane con gli occhiali, e chi sarà lui per la bambina. Ma Giose non sa come lo chiamerà Eva, ci sarà tempo per decidere, e poi dovrà scegliere lei stessa, come le suggerirà la natura, o l'istinto, e non risponde.

In qualunque momento vorrai avere notizie di lei, o rivederla, Maryam, chiamaci – le dice Christian. Dio ti benedica. Lei annuisce, sta per augurare loro altrettanto, ma non lo fa. Devono salutarsi, e non sanno come. Christian fa per baciarla, perché nessuna donna gli sarà mai piú vicina di quella che ha portato dentro sua figlia, ma lei non protende la guancia, resta ferma, quasi irrigidita, e lui desiste. Allora si stringono la mano, in modo formale, come dopo un incontro d'affari. Anche Giose le prende la mano, con la sinistra, perché l'altra è impegnata a sorreggere il fagotto di Eva. La trattiene per un istante nella sua. La mano di Maryam è ruvida, e forte. Sul palmo e sui polpastrelli percepisce un rigonfiamento, quel che resta dei calli. Anche sulle dita di Giose si percepiscono i resti dei calli, ha suonato la chitarra per una vita. Quell'affinità gli accelera il battito del cuore, come una rivelazione. E poi Christian e Giose, con la bambina in braccio, escono dalla stanza numero 3, senza voltarsi indietro.

Quel treno per Yuma

La segretaria dell'accettazione, interrotta mentre tenta di risolvere un solitario, regala ai due importuni un'occhiata satura di fastidio, poi cerca il nome nel computer e li spedisce al settimo piano. Nell'ascensore c'è una barella su cui giace una creatura di sesso indefinibile, forse centenaria, apparentemente incosciente, circondata da tre infermieri che non si rassegnano al risultato di una partita di calcio: l'arbitro servo e venduto ci ha condannato, i poteri forti tramano, non contiamo un. Ancora ti stupisci? Perché, fuori dal campo è diverso? Qui è diverso? C'è chi può tutto e chi s'attacca al. Siamo comparse. Vince chi sa perdere, conclude uno degli infermieri controllando il livello del liquido nella flebo. Fesserie, ribatte l'altro, conta solo il risultato. Ormai non possono dirsi piú niente. Eva gli serra forte la mano, Giose ricambia la stretta.

Il reparto di ortopedia li accoglie con una carrozzella abbandonata vicino allo sgabuzzino dei detersivi. Il gabbiotto delle infermiere è vuoto. Un'addetta alle pulizie sta lavando svogliatamente il pavimento – le mattonelle bagnate formano una striscia luccicante sotto le luci al neon. Eva e Giose l'aggirano, per non calpestarla, ma gli altri visitatori ci camminano sopra, indifferenti. Le impronte delle loro scarpe disegnano un sentiero – come una via di fuga. Due ragazzi coi piedi fratturati saltellano sulle stampelle verso le scale di emergenza, con la sigaretta spenta

già pronta fra le labbra. Sicura che te la senti? le chiede
di nuovo Giose. Eva annuisce, succhiandosi inavvertitamente una ciocca di capelli.

L'idea della visita è stata sua. Quando la macchina di
Giose è uscita dalla tangenziale e si è infilata nel traffico
di Milano, Eva ha detto che prima di andare a casa deve salutare una persona. Giose è rimasto sorpreso. Non
sa bene come interpretare questo desiderio. Pentimento? Volontà di espiazione? Orgoglio? Dimostrazione di
coraggio? Però, da allora, lo attanaglia un lieve morso
di gelosia.

Nel corridoio, si fermano a leggere i cartellini appesi
al muro, vicino agli stipiti di tutte le stanze. Loris Forte
è ricoverato nella numero 23. Man mano che avanzano,
aumenta la folla. Davanti alla 23 c'è un assembramento.
Signore in pelliccia, qualche anziano canuto. Devono essere parenti dei ricoverati. Forse parenti di Loris. Esita-
no, fermandosi all'altezza della 21. Ti aspetto fuori, dice
Giose. Non ci metto tanto, assicura Eva. Mettici tutto il
tempo che vuoi, non abbiamo fretta, dice Giose. Non te
ne vai, vero? gli sussurra. Non mi lasci qui. Mai, promette Giose. Eva vorrebbe chiedergli che succede dopo, ma
non lo fa. Gli depone un bacio fugace sulla guancia. Poi
prende un respiro profondo, come dovesse tuffarsi sott'acqua, e chiedendo educatamente permesso s'incunea fra gli
adulti che ingombrano l'ingresso della 23.

Loris Forte è disteso sul letto accanto alla finestra, la
schiena rialzata da tre cuscini. La gamba destra, protetta
da una corazza di gesso, è appoggiata sul telaio, a mezz'asta
come una bandiera a lutto. Ha il viso chino, nascosto dai
capelli. È l'unico della II B che non si è rasato il cranio per
valorizzare la cresta. Intento a manipolare la tastiera di

un videogioco portatile, non si accorge di lei. Una donna, davanti alla finestra, sta parlando al telefono. Ha i capelli biondi ossigenati e un profilo bello come una moneta. Deve essere la madre. È presa dalla conversazione, perciò non fa molto caso a Eva. Pensa che sia un'altra delle compagne della II B. In questi giorni, quasi tutte sono venute a trovarlo. E anche le professoresse, perfino il preside. Loris si è sentito molto importante. Non è abituato a stare al centro dell'attenzione. Non è un leader, è un gregario. Cosí ha concluso la psicologa, dopo aver interrogato i compagni. Non è stato Loris a creare la pagina Facebook contro Eva cui hanno fatto allusione le ragazzine. Non è neanche abbastanza bravo col computer. Nessuno dei maschi ha confessato il nome del colpevole: prima hanno negato di saperne qualcosa, loro non c'entrano, sono innocenti, sarà stato qualcuno che ce l'aveva con la Gagliardi, non era mica un angioletto, quella, non le mandava a dire, è una che attacca briga con tutti; poi sono crollati, si sono accusati a vicenda. La pagina è stata rimossa. La signora Forte vorrebbe non averla vista.

Eva indugia sulla soglia. Non sa come annunciarsi – con un colpo di tosse, magari. Ha la tentazione di ruotare su se stessa, camminare in punta di piedi, e sparire. Non deluderebbe Giose. Lui penserebbe che Loris dormiva, o lo stava visitando un dottore. Apprezzerebbe le sue buone intenzioni. Ma è già tardi, ormai non può tornare indietro. Il ragazzo ricoverato nel letto accanto le strizza l'occhio. Nessuno è venuto a fargli visita, e non ha niente da fare. Invidia il vicino, omaggiato dall'andirivieni di una scuola intera, e si chiede quale sia la ragione di tanta popolarità. L'ultima arrivata deve avergli voluto fare una sorpresa: lui non l'aspetta.

Cosí Eva avanza di un passo verso il letto. Dal videogioco di Loris proviene uno schianto metallico. Eva appoggia
le mani sulla ringhiera di ferro smaltato bianco. Il terzo
medio della diafisi tibiale, una frattura composta, credo
si dica cosí, sta spiegando la madre di Loris al telefono. In
sostanza si è rotto la gamba. No, niente operazione, no,
neanche viti e chiodo endomidollare, non devono fare la
riduzione, il medico dice che se tutto va bene, presto ce
lo riportiamo a casa. Molto rassicurante, coi pazienti cosí
giovani le ossa si calcificano subito, dice che in quattro
sei mesi recupera completamente, ma un po' d'ansia resta, sai il problema della crescita, cresce a vista d'occhio,
dall'estate ha preso tre dita, è piú alto di Fabrizio, se lo
vedessi non lo riconosceresti. Eva nota che la faccia di Loris è dipinta coi colori dell'arcobaleno: nera e viola intorno
all'occhio tumefatto, verde e gialla sulle guance, dove il
livido si è espanso, rossa dove la tintura di iodio ha pen-
nellato le escoriazioni. Sei conciato male, cavolo, pensa.
Mi dispiace. Ma non dice una parola.

Giose raggiunge il fondo del corridoio, dove una porta a
vetri sbarra l'accesso alla sala operatoria di ortopedia, quindi torna indietro. Percorre due volte lo spazio che separa
l'ingresso della stanza 23 dalla porta a vetri. Sono trenta
passi. Il gruppo assembrato sulla soglia si disperde. Alcuni
salutano; una coppia di anziani, forse i nonni, si alza dalle
panche di formica disposte lungo le pareti e si avvia, clau-
dicando, verso l'uscita. Un uomo coi baffi e l'espressione
rannuvolata protende la testa dentro la stanza e chiama:
Laura? Io fra poco me ne devo andare, ti do un passaggio
o resti per il controllo del dottore? Giose pensa che deve
essere il padre di Loris Forte.
Si sente svuotato – e infinitamente stanco. Forse perché

ha guidato per cinquecento chilometri, da Roma a Milano, fermandosi solo una volta, alla stazione di servizio, per andare in bagno. Dopo avere sceso le scale, si sono separati, Eva è entrata nella toilette delle donne, e lui nell'altra: si sono dati appuntamento là sotto, davanti al telefono pubblico. L'ha aspettata per un quarto d'ora, sotto l'apparecchio che aveva l'aria di non funzionare piú da un decennio, fissando ottusamente il piattino delle mance, colorato da qualche micragnosa monetina di rame. Ma le persone poco puntuali, come lui, non sanno aspettare. Per ingannare l'attesa, si è messo a scorrere i messaggi sullo schermo dell'iPhone. L'ultimo era di Sami, il dj di Brisbane. Il subject recitava: Enjoy!!! Erano appena tre righe. Le ha lette due volte, per capirne il senso. Hi grumpy guy – scriveva Sami, con l'impertinenza dei suoi ventidue anni – in Australia il remix di *Disadatto*, che tanto ti aveva lasciato perplesso, è già il terzo singolo piú ballato della stagione, impazza alle radio down under, e stanno montando il videoclip. Vogliamo commercializzare il remix in tutto il mondo. Enjoy, my friend! La notizia gli ha procurato una gioia istantanea, effimera. Una volta avrebbe solleticato la sua autostima, incendiato la sua vanità. Ora è troppo vecchio per esaltarsi, ma ancora abbastanza giovane per divertirsi all'idea che il tempo sia reversibile, e di poter surfare sugli anni a ritmo dance. Forse potrà ancora essere contemporaneo dei nati nel nuovo secolo. Forse un giorno Eva ballerà sulla sua voce. Ha digitato in fretta: Dance it till the end of time...

Quando si è reso conto che l'attesa si prolungava oltre misura, si è affacciato nel bagno delle donne: semivuoto, con molte porte spalancate a svelare le tazze bianche e i rotoli penduli di carta igienica – non c'era nessuna fila. Solo allora, pensando a un equivoco, era risalito al piano di sopra.

Non riusciva a vedere Eva. Eppure nello stanzone dell'autogrill non c'era molta gente. Un giorno feriale, di maltempo. Pochi avventori al bancone dei caffè, nessuno intorno ai tavolini. Non era l'ora del panino. L'aveva cercata tra gli scaffali, casomai le fosse venuto in mente di comprarsi un libro o una bottiglietta di minerale. Era sceso di nuovo al piano interrato, si era affacciato per la seconda volta nel bagno delle donne. Una signora intenta a ritoccarsi il rossetto davanti allo specchio gli aveva assicurato che non c'era nessuna ragazzina bruna con un bomberino malva metallizzato, là dentro. Giose era entrato in uno stato di agitazione pericolosamente prossimo al panico. Per calmarsi continuava a ripetersi che Eva non gli avrebbe mai fatto una cosa simile. Non a lui. E poi non si può fuggire da una stazione di servizio. È come un'isola, circondata da un mare d'asfalto. Dove poteva andare? Non poteva essere sparita. Eppure non riusciva a trovarla. Dopo aver perlustrato per l'ennesima volta i sotterranei e i corridoi del piano di sopra, si era dovuto arrendere all'evidenza: dentro l'edificio dell'autogrill, Eva non c'era.

Uscito nel piazzale, aveva scrutato la stazione di servizio, le colonnine della benzina, le piramidi di catene da neve, la rastrelliera con le bottiglie dell'olio e del liquido antigelo, i secchi con le spazzole tergivetro infilzate nell'acqua sporca. Poi aveva scrutato il parcheggio. Le macchine coi musi sgocciolanti di pioggia allineate davanti all'ingresso del bar, i fumatori intorno ai posacenere, scodelle colme di sabbia trafitta da mozziconi, i camion in fila indiana nel vialetto che conduceva sul retro, alla piazzola dei tir. Le tettoie parasole, ora coperte da un velo di zucchero bianco, proteggevano ampi spiazzi vuoti. C'era solo la sua macchina, là sotto. E proprio lí finalmente l'aveva individuata – una chiazza color malva che spiccava sullo sfondo della neve.

Eva era seduta sul cordolo di cemento, seminascosta dall'abitacolo. Aveva un sacchetto di plastica in mano. Avvicinava il pugno alla bocca aperta, afferrava qualcosa con le labbra, e sgranocchiava. Vederla è stato un sollievo. Era solo fame, dunque. Forse Eva non aveva mangiato abbastanza, a colazione. Era triste, scontenta. Lui avrebbe dovuto starci piú attento. Non può ancora regolarsi da sola. Ha appena undici anni. È andato verso di lei quasi correndo. Perché non mi hai aspettato? le ha chiesto. Pensavo che l'appuntamento era qui, ha risposto Eva, deglutendo. Non lo ha guardato negli occhi. Bastava dirmelo, te lo compravo io, ha detto Giose sbloccando l'antifurto.

Eva si era alzata di scatto e aveva gettato il sacchetto di plastica nel bidone dell'immondizia. Con un gesto fulmineo. Troppo. Come volesse nascondergli qualcosa. Il suo comportamento era anomalo. Felpato come un gatto, Giose aveva aggirato il cofano dell'auto. Il bidone era stato svuotato poche ore prima. Ma anche se fosse stato pieno di merda, ci avrebbe immerso ugualmente la mano. Giose ci infilò il braccio, brancicò nel vuoto e riuscí ad afferrare un lembo del sacchetto. Lo estrasse, tirandosi dietro cenere di cicca, cannucce appiccicose e una lattina vuota. Guardò nel sacchetto. Conteneva tre confezioni di arachidi. E regolare scontrino fiscale, per un totale di sette euro e cinquanta centesimi.

Non ha capito subito. Ma quando ha incrociato lo sguardo di Eva, inquieto e però risoluto, come pronto alla sfida, si è ricordato. Non pensarci nemmeno per scherzo, le ha detto, sforzandosi di non sembrarle sconvolto. È un'idea veramente stupida. Aveva cercato di afferrarla per la vita, attirandola a sé. Eva, Eva mia... Ti perdono se hai pensato di punirmi, di punirci tutti, voleva dirle, non importa, sono qui, per fortuna sono arrivato in tempo, non

è successo niente. Ma Eva si era divincolata, sfuggendo-
gli. Gli era rimasto in mano il sacchetto. Allora aveva osservato meglio. Due confezioni di arachidi erano intatte.
Una aperta, e vuota.

Lo ha assalito lo stesso spavento di tanti anni prima, alla
comparsa improvvisa di quei pomfi d'orticaria sulla pelle
di Eva. La corsa al pronto soccorso, guidando controma-
no. La visita d'urgenza dall'allergologa, i test, la conferma, lo stupore – Christian non è allergico alle noci, la madre biologica nemmeno. La notizia ferale che non si sono
ancora trovate delle cure. L'unica cosa da fare in attesa
di nuovi protocolli sperimentali è eliminare l'alimento in-
criminato. Mesi di peregrinazioni da tutti i migliori aller-
gologi di Roma, per ascoltare le stesse risposte. Il periodo
della medicina alternativa. Il fitoterapista raccomandato
da Aurelia. L'omeopata di Margherita Gagliardi, che sug-
geriva di provare le gocce immunostimolanti a base di
juglans regia, l'estratto di noce. Ma venne fuori che non le
aveva mai prescritte a una bambina. E lui e Christian che
la notte sfogliavano le enciclopedie e cercavano di capire
quanti e quali sono i frutti provvisti di guscio, che bisognava eliminare dalla dieta di Eva. Le noci, le mandorle,
i pistacchi, le nocciole, le arachidi. I dubbi: e i pinoli? E
le castagne? Il riccio si deve considerare un guscio? E la
pigna? E gli avvertimenti dei dottori: attenzione, perché
l'industria dolciaria usa le nocciole per la cioccolata. Allora
via le merendine, gli snack, le barrette energetiche – che
le piacevano tanto. Spiegare la necessità della rinuncia, a
una bambina che non sa ancora leggere. Informarla, ren-
derla consapevole. E l'adrenalina nel cestino dell'asilo, e
poi nello zainetto, sempre. E i colloqui preliminari coi re-
sponsabili della mensa scolastica, e il sospetto perenne di
una frode alimentare di cui nemmeno loro potevano essere

a conoscenza, fino alla rinuncia al tempo pieno, per maggiore tranquillità di tutti. E la lettura sistematica e scrupolosa degli ingredienti dei cibi confezionati, le raccomandazioni prima di accompagnarla a una festa di compleanno, ogni volta, sempre, fino a diventare noiosi, ripetitivi, superflui. Ma non mancano mai le scodelline piene di arachidi, alle feste dei bambini. L'ansia, all'inizio; la fiducia in lei, poi – meritata. Eva era prudente, e responsabile, non è mai successo niente.

Eva si è lasciata indietro il parcheggio delle macchine, la piazzola dei tir, l'edificio di vetro e cemento dell'autogrill. Correva, come se dietro il boschetto sparuto di alberelli morti e la striscia di prato ingiallito disseminato di cartacce, preservativi usati e fazzolettini sporchi ci fosse una via d'uscita – e invece tutto finiva contro una recinzione arrugginita piú alta di lei. Fermati! gridava Giose, che la rincorreva affannato, senza riuscire a raggiungerla, fermati! Ma Eva era arrivata al limite estremo della proprietà della stazione di servizio – un cancello chiuso con il lucchetto, riservato ai veicoli d'emergenza. Dall'altra parte c'era una stradina deserta, che conduceva alla rampa del cavalcavia. Eva scuoteva la recinzione, con tutte le sue forze, come volesse strapparla dai cardini. Giose non ha neanche dovuto chiederle se le aveva mangiate, le noccioline. Eva aveva le mani ruvide di sale, e minuscoli granelli bianchi intorno alle labbra. La plastica trasparente che aveva contenuto le arachidi spiccava sull'asfalto, fra loro due, ingombrante, espressiva. Come una pistola puntata in faccia.

Giose non ha avuto il tempo di pensare che Eva portava sicuramente con sé l'adrenalina, nello zainetto – come aveva sempre fatto. Non ha pensato a niente. L'ha serrata contro di sé, la schiena di lei contro il torace, quasi con violenza, l'ha spinta in avanti, trattenuta per la vita con un braccio, mentre con l'altra mano le schiudeva la bocca e le ficcava le dita in gola. Tanti anni prima, alle lezioni di primo soccorso, gli avevano insegnato come far sputare una perlina o un frammento di giocattolo ingoiato fortuitamente da sua figlia neonata, come schiacciarle il diaframma fino a farle espellere l'oggetto nocivo, senza farle male. Ma non se ne ricordava, ed era accecato dal terrore: spinge le dita, a fondo, nella sua bocca – finché non tocca l'ugola, e il corpo di Eva sussulta, e un fiotto rovente color caramello gli inonda la mano, la manica del giaccone, le scarpe. E continua a spingere, e lei a sussultare e contrarsi, finché non ha piú niente da rovesciargli addosso.

Dopo sono rimasti seduti su una crosta di neve, in quell'angolo desolato della stazione di servizio, la schiena contro la ringhiera metallica, assordati dal rombo dei camion che sfrecciavano dietro il guardrail, la testa affollata di pensieri che non trovavano la strada per diventare parole. Giose non aveva con sé un fazzoletto, le ha pulito la bocca con le mani, e se le è asciugate sui pantaloni. Sul cavalcavia, nemmeno cento metri piú avanti, passavano biciclette, trattori e scavatrici dirette al vicino cantiere, indifferenti. Dall'asfalto, sotto i loro piedi, saliva una vibrazione ininterrotta, che si comunicava ai loro corpi, facendoli tremare. Dietro la ringhiera, a perdita d'occhio, la pianura spolverata di neve, interrotta da capannoni industriali, e chiazze di ghiaccio infranto, e una bisbetica gazza nera, appollaiata sul traliccio dell'elettricità, che a intervalli ravvicinati strideva un misterioso richiamo. Eva gli ha circondato il collo con le braccia e ha affondato il viso nella sua barba. Non volevo morire davvero, papà, solo quasi, ha balbettato, ci volevo almeno provare. Cosí capiscono che devo restare con te. Non può finire cosí.

Non sta finendo proprio niente – le ha detto, carezzandole la nuca – anzi è solo l'inizio, ci siamo appena trovati. Mancavano centocinquantasei chilometri a Milano.

E adesso, mentre respira l'odore inospitale di alcol e ammoniaca dell'ospedale, di tutti gli ospedali, si chiede se ha fatto la cosa giusta. E se doveva saltare davvero sul treno delle 3.10 per Yuma. Ma non ha voluto mentirle, né ingannarla. È sempre stato leale, con Eva, e lo sarà sempre. Le ha detto la verità, stamattina, appena si sono svegliati, intorpiditi dal calore, avviluppati nelle coperte del divano letto nella camera degli ospiti di Aurelia. Che un giorno la porterà in Armenia. Ma non sarà oggi – e nemmeno domani. Quando saranno tornati insieme, e potrà viaggiare con lei. Non prenderanno l'aereo, anche se ormai c'è un volo diretto da Roma, e ci si impiega meno che a raggiungere Milano in automobile. Andranno in macchina. Attraverseranno l'Adriatico, la Grecia e l'Asia Minore, passeranno frontiere, dormiranno sul traghetto e a Kavàla, costeggeranno il litorale disadorno del Mar Nero, le verdi piantagioni di tè e le rugginose fabbriche abbandonate della Georgia, e scavalcheranno le montagne, e il tempo che impiegheranno a colmare la distanza che li separa da Yerevan le farà capire quanto è stata voluta, e quanto sognata, e cercata – fino in capo al mondo.

E saliranno sulle pendici dell'Ararat, dove forse Prometeo ha accettato di farsi torturare in eterno per aver rivelato agli uomini il segreto della conoscenza, e della scienza, e alla fine imboccheranno una strada tortuosa che s'arrampica sulle colline e bordeggia il dirupo e non finisce mai, anche se l'asfalto adesso sarà in condizioni migliori e avranno riparato le buche; risaliranno il canyon, fino al monastero di Geghard, e respireranno l'incenso e se ne riempiranno i polmoni, fino a raggiungere uno stato quasi di stordimento, e accenderanno una candela davanti a una croce di pietra, e poi faranno il matagh, il sacrificio di ringraziamento per un desiderio esaudito e una preghiera che è stata ascoltata, e sgozzeranno una gallina sull'erba, e lui le disegnerà sulla fronte un segno di sangue, e offriranno la carne a tutti quelli che vorranno partecipare alla festa, e alla fine scenderanno sulla riva del fiume e sceglieranno un albero con la corteccia a fogli, come un libro, e appenderanno al ramo piú alto un nastro di stoffa. Eva non dovrà dirgli qual è il suo desiderio, ma il vento lo porterà a Dio. Si realizzerà. Però non potranno andare a cercare quella donna.

Eva, che lo ha ascoltato, attenta, non gli nasconde quanto sia deludente la sua risposta. Perché? ha chiesto, perché? Devi lasciarla andare, le ha detto Giose. Lei ti ha donato a me.

Si abbatte sulla panca di formica. Seduto di fronte a lui, dall'altra parte del corridoio, il padre di Loris lo ignora, accende l'iPad e si immerge nella lettura delle quotazioni degli energetici sul sito di Bloomberg. Giose appoggia la nuca alla parete. L'intonaco grezzo gli trasmette una sensazione di freddo. Ma forse è lui, che trasmette freddo alla parete. È come se i fluidi vitali lo stessero abbandonando. Non può immaginare di consegnarla a Michele, quando uscirà da questo ospedale. È impensabile. Non lo farà mai. Piuttosto si incatena sotto casa sua. Deve trovare un accordo. Un sistema, un modo. Vuole essere con Eva quando darà l'esame di licenza media. Con lei quando studierà all'università, quando pubblicherà il suo primo romanzo, quando nascerà suo figlio. Non vuole perdere nemmeno un giorno della sua vita.

È la madre di Loris ad accorgersi per prima della ragazzina che è venuta a trovare il figlio. Per un istante resta im-
pietrita col cellulare fra le mani. No, non è una compagna
di classe qualsiasi. Questa deve essere Eva Gagliardi. Le
tornano in mente le frasi disgustose che ha letto su quella stupidissima pagina. Offese sulla sua nascita, insulti al
padre, calunnie sul suo aspetto fisico. Forse è troppo alta
per la sua età, le gambe lunghe e sproporzionate rispetto
al busto, il corpo già maturo su un viso acerbo, e la disar-
monia dell'insieme la rende sgraziata, e goffa, come Loris.
Ma i suoi occhi di un colore inafferrabile sprizzano personalità, e quando si toglierà l'apparecchio ai denti avrà un
sorriso disarmante. La ragazzina però ora non lo sa, e certi insulti a undici anni sono come una stilettata nel cuore.

Eva si sente osservata e non solleva lo sguardo. Resta
con la testa lievemente inclinata in avanti, le mani avvin-
ghiate alla ringhiera del letto. Dalla tensione che le irrigi-
disce il collo e la spina dorsale la signora Forte capisce che
Loris mente. Ha mentito ai vigilantes della metropolitana,
alla professoressa, ai barellieri dell'ambulanza, ai dottori,
ha mentito alla polizia, al tutore di Eva, a suo padre, alla
sorella, e soprattutto ha mentito a lei, sua madre. Eva Gagliardi lo ha spinto. Volontariamente. Lo ha proprio spinto.

Loris emette un gemito di stizza, ancora una volta è
stato sconfitto e non è riuscito a completare il videogioco. Game over. Appoggia l'apparecchio sulla coperta e la
vede. È un lampo: la macchia malva del bomber, la pelle
di porcellana, la bocca color lampone. Il sangue gli afflui-
sce al viso. Diventa rosso, quasi incandescente. Sei a Milano allora, si lascia sfuggire, dicevano che eri scappata di
casa. Ti stavano tutti cercando… Eva aggira la spalliera
e si avvicina alla testa del letto – dalla parte opposta del-

la signora Forte. Scappata no – dice, con leggerezza – ho fatto quel viaggio, dovevo vedere mio padre.

Tu sei Eva, si inserisce la madre di Loris. Lei annuisce. Laura Forte è una signora elegante, sottile, impegnata. Eva sa che è un avvocato famoso, e certe volte la intervistano alla televisione. Difende i diritti delle donne. È anche una persona spigliata e risoluta, capace di fronteggiare i piú efferati criminali. Però adesso esita, incerta, e non sa cosa fare. Vorrebbe interrogarla lei, questa ragazzina che ha rischiato di ammazzarle il figlio. E che voleva proprio farlo. Lei saprebbe farla confessare, ne è sicura. Ha quindici anni di esperienza, in tribunale. Ma nello stesso tempo non ne ha voglia. Quale sarebbe lo scopo? Loris ci guadagnerebbe qualcosa? O perderebbe l'innocenza che gli resta?

Loris si agita fra le lenzuola, fa scivolare di lato la coperta, il telaio metallico che gli tiene sollevata la gamba cigola. È imbarazzato, quasi spaventato, si mordicchia ostinatamente le cuticole delle dita. Cosí i due ragazzini stanno uno accanto all'altra, in silenzio – senza guardarsi. La madre di Loris esce dalla stanza.

Giose è sempre lí, la nuca premuta contro la parete fredda, lo zainetto di Eva sulle ginocchia. Una donna sulla quarantina fasciata in un cappottino di cachemire color cammello sbuca dalla stanza 23, si avvicina all'uomo che legge le notizie di Bloomberg e gli mormora qualcosa. Lui annuisce, ma impiega qualche istante a capire. Stacca gli occhi dallo schermo. Che vuoi fare? le chiede. Preoccupato, premuroso, stupito. La donna non risponde. Guarda Giose, assorta. Prima nota la barba scura, screziata da fili d'argento, poi il giaccone di pelle, poi lo zainetto rosa. E capisce che è l'uomo in questione – quello che l'ha partorita dal...

Sono la madre di Loris – gli dice, avvicinandosi. Non si può dire che riesca a sorridere, ma ci prova. Giose non sa se deve stringerle la mano, o pronunciare una frase qualunque – felice di conoscerla, tanto piacere – cosí, per educazione. Se deve chiederle scusa, da parte di Eva, e indulgenza – per la ragazzina, e per sé. Se deve supplicarla di non distruggere il futuro di Eva, e la possibilità che possa restargli accanto. Si limita a rivolgerle uno sguardo neutro, fermo e indecifrabile.

Le spiace? gli chiede Laura Forte, indicando il posto vuoto accanto a lui. Giose le fa segno di no. Si scansa, ritraendosi all'estremità della panca. La madre di Loris si siede. Effonde una fragranza di cedro, menta, e fiori di pera. Lui teme che i suoi pantaloni ancora umidi puzzino di vomito e di noccioline al sale. Laura Forte gli parla con naturalezza, quasi con complicità, come se condividessero un segreto. È lei il padre di Eva? Giose risponde semplicemente: sí.

Loris non ha detto la verità, non dirà mai la verità, dice Laura Forte. Lei sa qual è la verità? le chiede Giose. Sí, al di là di ogni ragionevole dubbio, risponde la madre di Loris, ma non ha importanza. Giose intuisce perché lei gli sta dicendo queste cose, e cosa intende fargli capire. Apprezza. Ne è infinitamente sollevato. Per Eva, per sé, per la speranza che gli riconsegna intatta. È anche sorpreso, si è abituato a non aspettarsi niente dagli altri – e a considerare ostile chiunque stia dietro la porta di casa. Dovrebbe ringraziare questa donna per la comprensione, la sensibilità – l'umanità, forse. Però non ne è piú capace. Tiene per sé la gratitudine e la riconoscenza, serra i pugni nelle tasche del giaccone e pensa che la verità ha sempre importanza.

La gamba fratturata di Loris – enorme, quasi minac-
ciosa – incombe su Eva, che si è seduta sul letto. Il gesso
l'avvolge dall'inguine alla caviglia – candido, immacolato.
Dopodomani esco, a gennaio mi mettono il gesso corto, il
gambaletto, dopo trenta giorni mi tolgono anche quello,
la informa Loris, tanto per dire qualcosa perché questo
silenzio interminabile gli fa venire la pelle d'oca. Mi odi?
chiede Eva – perché non può non odiarla, gli ha rovinato
le feste di Natale, il Capodanno sugli sci, la primavera.
E anche la faccia. Con quelle righe rosse e le croste sulle guance sembra un pupazzo sbranato da un cane. Loris si aggiusta gli occhiali sulla sella del naso e scuote la
testa – no, non la odia. Vorrebbe chiederle se lei invece
lo odia, ma non ci riesce. Avrebbe voluto dirle un sacco
di cose, ma ogni volta gli sembrava che non fosse il momento giusto, e rimandava, in attesa di un'occasione migliore. Che non era mai capitata, o lui aveva evitato che
capitasse. Certe volte si diceva che forse quelle parole
non dette e però pensate, Eva le aveva capite lo stesso.
La verità è che non si è ancora abituato a stare solo con
una femmina. Prima dell'arrivo di Eva in II B, prima che
la professoressa gliela mettesse nel banco accanto, non
ci aveva mai parlato, con le compagne. Alle feste, era
sempre quello che non ballava mai e non sapeva rendersi
interessante, e s'ingozzava di patatine, in piedi davanti
al buffet. E comunque Eva Gagliardi non somiglia alle
altre. Sotto i capelli di filo di ferro, nel corpo robusto e
dietro quel sorriso diffidente, nasconde una forza segre-
ta, un'energia che ti travolge.

Eva lo fissa dritto negli occhi. Le lenti spesse per la mio-
pia glieli fanno più grandi. Ce li ha azzurri, ravvicinati,
il destro strabico. Non tanto, solo un po', come Venere.

Quanto sei stupido, pensa, non lo capisci che adesso mi devi dare un bacio.

Ma Loris non lo capisce. La vicinanza di Eva Gagliardi lo turba, lo blocca, gli rimescola il sangue. Se lo avesse morso un serpente, iniettandogli un veleno paralizzante, non sarebbe meno irrigidito. Se ne sta disteso nel letto, immobile, i muscoli talmente tesi che gli fanno male, è come se avesse un crampo al cuore. Allora gli viene in mente di chiederglielo. Si volta con cautela verso il comodino, il telaio metallico cigola e protesta, ma sporgendosi e protendendo il braccio riesce a raggiungere il pennarello. Lo agguanta e glielo porge. Vuoi essere la prima? chiede. Intende: a firmare il gesso. Ma lei capirà che non si tratta solo di questo.

Eva avvampa, poi prende il pennarello e si inginocchia sul letto – il materasso stretto ballonzola e la squilibra, per rimettersi dritta deve poggiare la mano sulla pancia di Loris, affonda in qualcosa di morbido e insieme contratto, si assesta reggendosi alla spalliera, tasta con la mano la gamba rotta appoggiata sul telaio, in cerca del punto migliore, pensa di firmare sul polpaccio, ma no, è troppo in basso, quando lui si alzerà in piedi non si noterà nemmeno, poi all'altezza del ginocchio, ma il gesso sulla protuberanza della rotula è rigonfio e segnato, il perone no, perché se lo è spezzato, glielo ha spezzato, forse anche premendoci sopra attraverso il gesso gli farà male: allora poggia la punta del pennarello piú in alto, proprio al centro della coscia, e tenendo ferma la gamba con la mano, con l'altra prende possesso del suo corpo ferito e scrive il suo nome – EVA – a lettere cubitali, le piú grandi che può, là dove chiunque potrà vederlo.